Judoca

FÓSFORO

THIERRY FRÉMAUX

Judoca

Tradução do francês por
ELOISA ARAÚJO RIBEIRO

11 A primeira queda
17 *Kagami biraki*
26 O gosto pelo mar aberto
32 Logo abaixo do céu
40 Do antigo virá o novo
47 A deliciosa sensação de existir
53 Doze tatames
63 Os anos 1970 começam
69 A morte voluntária no Japão
77 As faixas
85 O judô é uma viagem
90 Tentativa de descrição
102 Grand Prix da França
107 O Bourrin's Club
114 O lutador russo no barco
121 O quimono
127 Campeões que vacilam
139 O fim ainda não está montado (*entreato*)
147 O verão de 1975
160 A aventura Klein

- 170 Faixa preta
- 176 Sugata Sanshiro
- 184 Brigar
- 190 Uma vida pública
- 198 Mestres e alunos (tornar-se professor)
- 211 Jigoro Kano morreu
- 220 Quebra-cabeça chinês para o judoca
- 229 Dancemos na chuva (*quando anoitecer*)
- 239 A última queda

248 EPÍLOGO
Jigoro Kano, para registro
250 AGRADECIMENTOS
253 ÍNDICE REMISSIVO

*Aos mestres,
aos alunos,
a Raymond Redon*

Uma coisa era escrever sobre seu corpo, catalogar os muitos golpes e prazeres vividos por seu ser físico, mas a exploração de seu espírito a partir das lembranças de infância será, sem a menor dúvida, uma tarefa mais difícil — e talvez impossível. No entanto, você se sente obrigado a tentar. Não por se considerar um objeto de estudo raro ou excepcional, mas precisamente por não ser esse o caso, porque você se considera igual a qualquer um, igual a todo mundo.

Paul Auster, *Report from the interior*
[Relatório do interior]

A primeira queda

Naquele mundo, tudo começa com uma queda. O profano imagina que o judô é um confronto em que, de saída, deve-se jogar qualquer adversário pelos ares. Ou melhor, ele está convencido de que a derrota é inconcebível na cultura dessa arte marcial asiática dominada pela liga indestrutível de saber técnico, rigor moral e predisposição física; e que, quando ocorre, ela condena o derrotado a uma humilhação sem volta e a trinta chibatadas de faixa (preta). Só que não. Antes de tudo, o que se ensina não é como ganhar, mas como cair. O que não significa perder. Mas isso só fica evidente depois.

Aliás, no judô não se diz "cair", mas "fazer uma queda". As palavras são importantes e o japonês como primeira língua mundial dos tatames impõe certa precisão léxica, o que pede um pouco de esforço no limite da patafísica, mas impressionará o interlocutor. Tampouco se diz "fizemos cair" um adversário, diz-se que ele "foi projetado". Mas o primeiro gesto do judoca não é uma projeção: no tatame, repito, tudo começa com uma queda.

Nos outros esportes acontece o contrário: no atletismo, de moto, sobre patins de gelo ou a cavalo, no boxe, *knock-down* ou *knock-out*, cair será fatal, a não ser para um centroavante italiano na grande área. No judô, cair é uma performance, e isso vem tanto do ato primitivo quanto de certo gosto pela finalização das coisas. E, como para todo o resto, conta muito a maneira como se faz isso. O modo correto de executar esse exercício pelo qual se começa o ensino diz muito sobre o tipo de lutador que você será. Dizem que o estilo é o homem. A queda é a criança. Mais tarde, se você se tornar um bom *uke*, ou seja, um bom *parceiro*, sua companhia será desejada e você ficará muito satisfeito, pois é isto que dá prazer no judô: ajudar os outros a progredir. Mais adiante voltaremos a falar desse assunto.

Aprender a fazer uma queda, portanto. Você logo compreende que é preciso reagir instintivamente: nos décimos de segundo que se seguem a um ataque bem-sucedido de seu adversário, você o homenageia tacitamente oferecendo-lhe corpo e espírito para que produza o que finalizará majestosamente o movimento: uma queda. Um pouco como a morte dilacerante e sacrificial de George Clooney em *Gravidade*, de Alfonso Cuarón. Aqueles que não perceberem, de imediato, que isso é uma lição de vida nunca vão entender nada do resto, dizia Henry Miller sobre outros assuntos.

"Cair com frequência para nunca se machucar": ainda posso ouvir as palavras destiladas em minha primeira aula. Eu tinha nove anos, acabava de vestir meu primeiro quimono, estava com frio, não conhecia ninguém (a não ser meu irmão e minha irmã, os dois na mesma situação que eu), me sentia ridículo e achava que todo mundo tinha uma aparência melhor que a minha. A infância tem modéstias que não passam de espantos e que tomamos por enfermidades.

Alto e austero, o professor, um bigodudo com olhos tão pretos quanto sua faixa, tinha tudo de um atleta, de um gigante e de um *homem*. Ele era assustador. Obedecendo a suas ordens, me vi deitado entre dezenas de outras crianças que formavam uma maré branca exultante. O mestre dava instruções enigmáticas lançando palavras impronunciáveis e passava por cima do monte de corpos alvoroçados sobre um tatame no qual nos pedia para bater com toda força, como se aplaudíssemos, dizia. Pois, para que o espírito seja sólido, as mãos também devem ser.

Deitados de costas, com os braços erguidos para o céu, nós os descíamos batendo com a palma das mãos no chão, primeiro de leve e, então, cada vez mais forte, cada vez mais rápido. O mestre não se dava ao trabalho de verificar a exatidão do exercício, nem a perfeita execução dos movimentos. Só queria barulho e efervescência. Quando me tornei professor, lembrei que não há boa pedagogia sem um pouco de fantasia.

"*Matté!*" De repente, ele bateu palma e o galpão pré-fabricado congelou no silêncio — *matté*, em japonês, significa "parem". Depois de alguns segundos em que não ousamos nos mexer, uma ordem recolocou a pequena multidão em movimento e a algazarra recomeçou. Eu estava rodeado de meninas e meninos, admirados como eu, batendo no chão como eu, e, como eu, cheios de pensamentos maravilhosos, igualmente ignorantes do que aquela liberação de vitalidade tinha de produtivo, até mesmo no cansaço inebriante experimentado naquele dia e que eu não imaginava que seria o de todos os treinos por vir.

Estávamos no chão, pois era preciso começar por ali: domesticar aquele tatame vermelho e azul meio mole, deitar sobre ele, aprender a amá-lo. Com as mãos que formigavam e a pele que ruborizava, a respiração curta e os músculos contraídos, sem a benção de um momento de repouso, só com o sangue subindo à cabeça até a tontura em um amontoado de brilhos de luz, o doce sofrimento que eu conhecia pela primeira vez e que é o de todos os atletas.

Com um movimento fluido, fomos convidados a recomeçar, então sentados — "Sentados, deitados! Sentados, deitados!" —, depois em pé — "Em pé, sentados, deitados! Em pé, sentados, deitados!" —, depois em uma flexão das pernas habilmente codificada que permite cair para trás sem dano para as nádegas, a coluna vertebral, a nuca e a parte de trás da cabeça — nessa ordem.

Não há música sem solfejo, não há judô sem queda. Como os músicos, os judocas retomam incansavelmente sua partitura. No início, mal lhe descrevem como proceder, pois o ensinamento é aprendido à nossa própria custa, repousa na repetição, na força do exemplo e na experimentação de si. O professor corrige sua atitude, mas explica pouco. Você não sabe de fato o que é preciso fazer, nem para que aquilo lhe servirá, mas faz. Mais tarde compreende que era para obrigá-lo a refletir.

Anônimo entre outros principiantes, eu sentia uma espécie de volúpia ao entender o rumo das coisas, ao observar os outros pequenos judocas, ao perceber claramente que, naquele tumulto, eu contribuía para a coreografia, a um só tempo borbulhante e codificada, de uma aula coletiva. O judô não o leva de imediato para a meditação — a aspiração ao silêncio interior e à sabedoria vem depois. Esse primeiro dia foi da energia, da bagunça e dos gritos de crianças. Logo me dei conta de que aquilo ia me agradar.

Jigoro Kano, o pai fundador do judô, inventou vários tipos de *ukemi* (é assim que se chama a queda): a queda para trás, a queda lateral para a direita, a queda lateral para a esquerda e a queda para frente. Esta última é a preferida das crianças, que adoram dar cambalhotas, ao passo que, com a idade, isso passa. Espetacular e harmoniosa, a queda para frente pode se tornar um movimento autônomo, pois contém infinitas variações. A maioria das crianças a executam à direita, algumas, como eu, do lado contrário, do lado contrariado: eu ainda não percebia, no tempo em que o uso da "mão profana" suscitava ainda algumas contrariedades, que isso seria uma vantagem tática, além de uma elegância invejada — e foi bem antes de conhecer, para me tranquilizar, os canhotos lendários Diego Maradona e Nicole Kidman.

A queda para frente é um convite ao jogo, uma apropriação do espaço e uma maneira de se fazer notar. Sobretudo nas competições que consistem em saltar por cima de alguns companheiros de cócoras e amontoados uns contra os outros. Conseguir saltar três, depois cinco ou mais deles provocou em mim um sentimento de invencibilidade de que me lembro como se fosse ontem. Em uma queda, é a mão que bate primeiro no chão, amortecendo o peso do corpo que aterrissa sem dor sobre o tatame. Um braço firme afasta o medo do vazio e o temor dos choques, e permite voltar ao ataque. Assim, qualquer que seja a posição na qual toquemos o chão, mesmo bruscamente, mesmo às cegas, saberemos sempre e de modo reflexo como não nos machucar. Com um pouco de vontade, a apreensão se esvai, conseguimos antecipar nossas inquietações e ter prazer na demonstração de uma bela queda.

A artista franco-americana Louise Bourgeois dizia: "No início, meu trabalho era o medo da queda. Depois ele se tornou a arte da queda". Ela poderia ter sido uma das nossas, a Louise. Com a faixa branca, aprendemos a nos encantar com tudo e a não ter medo de nada. Ao longo da carreira de judoca, cairemos muito. Mas logo teremos aprendido que uma queda não é uma derrocada. É um advento.

Foi o que aconteceu. Eu não podia adivinhar que isso teria um sentido: conseguir cair já é saber se reerguer. Essa lição nos é ensinada mal damos os primeiros passos nos tatames. A lembrança me vem ao escrever. Uma hora antes, eu estava entrando em contato com um mundo do qual não sabia nada. Era uma quinta-feira de setembro, não havia aula. Naquela tarde, sob o céu quase sem nuvens da infância, tomei consciência do que ia acontecer. O que amei na vida, as viagens, o amor e o cinema, chegou lentamente. O judô veio de repente. Durante uma queda.

Kagami biraki

A Federação Francesa de Judô me indicou como "personalidade convidada" para proferir os votos do judô francês para o Ano-Novo. Com uma voz que me soa imediatamente próxima, seu emissário, Maxime Nouchy, que conheci há muito tempo nos tatames de Lyon, me explica ao telefone que é costume convidar para essa cerimônia judocas que se destacaram em outros campos. O meu é o cinema.

Nunca soube de fato a que clube Maxime pertencia. Desfrutando de títulos nacionais que recebera com prestígio nos juniores, ele ia treinar conosco, em Saint-Fons, e chegava sem avisar. Depois ia embora e não o víamos por três semanas. Era assim que preparava as competições e as passagens de nível, circulando de um dojo a outro. Eu ainda estava no liceu, ele já era fisioterapeuta.

No tatame ele era um lutador obstinado, braços de ferro fechando a guarda impenetrável, ombros de carregador, coxas de elefante com as quais poderia erguer dois adversários ao mesmo tempo, em suma, a potência em pessoa. Também tinha uma bela silhueta, era um atleta que tinha estilo: em todos os esportes, dá para ver quem é feito para aquilo, a pessoa tem o jeito, o olhar e o resto, tipo Roger Federer. Era o caso de Maxime. Moreno, cabelos bem pretos, olhos que se apertavam ao primeiro sorriso, ele deixava o vestiário depois do banho e saía noite afora. Eu o considerava um amigo, embora só convivêssemos esporadicamente. Ele morava perto do Boulevard des États-Unis, no bairro de Raymond Domenech, a barreira intransponível das linhas defensivas do Olympique Lyonnais. Eu acho, nunca soube realmente. Lembro de uma pessoa ágil como um gato que deslocava lateralmente seus adversários: parecia vulnerável nas varreduras, mas era ele quem os espreitava, quem explorava a menor falha. E ele era temido em *ne-waza*, a luta de solo.

Maxime me diz que, como encarregado dos votos, eu serei o sucessor do chef Thierry Marx e de Alexandre Kehren, da École Polytechnique; e que, no próximo ano, o convidado seria o astronauta Thomas Pesquet. Só judocas. Os votos ocorrerão durante o *Kagami biraki* (vários termos japoneses vão surgir neste texto, não se detenham neles, continuem a leitura).

Kagami biraki significaria, a princípio, "abrir o espelho". Na Idade Média, um senhor de guerra japonês, como tínhamos os nossos na Europa, mas com mais classe — pensem no personagem de Kanbei, o chefe *ronin* de *Os sete samurais* —, teria partido a tampa de um tonel de saquê, cuja forma redonda lembra um espelho, para oferecer seu conteúdo aos soldados. Os soldados, subitamente tomados de um ardor renovado, pois espelho e saquê estão ligados às divindades, o recompensaram com uma vitória memorável. No Ocidente, nos atuais tempos proibicionistas, não dá para garantir que essas histórias serão aplaudidas, mas, se o pão entre os católicos é repartido, distribui-se álcool de arroz entre os xintoístas, o que produz outro tipo de efeito.

Outra versão: os samurais se reuniam todo início de ano para purificar suas armas depondo-as em um altar perto de um pequeno espelho que simboliza a harmonia e de bolinhos de arroz tão redondos quanto um espelho. Jigoro Kano revitalizou o sentido desse cerimonial no momento dos grandes treinos de inverno, para identificá-los com um novo ciclo cheio de promessas. Hoje ele parece ilustrar o desejo de uma comunhão fraterna, num mundo sempre em busca de mais um ritual para esquecer o futuro doloroso ao qual sabe estar condenado. Na França e em outras partes do mundo, o *Kagami biraki* reúne, todo mês de janeiro, os grandes judocas do país e celebra aqueles de mais alto grau, na presença do embaixador japonês, que se mantém sóbrio.

Reunindo discretamente alguns acasos que de fortuitos não tinham nada — mas disso só mais tarde vamos nos dar conta —, a existência pode por vezes reconstruir o que o tempo deixou escapar. A memória se mostra capaz de dar sentido às lembranças reordenando-as. Assim, a proposta assinada por Jean-Luc Rougé, o ex-campeão, surge quando o judô, que amei sem medida e cuja prática, entretanto, abandonei, voltou a se impor a mim, 25 anos depois de meus últimos instantes de quimono.

Eu sou faixa preta 4º dan. Quando você é faixa preta, é para a vida inteira. Mas minha vida me conduziu para outro lugar, para o Instituto Lumière de Lyon e para o Festival de Cannes. Os tapetes que agora frequento são vermelhos e levam a outros santuários. Depois de meus mestres insubstituíveis e seus ensinamentos insubstituíveis, encontrei outros mentores, e o cinema ocupa o lugar que antigamente era do judô, que pratiquei como aluno, como competidor, como professor, e que preenchia as noites e os fins de semana de uma juventude que eu tinha certeza que não acabaria. Até eu desertar definitivamente dos tatames. Em todo caso, acreditei nisso.

Nesses últimos anos, quando me perguntavam se ainda o praticava, eu respondia, sem modéstia, que sim. Mas mentia para mim mesmo. Não era mais judoca. Tenho uma vida bem cheia, não fiz muitas concessões, possuo uma bela coleção de raridades de Blaise Cendrars, recebi Julia Roberts no topo das escadarias, sou amigo de Jean-Michel Aulas, tenho um trator Massey Ferguson e uma bicicleta Look carbono. Mas deixei de lado o judô.

Há muito tempo não piso num tatame, já não sou capaz de competir com um adversário, minhas mãos já não são suficientemente fortes para tomar a guarda e disputar um *kumi-kata*. Nem sei mais se consigo fazer uma saudação, ficar muito tempo com as nádegas coladas na sola dos pés, um em cima do outro. Sinto dores nas costas, na nuca, no ombro esquerdo, no joelho direito, nos dois tornozelos. Não tenho mais os reflexos, a postura e os pensamentos de um judoca. Será que ainda consigo desenhar os movimentos no espaço e executar a sequência dos *uchi-komis* no vazio? Não sei mais onde está a mochila com minhas coisas. Desconheço as novas regras de arbitragem, como também o nome dos atuais campeões. Não sei mais de cor o *kime-no-kata* cujas sutilezas ensinava a outros quando tinha apenas dezoito anos. Porque eu gostava daquilo, era precoce, e porque sabia tudo sobre o assunto, tudo mesmo.

Não sou mais judoca. Ao esquecer o judô, esqueci que ele fora o sal da minha relação com o mundo e a paixão dos meus anos de juventude. Ao descobrir seu espírito e sua história, senti, talvez pela primeira vez, que algo podia me pertencer. O judô era uma maneira de me destacar, de adquirir um saber sofisticado e fazê-lo deliberadamente, no mistério de uma linguagem que impressionava os amigos e me tranquilizava nos momentos de dúvida.

Decidi rememorar o judô porque é uma vida que não existe mais. No entanto, junto com o temor de tê-la perdido, tenho tido uma sensação irresistível e difusa de uns tempos para cá: eu tive *isso*. O judô. Uma maneira de ser, uma maneira de me safar. E o orgulho de ter um quimono: eu tinha muitos, com a brancura renovada toda semana, com meu nome bordado em itálico. O orgulho também de exibir uma faixa preta, de amarrá-la de modo que as duas pontas ficassem do mesmo tamanho depois do nó e deixassem aparecer os ideogramas de seu nome e que contam sua história, e de fazer isso tão rápido quanto um ataque de Shozo Fujii, o campeão mundial dos anos 1970, que era o Rimbaud do judô e que chamávamos de Rei-Sol. Há sempre uma figura especial que é a expressão de seu esporte e o revoluciona. John McEnroe não ganhou o maior prêmio e talvez não seja o maior tenista da história, mas ninguém nunca vai imitá-lo, nem reinventar o que ele inventou. Para nós, essa figura era Shozo Fujii, e somos os únicos a saber seu nome.

No final de *Pistoleiros do entardecer*, um western de Sam Peckinpah, Randolph Scott pergunta a seu companheiro de infortúnio: "Sabe o que tem um pobre no momento de sua morte? Os trajes do orgulho". Para aqueles que praticaram judô, e seja lá o que for que suas vidas tenham se tornado depois, o quimono será para sempre o traje do orgulho, gasto pelo tempo, danificado pelos puxões, tecido com sua própria história, grande ou modesta.

Como canções que tocavam no rádio, a leitura do jornal *Pilote* ou a descoberta em segredo da revista *Lui*, o judô transporta à infância as pessoas da minha geração — as que nasceram entre 1957 e 1963 —, mas os outros também são bem-vindos. Ele mescla experiência pessoal e paixões coletivas. Ensina a encarar as coisas, a procurar liberdade, a reconhecer os próprios erros e aceitar os dos outros. Ele inculca o engajamento, o dever de obedecer e o direito de se revoltar, como a personagem de Sugata Sanshiro em *A saga do judô*, o primeiro filme de Akira Kurosawa.

O judô e o cinema surgiram quase simultaneamente, no fim do século 19, quando se pensava que a civilização devia ser recomeçada e que seu futuro era brilhante. Há muito em comum entre o judô e o cinematógrafo, como entre os dois criadores Jigoro Kano e Louis Lumière. Eles têm um lugar de origem preciso: a Kodokan, em Tóquio, e a Rue du Premier-Film, em Lyon. Não surgiram do nada, mas em pouco tempo ultrapassaram seus predecessores, o Jujutsu, para um, e o cinetoscópio de Thomas Edison, para o outro, sem jamais quererem apagar seus vestígios. Semelhantes a uma religião pagã, alastraram-se como um rastro de pólvora. Planetários e universais, são mais do que são, mais do que um esporte, mais do que uma arte: ambos nos dizem quem somos e quem são os outros.

Quanto mais avanço, mais vejo semelhanças entre eles. Por exemplo, essa história contada pelo crítico Jean Douchet: no dia 25 de agosto de 1953, o cineasta japonês Kenji Mizoguchi apresenta *Contos da lua vaga depois da chuva* no Festival de Veneza. Ele aproveita para ficar lá alguns dias e assistir a filmes de seus colegas do mundo inteiro. De volta ao Japão, ele declara: "Decididamente, eu sou o melhor". E continua com uma brilhante série de obras-primas. O curioso é que o que está oculto nessa afirmação é a humildade, da qual você se aproxima ao conhecer os mestres, lá: não há nenhuma arrogância ou autossatisfação no cineasta, apenas a ideia de que ele havia chegado ao próprio topo e estava feliz. E que podia se dedicar aos outros, o que ele fez, apesar de sua morte precoce.

Raymond Redon, professor no Judo Club, de Saint-Fons, no subúrbio de Lyon, me dizia: "Vou te ensinar a ser mais forte para que um dia você possa ganhar de mim". Eu era uma criança, era bom ouvir isso. Ele, por sua vez, tinha ouvido isso de Georges Baudot, que foi, com seu colega Raymond Moreau, de Saint-Étienne, um dos pioneiros franceses a ir para o Japão. O périplo levava à Kodokan, em Tóquio, uma terra prometida a raros peregrinos. Os aviões decolavam rumo ao leste ou oeste, com escala em Moscou ou Anchorage. Alguns meses lá, aprendizado doloroso, tratamento de *gaijin* — o estrangeiro — e todos os dias *kangeiko*, o treino de inverno, um sofrimento infinito no tatame. É um prazer escrever o nome deles na claridade desse dia de fim de outono, em que a aurora mostra um nariz gelado sobre o maciço de Vercors. Aos dezenove anos, conheci Georges Baudot na escola de formação em Gerland, onde ele me ensinou a ser professor, deixando-me esse preceito que continua a guiar seus ex-alunos: "A derrota não importa se continuamos a almejar a vitória".

"Você vai se sair bem!", Maxime Nouchy me disse, quarenta anos mais tarde, esclarecendo que a cerimônia requer um discurso de quem a preside. Quando éramos jovens, embora ele seja bem mais velho do que eu, e naquela idade os anos contam em dobro, eu o ajudei a escrever o relatório exigido para a passagem do 6º dan. No judô de Lyon, e já por causa do cinema, eu era considerado o intelectual do grupo. Percebendo que hesito, ele insiste. É preciso ignorar rapidamente os chamados do passado, quando gostamos de olhar em frente, e eu estava prestes a recusar, mas tive a sensação de que alguma coisa familiar abria os braços para mim, como uma trilha na montanha cujo rasto encontramos ao fim do dia e que nada nos impedirá de segui-lo, apesar de estar anoitecendo.

Em 2017, ao elogiar Wong Kar-wai — que estava recebendo o prêmio Lumière —, Olivier Assayas disse que ele era o cineasta que melhor evocava a "lembrança da lembrança". É exatamente isso. Quando pedi notícias dos amigos para Maxime, compreendi que tinha enterrado um passado cujo brilho eu estava morrendo de vontade de reencontrar. Dois de meus heróis literários, Jack London e Scott Fitzgerald, morreram antes que pudessem voltar sobre os próprios passos, enquanto buscavam a "segunda chance". Muitas perguntas ficaram sem resposta por muito tempo, muito esforço para encontrar um segundo fôlego que não vem, sem mais vontade de entrar no jogo, e muito menos de envelhecer, mal, por muito tempo e sofrendo com isso.

Em *Macaco no inverno*, que conta a história de um homem que decide se lembrar da lembrança, Gabin tinha apenas 58 anos, mas parecia caminhar para o outono da vida. É onde estou. Sobre a chegada da velhice, Jim Harrison disse: "Isso aconteceu nas suas costas e em pequenos e incessantes toques". Big Jim não está mais aqui e os sessenta me espreitam, mas ainda posso ganhar tempo. Questão de época, de reflexão e de dieta. Quem disse que só nos damos conta do valor das coisas quando estamos prestes a perdê-las? Isso quase aconteceu comigo. O judô ressurgiu, levando-me para um território mental que eu me permiti abandonar. Tive um belo passado e não podia deixar que ficasse só nisso.

Então decidi reencontrar esse mundo perdido. Permitam-me a confissão, o momento chegou. E penso nessas palavras de Gilles Deleuze e Félix Guattari: "Talvez só seja possível fazer determinadas perguntas tardiamente, quando chega a velhice, e a hora de falar concretamente. Perguntas feitas em uma agitação discreta, à meia-noite, quando já não há mais nada para perguntar. Antigamente, fazíamos perguntas, não parávamos de fazer perguntas, mas era de maneira indireta ou oblíqua demais, artificial demais, abstrata demais, e expúnhamos a pergunta, a dominávamos en passant, sem sermos engolidos por ela. Não estávamos sóbrios o bastante. Não havíamos chegado ao ponto de não estilo, em que podemos enfim dizer: mas o que foi que eu fiz a minha vida inteira?".

Eu, nós, nós fizemos judô, a vida inteira, e eu gostaria de falar disso.

O gosto pelo mar aberto

Judô. Duas consoantes, duas vogais. Dois ideogramas, dois kanjis. "Dois ideogramas? Duas ideias por grama!", diria Raymond Devos. "E são muitas por quilo", ele teria acrescentado se soubesse quão vastas são as fontes do judô. Raymond Devos gostava de entreter com as palavras, como Jean-Luc Godard, de quem acabo de receber uma carta que termina com um "amigo calmante",* que me deixa feliz. Em *O demônio das onze horas*, Devos filmou na casa de Godard uma cena de desespero divertido, interrompida por Jean-Paul Belmondo, que não era judoca mas boxeador. Foi por não poder ser boxeador que Jigoro Kano criou o judô. É aí que eu queria chegar.

Pois Jigoro Kano nasceu fraco e frágil, no dia 28 de outubro de 1860 — ou no dia 10 de dezembro de 1860, conforme os calendários utilizados. É preciso voltar às origens: seus pais moravam em Mikage, um bairro de Kobé situado na província de Settsu, no centro de Honshu, a principal ilha de um país que conta milhares delas — 6852, ao que parece. Pelo lado pater-

---

* Em francês, "*ami calmant*", literalmente, "amigo calmante", trocadilho com a saudação "*amicalment*", "amigavelmente", "fraternalmente". (N.T.)

no, ele descende de uma antiga família japonesa de intelectuais confucianos e padres, budistas ou xintoístas. Aos oito anos, assistiu à proclamação da Restauração Imperial, início da era Meiji, teatro de importantes reformas econômicas e políticas destinadas a imaginar um país pacificado pelos xóguns (chefes militares, sob a autoridade do imperador) e pelos daimiôs (governadores de província, sob a autoridade do xógum): paradoxo da história, o Japão governado pelos militares viu a paz reinar. Em julho de 1853, o comodoro Perry e seus navios de guerra entraram nas águas territoriais nipônicas para se aproximar da baía de Edo a fim de forçar as autoridades a acolhê-los. Menos de um ano mais tarde, o militar americano assinava um tratado de cooperação entre as duas nações. O Japão reconheceu o acordo internacional, o pai de Kano fez o mesmo e aproveitou a abertura do porto de Kobé, vizinho aos navios estrangeiros, para se dedicar à marinha de guerra.

Meiji é o nome que Mutsuhito, 122º imperador do Império do Sol-Nascente, deu a seu reinado, que começou oficialmente em 1868 e terminou em 1912. Ativo e visionário, ele abriu o Japão para o mundo, introduziu-o no caminho da modernidade, pôs fim ao regime feudal e repensou a administração central. Os samurais, que serão proibidos de se exibir nas ruas com seus trajes, grandes sabres e pequenas catanas na cintura, foram forçados a se juntar ao exército oficial, a pagar impostos e a se comportar — a literatura, a pintura e o cinema se encarregarão da mitologia.

O imperador, que subiu ao trono aos quinze anos, transfigurou o país tirando-o do isolamento. Como jovem príncipe audacioso, ele inovou desenfreadamente, concedendo à imperatriz, até então invisível, um status público, e dotando a nação de uma Constituição com eleição de assembleias. Monarca progressista de um país cujo isolacionismo era um dogma insuperável, considerava a educação a base do sistema social. O sentimento patriótico também, só que, como todos sabem, abrir-se para o mundo, no caso dos homens, é procurar briga com seus semelhantes, o que conduzirá o país a se inspirar na Europa, inclusive em suas conquistas coloniais. O Japão se envolveu em conflitos regionais (China, Rússia, Coreia) nos quais seu exército deu provas de uma trágica determinação: as consequências foram desastrosas, simbolizadas meio século mais tarde pelo extremismo dos pilotos camicases do Pacífico, orgulho de uma nação ofuscada por seu heroísmo e incapaz de compreender que o arrogante sacrifício imposto à juventude só antecipava a sina funesta que atingiria Hiroshima e Nagasaki em agosto de 1945.

É preciso (re)ver *Silêncio*, o belo filme de Martin Scorsese, cujo alcance foi subestimado no lançamento. Primeiro porque ele enriquece o romance de Shusaku Endo com uma ressonância que põe em questão as guerras religiosas contemporâneas, mas também porque mostra que, para os japoneses, a insularidade era uma segurança.

Foi nessa ilha, imóvel durante séculos, na paz de seus templos e na neve de suas montanhas, que Jigoro Kano veio ao mundo. Alguns anos depois de seu nascimento, tudo muda: a ilha que estava trancada desde 1639 vai acolher o que não se parece com ela; o povo que estava acomodado em suas tradições agora sabe que existem outros lugares. Essa nova era dará ao filho do marinheiro o gosto pelo mar aberto e a vontade de viajar.

Aos dez anos, Jigoro perde a mãe. Pensamos em um filme de Ozu: a vida não passa de uma sequência de separações dos entes queridos. Em seus filmes, as mulheres são fortes e delicadas. A emocionante lembrança daquela que cuidava dele nunca mais o deixará, e os historiadores consideram que tudo o que ele fez na vida foi apenas uma longa celebração dessa mulher amorosa e exigente. Pedagoga, também estava convencida de que a cultura formava os seres: assim que pôde, Kano começou a ler de maneira compulsiva e a devorar Confúcio, que exercerá uma forte influência intelectual sobre ele, incitando-o a refletir e, depois, a escrever.

Uma palavra sobre Confúcio, que não se ensina aos pequenos europeus. Mais conhecido por seu nome do que por sua obra, o filósofo chinês (551-479 a.C.) é, como seus colegas gregos e romanos que vieram depois dele, autor de alguns aforismos fulgurantes semeados com devoção no pensamento do mundo. "Quem compreende o novo valorizando o antigo pode se tornar um mestre", escrevia ele, como uma descrição do processo que levou Kano a renovar a história das escolas de luta asiáticas para criar o judô.

O sinólogo e letrado Pierre Ryckmans — que assinava Simon Leys em seus textos acachapantes sobre a Revolução Cultural Chinesa — dizia, a respeito dos *Analectos*, de Confúcio, que "nenhum outro texto exerceu uma influência tão duradoura sobre a maior parte da humanidade" e louvava sua "concisão monumental". Confúcio evoca uma ordem natural e simples que pode ser resumida nesta afirmação: "Aquele que sabe obedecer saberá depois comandar", o que é ensinado em todas as turmas de formação de professores de judô e que nunca deveria ter sido deixado como prerrogativa dos defensores das guerras, dos idiotas e dos fascistas aos quais esse tipo de pensamento é em geral atribuído. Tendo em vista a derrota ética que Simon Leys impôs a seus críticos aguentando firme quando a época o considerava um canalha miserável, eu fico do lado dele.

Confúcio, que considerava, com razão e antes dos semiólogos, que "uma imagem vale mais do que mil palavras", disse algumas verdades que hoje podem parecer banais, só que ele as escreveu há vinte séculos. E são inúmeras. Ele imaginava, por exemplo, que o ser humano conseguiria um dia se mostrar virtuoso pelo controle de si, pela integridade de seu pensamento, a fidelidade a seus engajamentos, a lealdade, a cortesia e a busca da justiça. Em suma, uma espécie de harmonia com o outro. Eu sei, não chegamos lá.

Pensador da plenitude do ser, ele afirmava que "a experiência é uma vela que só ilumina quem a segura" e, como filósofo, para quem a organização da sociedade passa pela razão, acrescentava: "Somente quando o inverno chega é que se percebe que o pinheiro e o cipreste perdem suas folhas depois de todas as outras árvores". E isso funciona para a seleção de Cannes, criticada em maio e depois celebrada em dezembro, e tem a ver com a conduta mais conveniente que o provérbio bem francês: "É no fim do baile que os músicos são pagos".

Graças às reformas da era Meiji, mais da metade dos japoneses sabia ler e escrever. Jirosaku Mareshiba, o pai de Kano (adotado pela família de sua mulher, ele tomou emprestado o sobrenome dela, costume corrente no país), quer que o filho se volte para os estudos. Será que o jovem Jigoro encontrou nos textos algo para se consolar do desaparecimento de sua mãe? Ele é um estudioso, aprende os clássicos chineses, a língua inglesa, e passa horas estudando a caligrafia oriental, a arte do traço à qual vai se dedicar durante toda a vida e da qual, no momento de definir as bases do judô, vai absorver o sentido do gesto, da intenção e da execução. E também do belo e da perfeição, pois é disso que se trata.

Discreto e sensível, sua constituição frágil é um handicap. Ele parece voar no vento da costa. Na adolescência, quando pai e filho imigraram de Kobé para a prefeitura de Edo, que doravante vai se chamar Tóquio, pois o imperador quis que ela se tornasse a nova capital do país, ele sofre com as zombarias dos amigos a respeito de seu tamanho. Tem consciência de que um destino o espera. Quando, aos dezessete anos, ingressa na universidade para estudar literatura e filosofia, resolve, único entre seus colegas de classe, aprender uma disciplina de luta deixada no esquecimento pela nova modernidade japonesa: o jujutsu.

Logo abaixo do céu

Até mesmo para a criança que fui, ficava claro que o judô não era um esporte sem origem e sem memória. Eu teria que obedecer às suas convenções ou fugir para sempre. São muitas as pessoas famosas que "fizeram judô": de Peter Sellers, que foi vice-presidente da Federação de Judô de Londres, a Laetitia Casta, que teria chegado à faixa marrom. Mick Jagger também foi uma dessas crianças, parece, segundo os arquivos do Budokwai, o primeiro clube londrino de judô, fundado em 1918 — e isso explicaria sua energia no palco aos cronistas do rock e a Keith Richards, que, com o cigarro na boca, ainda se espanta ao vê-lo se agitar no meio da multidão.

Mas também são muitos os que desistiram, pouco propensos a aceitar as capturas, as projeções, as quedas de braço, as lutas agarradas, as técnicas em que nos batemos, as articulações torcidas por empurrões violentos que podem machucar a qualquer momento. Todos eles se mostram igualmente resistentes às toneladas de informações que é preciso engolir desde a primeira passagem de grau, e ainda mais assustados com as regras de uma disciplina que, não à toa, vem das artes "marciais", enquanto outros esportes se valem de atrativos mais imediatos, mais sedutores e mais instáveis. *Jogamos* futebol, tênis ou golfe, mas *fazemos* judô — como *andamos* [*on fait*] de bicicleta, que então cantarolava em meus ouvidos suas primeiras árias de aventura. O judoca é o tipo de indivíduo que *faz*, e não que *joga*.

O judô era um esporte de proletários praticado por anjos despreocupados com o futuro. Campeão mundial e olímpico aos vinte anos, Thierry Rey só tinha um quartinho no Instituto Nacional de Esporte, Perícia e Desempenho (Institut National du Sport, de l'Expertise et de la Performance, INSEP) e ganhava uns centavos dando aulas para crianças, enquanto os tenistas franceses, ainda longe do TOP 10 de seu esporte, compravam seus primeiros Porsches.

O judô sofria com sua natureza educativa. Quando você tem dez anos e prefere explorar novas bobagens a se comportar em sala de aula, não vai deixar um cara descalço, vestido com um uniforme esquisito, lhe impor o que os professores tiveram dificuldade para incutir em sua cabeça: um pouco de escuta e calma. E não estou entoando a ladainha do "péssimo aluno esmagado pelo jugo escolar e incompreendido pela família, mas que mesmo assim foi bem-sucedido na vida": eu gostava da escola, tirava notas excelentes, meus pais só se desanimavam ao fim de cada trimestre, pois a apreciação "bom aluno, mas falta seriedade" se repetia sistematicamente na boca dos professores. Para as crianças, o "pode fazer melhor" continuará sendo o comentário mais cruel (visto de então) e o mais sutil (visto de hoje), um aniquilamento cheio de esperança. Sabíamos que um dia poderíamos ir mais fundo, mas sem injunção nem obrigação.

Nada me predispunha a gostar daquilo. No entanto, foi o que aconteceu já nas primeiras aulas. Como de costume, basta chegar mais perto. Uma hora de esforço com parâmetros definidos, regras enunciadas com toda clareza e tendo o coletivo em primeiro lugar. Caía bem: eu tinha cabeça para aquilo, para os amigos e as patotas que se formam e se desfazem. Falavam de um esporte individual que se pratica em grupo, cujo elã, para que seja irresistível, vem de todos, no qual um não é nada sem o outro. Eu não dava a mínima para grandes discursos (e agora menos ainda, já que se tornaram raros), mas entendi que era verdade: nos tatames, o professor cuida dos solitários e dos perdidos, enquanto os mimados, os vadios e os egoístas são prontamente adestrados. Aliás, todos os que passaram por isso sabem: "No judô, os excitados são apaziguados e os tímidos, encorajados". Os reizinhos da família viram confetes com a gente.

Foi então que, em setembro de 1969, pus os pés num tatame pela primeira vez. Depois de quatro anos em Paris, cuja agitação política deixaria uma marca duradoura em meus pais, eles se instalaram em Lyon para ficar mais perto de Dauphiné, onde tinham raízes. Eram o que seus filhos se tornaram: viajantes. E aprenderam bem antes de nós a lição que dita as estações de nossas vidas: devemos viajar com frequência, mas nunca nos afastar por muito tempo. Como disse Bruce Springsteen, no palco do Walter Kerr Theatre, na Broadway: "Sou o cara que escreveu 'Born to run', mas aos setenta anos ainda moro a dez minutos do lugar onde nasci".

Eu tinha nove anos. Logo depois da feira de Beaucroissant, perto de Grenoble, aquela grande festa dos camponeses que não perdíamos por nada e que, naqueles anos, coincidia com a volta às aulas, minha mãe nos inscreveu, minha irmã, meu irmão e a mim, em um clube de judô, o do comitê da Électricité de France, EDF, onde meu pai trabalhava. "Você tinha energia demais. Aconselharam-me o judô", ela me disse recentemente. Havíamos acabado de nos mudar para Caluire, uma comuna do subúrbio norte de Lyon que tinha a trágica reputação de ter sido o lugar onde Jean Moulin fora preso. Das encostas da colina de Montessuy, onde morávamos, ela dominava os cais do Ródano com vista para — do outro lado do rio — o centro de convenções da Feira de Lyon, uma espécie de Gaumont Palace provinciano cuja fachada era igualmente magnífica, onde eu não demoraria a me instalar regularmente, quando a cinefilia se apoderasse de mim como uma doença festiva. Em uma cidade que ama os irmãos de cinema, aquele era mantido pelos dois Lapouble, Jacques e Pierre. Ao final das celebrações do centenário do cinematógrafo Lumière, em janeiro de 1996, e já que é o que acontece na vida e na morte das salas de cinema, nós fecharíamos as portas do estabelecimento com suntuosas e últimas projeções e a inconsciência juvenil do que aquilo anunciava de incerteza para o futuro.

Até hoje não sei o que passou pela cabeça da minha mãe quando mandou os filhos "para o judô". Não éramos uma família especialmente ligada em esporte, com exceção do esqui, que meu pai adorava e nos fez descobrir em fevereiro de 1967, em uma pequena estação de Chazelet, em La Grave, um vilarejo dos Hautes-Alpes situado ao pé da Meije, um dos últimos picos alpinos conquistados, em cuja parte de baixo corre uma torrente indomada. Um lugar de uma beleza radiante que os deuses pareciam abandonar no inverno e que só exibia seus encantos àqueles que se mostravam capazes de superar o desânimo, a solidão e o frio. Em suma, nada de atraente para o turismo de cimento dos anos 1970 — hoje se diria: zero divertido.

Zero divertidas, à noite, as subidas a pé no vento glacial, para ir da aldeia de Ventelon à de Clôts, quarenta minutos acima, aonde, com o retorno da primavera, só os tratores e jipes podiam chegar, enquanto os jornalistas parisienses falavam de Megève, de chalés saboianos e de "regiões esquiáveis". Quando a gente vem de Dauphiné, a gente tem com a montanha a mesma relação que os bretões têm com o mar. No topo do Lautaret — que ia dar no vale que levava a Briançon e à Itália —, bem cedo me peguei sonhando com a pequena estrada que desembocava no passo do Galibier, que a neve e o mau tempo tornavam inacessível a partir do mês de novembro, transformando-o, seis meses por ano, em uma *terra incognita*.

Estavam terminando os Jogos Olímpicos de Inverno de 1968, que Jean-Claude Killy havia iluminado com sua juventude insolente na parte alta de Grenoble, que era a própria modernidade urbana — tudo isso não está mais em um estado muito bom, já que um dia a política abandonou a cidade e seus subúrbios, e ninguém mais cuidou de nada, a não ser as pessoas dos conjuntos residenciais, as famílias e os trabalhadores sociais de lá, como podiam.

"Eu gostaria de ser Jean-Claude Killy", disse certa vez Robert Redford. Pois bem, quando o campeão de esqui anunciou sua aposentadoria, eu falava de minha admiração por Jean-Noël Augert, pelas irmãs Laforgue e sobretudo por Patrick Russel, campeão mundial em 1970 que maltratava os bastões dos slaloms com uma velocidade louca que eu tentava imitar. Recentemente, quando eu voltava às pranchas pela primeira vez depois de muito tempo, me disseram: "Você esquia como nos anos 1970". E isso porque eu me precipitava um pouco demais nas saliências — tomei aquilo como um cumprimento.

Nós praticávamos um esporte de montanha, paisagens majestosas e condições adversas. Como o equipamento de segunda mão que pagávamos a prestações: esquis de madeira, bordas aparafusadas, sapatos de amarrar e fixações a cabo; anoraques improvisados, luvas de lã, polainas costuradas por nossa mãe, porque era mais barato, e peles de foca nos dias de passeios ao lago Noir. Sofri com os códigos sociais que põem o coração das crianças à prova, mas entendi que a verdade é o talento, não o equipamento, e menos ainda as vestimentas e os óculos de sol. Nunca me esqueci dessa lição quando, nas escadarias de Cannes, recebia jovens atores paramentados com um smoking ruim, claramente ajustado às pressas no estacionamento no subsolo do prédio — algo que eu também já fiz. Não éramos dados a piscadelas cúmplices para as câmeras nem a cada minuto da vida se exibir no Instagram.

Nas pistas, o constrangimento da loja de locação transformava-se em arrogância. Íamos em bando com o primo Philippe e os quatro filhos dos Dupuis, com quem às vezes trocávamos os Rossignol Strato e os Dynamic VR17: pranchas pretas e amarelas, fixação Look com tiras de couro. Acompanhados de meu irmão Pascal, que tem fogo nas pernas e o esqui na pele, sabíamos que éramos abençoados pelos deuses. Nos picos, os belos trajes já não importavam: rapidamente, e de longe, não se vê de que são feitas as calças de esqui. Imprudentes e petulantes, percorríamos as pistas em todos os sentidos para comprovar que ninguém esquiava melhor do que nós. E, se por acaso encontrássemos alguém melhor, fazíamos um círculo ao redor da pessoa, como quem não quer nada, pavoneando nossa superioridade de jovens bobalhões babacas.

Descer o platô de Emparis duzentas vezes por dia abrindo trilhas inesperadas era um deleite inesgotável. Crescemos nas montanhas, daí meu afeto especial por *todos* os filmes que se passam na neve, e não apenas por *Rastros de ódio* — mas como será que o irlandês John Ford adivinhou que flocos de neve caindo eram a melhor maneira de expressar a passagem do tempo? Quando a primavera chegava, calculávamos as horas ziguezagueando nos Champs de Poudreuse, acompanhados

dos últimos raios de sol até o Vallon des Clôts. Ali, diante da Meije, aglomeravam-se nossas belas casas de pedra, bem instaladas como dentes de rocha colorindo o horizonte de Rateau, logo abaixo do céu.

Minha mãe, que cuidava do resto, de nós e de tudo com fervor e leveza, nunca praticou esporte e eu nunca a vi fazer um exercício com mais frequência do que o de acender um cigarro, gesto que efetuava com estilo e que não admitia deixar de fazer, mesmo escondida dos filhos. Não era esquiadora nem nada, e quando comecei a comprar o jornal *L'Équipe* se surpreendeu que o esporte pudesse alimentar cotidianamente um jornal. Ainda hoje, quando me vê devorando-o em meu tablet, ela não esconde sua surpresa, dizendo a mesma frase de quarenta anos atrás: "Mas o *L'Équipe* sai todo dia?".

Meu pai era filho de camponeses e na fazenda dos Frémaux, em Tullins, a gente não estava para brincadeira. Será que em 2020 se tem a dimensão do quanto as crianças dos anos 1960 provinham de uma França ainda agrícola? Tudo nos levava "ao campo", e quando não eram nossos pais eram nossos avós, tios ou primos. Voltávamos das férias em um carro cheio de frutas, legumes e geleias, "para não sentirmos falta de nada". Em Chougnes, a fazenda da família, reinava uma rainha-mãe onipotente, perto de quem Vivien Leigh, de *...E o vento levou*, parece uma jovem babá tímida. E não se perdia tempo praticando esporte. Mesmo Christian, o tio Quiqui, cujo cromossomo XXL não foi, infelizmente, detectado em meu próprio genoma, começou o rúgbi bem cedo e se tornou um poderoso segunda linha, em Romans e depois em Valence. Era época dos clubes das cidades do interior e dos fortões que saltavam para a lateral e, discretamente, na confusão, davam socos. Ele foi convocado algumas vezes para a seleção de juniores, ganhou um carro que ele não tinha idade para dirigir e recebeu a oferta de um *café--tabac* para quando se aposentasse, com o que nem sonhava — em suma, o esporte amador dos anos 1960. Um dia, uma ferida profunda no joelho pôs fim a seus sonhos de desafiar os All Blacks. Ele voltou aos trabalhos dos campos da planície de Isère e às florestas do Vercors onde, empoleirado em um enorme trator Latil, durante toda a sua vida transportou faias e pinheiros.

Esqui, rúgbi, isso quer dizer que minha infância passou longe do judô. Fora um jogo de palavras de gosto duvidoso lido em uma história em quadrinhos ("o *jus d'eau, quezaco*?"),* eu nunca tinha ouvido falar dele. Como meu pai, cuja aptidão para os estudos levou, contra a sua vontade, ao colégio interno e depois ao Arts et Métiers de Cluny, eu teria ficado com prazer nos estábulos, nas granjas de feno e nas secadoras de nozes. Em nossa casa, os palcos de 68 ainda não estavam desmontados, a política e os desejos de revolução continuavam presentes nos comportamentos e nas conversas com uma paixão ardente, às vezes dolorosa e hoje incompreensível. Aliás, hoje não tentamos compreender. Aprendíamos de cor "Le Chant des partisans", "La Jeune garde" e as canções de Dominique Grange escritas nas barricadas. Era o mundo dos adultos e das vidas militantes, um engajamento que me estava prometido. Mas o judô se aproximava de mim, e eu o ignorava, como ignorava que a paixão pelo esporte ia em breve me infligir uma febre da qual nunca me curei, até mesmo nas noites tristes em que o Olympique Lyonnais perdia o campeonato — pois é, isso quase não acontece mais.

---

* "*Jus d'eau*" significa "suco de água" e pronuncia-se *judô*. "*Quezaco*" é uma expressão occitana para "O que é isto?". (N.T.)

Do antigo virá o novo

Japão, fim dos anos 1870. Um adolescente caminha pelas ruas de Tóquio, como o herói de *Sanshiro*, o romance de Natsume Soseki: "O que primeiro impressionou o jovem provinciano foi o tilintar dos sinos dos bondes; depois, a multidão dos transeuntes que subiam e desciam dos carros [...]. Mas sua maior surpresa foi descobrir a imensidão da capital que, por mais longe que ele fosse, parecia nunca terminar".

Tóquio era, nesse Japão rural, uma das cidades mais populosas do mundo. Quando sai das bibliotecas ou das salas de aula, Jigoro Kano está à procura de lugares clandestinos que o satisfaçam. Ele gosta de estudar, mas isso não é o bastante: quer aprender a brigar. Esgueira-se pelas ruelas estreitas com prédios escuros sem notar as liteiras que carregam furtivamente os novos aristocratas de chapéus altos para imitar os ocidentais. Está determinado e não hesita em correr para frente do perigo da rivalidade feroz que opõe homens reunidos em clãs que têm tudo de sociedades secretas.

Como alguns de seus contemporâneos não versados em assuntos militares, Kano não presta a menor atenção a seu corpo. Ninguém na família o estimulou a valorizá-lo. Se fosse gorducho e barrigudo, ele daria um belo *sumotori*, nesse confronto no limite da luta mais sumária e do pensamento mais sutil, entre brutalidade animal e ode poética às divindades xintoístas. Mas Jigoro é pequeno e frágil, magro e pálido. Quer sair de sua juventude e de seu mundo. "A arte da luta é necessária ao indivíduo para cultivar a força que lhe permitirá se defender e preservar um caráter determinado", escreve em 1915, em uma de suas longas memórias que difundiram sua existência. Ele ouviu falar de uma luta, o jujutsu, mas ignora quase tudo dela. Um detalhe lhe chamou atenção. Essa disciplina repousa sobre um conceito simples: às vezes a agilidade leva a melhor sobre a potência. Mental *versus* físico: essa transcendência convém à sua morfologia. A natureza lhe fez uma figura pequena que terá que se contentar com as armas de que dispõe. Ele se lembrará disso para conceber seu próprio método.

Praticado pelos samurais, no corpo a corpo, com as mãos nuas e até a morte, o jujutsu florescia na era Edo, que precedeu a Meiji e durou quase três séculos. O Japão, país de montanhas e vales, acolhia centenas de escolas, e o mesmo número de estilos diferentes que orgulhavam os militares. Só que os tempos mudaram. Contrária às prescrições do imperador, essa arte da luta sem sabre é agora desaconselhada, como tudo o que lembra o passado.

Terminou o tempo das grandes cavalgadas, do sacrifício e das decapitações, de toda essa mitologia da morte e da fúria da qual eles eram os heróis. "Senhor, peça-me para morrer e eu o farei": o *bushido*, essa codificação quase religiosa respeitada por todos os lutadores desde o século 16, não será mais ensinada às novas gerações, e desaparecem os exércitos e soldados que desfilavam brandindo lanças e kakemonos, com dois sabres na cintura. Nas praças das cidades e nas estradas do campo, guerreiros hirsutos e violentos, com rostos inchados por excesso de saquê e pelo desespero de viver, agem como fugitivos procurando briga com o primeiro que aparece. Os privilégios são abolidos. O mundo dos samurais segue para sua ruína na escuridão da noite, como os 47 *ronins* da lenda, lutadores perdidos fiéis a seu senhor, derrotados que tentam lembrar do prestígio que tinham. Sabem que estão condenados à invisibilidade. Saem da história. A nação dos daimiôs já não existe.

Pior, a lei proíbe o manejo das armas, e as instituições que professavam seu emprego desaparecem. O jujutsu tornou-se impróprio e só é ensinado em raros lugares onde especialistas perpetuam a chama do que consideram tanto uma tradição quanto uma maneira de recusar a ocidentalização em curso. Entre eles, mestre Fukuda, Hachinosuke Fukuda, o dono da escola Tenjin Shinyô-ryû onde Jigoro costuma treinar. O jovem é tão assíduo que o escolhem para fazer uma demonstração diante do 18º presidente dos Estados Unidos, Ulysses Grant, em visita ao imperador.

Sob o olhar dos oficiais, ele se sai brilhantemente. Todos os judocas conheceram isto: um momento especial vivido em um tatame, a sensação de um deslumbramento, de um destino. Kano fica famoso, ele, que desdenhava de sua insegurança. Mas, passado o instante de glória, o cotidiano retoma seus direitos e é menos empolgante: os lugares são desconfortáveis, os postos esparsos e o treino rude.

Jigoro Kano não se desespera, persegue seu sonho. Ele se aperfeiçoa, corrige suas insuficiências e descobre que, com um pouco de malícia, uma fraqueza se torna uma benção, uma deficiência, um trunfo. O judô se assentará sobre o movimento dos corpos, sua adaptação, sua inteligência. Variar a posição das mãos perturba o adversário, um deslocamento de pés provoca um desequilíbrio, a agilidade da pélvis determina a velocidade do movimento. Ele usa os braços, os ombros e até mesmo o pescoço, no momento de cair no chão. Não negligencia os exercícios de respiração e o trabalho abdominal, de onde vem a energia libertadora de gritos que multiplicam a potência. "O resultado da prática do jujutsu me permitiu realizar uma mudança completa da minha constituição em comparação com a da minha infância", ele dirá.

Mas sua grande descoberta está noutro lugar. Sua nova robustez acarreta outra transformação: a de seu espírito. Jigoro Kano decidiu: ele será calmo. Björn Borg também nem sempre foi esse "Iceborg" que mostrava sua fleuma inatacável e desconcertante nas quadras do Grand Chelem. No início, foi um tenista irascível e narcisista que quebrava as raquetes à primeira injustiça da arbitragem antes de se identificar com esse robô de sentimentos indecifráveis que o levará às mais belas vitórias e às mais loucas estatísticas.

Um século mais cedo, havia acontecido o mesmo com Jigoro Kano. "Quando criança, eu era temperamental", ele se lembrará. "Minha paciência é maior agora, meu temperamento foi se acalmando ao longo do tempo." É o elemento fundador. Um judoca nunca será agressivo. Antes de tudo, ser impiedoso consigo mesmo, não desanimar, nunca se irritar. Kano é capaz de melhorar o que lhe é ensinado, compara-se com parceiros altos aproveitando as vantagens de um centro de gravidade bem baixo. É evidente que esse homenzinho atarracado possui o físico certo para o esporte que está prestes a codificar. Terminado o treino, ele o prolonga, pois não considera a prática um fim em si. Seus parceiros o observam com curiosidade e se divertem ao vê-lo procurar manuscritos, reunir testemunhos e interrogar os sobreviventes dos anos dourados. Ele afirmará a vida inteira: o judô foi erigido sobre fundações antigas. "Estudei o jujutsu na juventude com muitos mestres eminentes. A sabedoria deles, fruto de muitos anos de estudos intensivos e ricas experiências, me foi extremamente profícua."

O jujutsu era conhecido por vários nomes: *tai-jitsu*, *kenpo*, *kogusoku*, *hakuda* ou *yawara*. A história é assim, complicada, com gênese enigmática e origens mal identificadas, remotas, numerosas. Consultando o Grande Livro — que não existe —, os lutadores teriam importado para o Japão técnicas novas depois de tê-las estudado em alguns países da Ásia; outros eram reputados por serem poderosos ou por terem tido, aqui e ali, gloriosas vitórias. Um deles ficou famoso porque sabia ressuscitar os mortos: quanto à morte, tratava-se de desmaios astuciosamente provocados e depois curados com *kuatsus*, cuja ciência ciosamente protegida era constitutiva dessa cultura do secreto. A prática não desapareceu: eu te imobilizo, te estrangulo, te deixo em coma. E te reanimo, não se preocupe.

Em seu *Jigoro Kano*, publicado em 2006 pela editora francesa Budo, o judoca Michel Mazac também menciona a aura do século 17 europeu de um chinês chamado Chingempin, poeta nas horas vagas cuja influência teria chegado ao Japão. Alguns especialistas minimizam seu papel, enquanto relatos espetaculares dão verniz à sua crônica. Como saber? A polêmica continua. Único indício a favor de uma origem insular: o jujutsu (e subsequentemente o judô) é uma arte da apreensão e se pratica a dois, enquanto os chineses gostam de evoluir sozinhos, no silêncio matinal, à beira dos rios ou no coração das florestas. Examinando tudo isso, tenho a impressão de encontrar nossas próprias disputas sobre a criação do cinema, quando Thomas Edison se adiantou sobre seus concorrentes europeus.

Distinguindo-se pela assiduidade, Jigoro Kano imagina certos movimentos sem deixar de estudar aqueles que os precedem, como essas cinco recomendações do jujutsu:
- não resistir, mas vencer pela maleabilidade;
- não se deixar distrair;
- não buscar vitórias demais;

- manter o espírito sereno, de modo a não brigar e, portanto, ser criticado por isso;
- manter-se calmo em todas as circunstâncias.

Ele irá se inspirar nelas — e seria prudente que nós também o fizéssemos; parece o comentário contundente e invertido de nossos tempos atormentados.

Os grandes princípios do judô estão germinando. Seu surgimento será baseado em uma encarnação quase divina: um curso, um esporte, um criador. Kano compreendeu que é preciso ir além da técnica para alcançar o educativo, e do físico para chegar ao mental. Não há, ele escreve, desenvolvimento moral sem expansão do corpo, e não há realização pessoal sem o cuidado com o outro. Nos anos 1920, ele será avesso à militarização da sociedade japonesa e fará do judô um esporte, como também uma pedagogia, afastada de qualquer sentimento belicoso, ao afirmar sempre que a relação com a competição e com o adversário ocasional não poderia ser constitutiva de um ensino mais completo que visa, antes de tudo, à plenitude do ser.

Kano estudou algumas escolas antes de se considerar apto a fundar a sua. Nada surpreendente nem audacioso para a época: existiram muitas instituições ao longo da história, muitas instituições, todas ligadas a muitas origens, e ele apenas acrescentava sua própria pedra a um edifício atomizado. Mas ele não podia prever que sua iniciativa fosse abolir a dos outros e tornaria caduco o ensino dado em outros lugares. Tal qual o advento do cinematógrafo Lumière.

Depois do tempo dos generais, que sempre queriam ter a última palavra e logo estariam de volta, o fim do século 19 é o momento dos sonhadores e dos grandes loucos: cientistas, técnicos, médicos, pintores, poetas, aviadores, arquitetos, construtores navais, aeronáuticos e automotores, Pierre de Coubertin prestes a criar os Jogos Olímpicos modernos e Henri Desgrange, o Tour de France. Para Kano, os anos passam rápido, mas dão frutos. Em 1879, enquanto treina com os membros dos clãs Kitô, que aprofundam um estilo que lhes é próprio, mestre Fukuda morre de repente. Kano é convidado a sucedê-lo. Tem apenas vinte anos, mas acumulou uma soma considerável de conhecimentos. Em 1881 recebe seus diplomas na Universidade de Tóquio: letras, estética, filosofia e finanças. No ano seguinte, já se considera apto para convidar alunos a descobrir o que está imaginando.

O século que chega guarda sonhos infinitos e as jovens gerações já adivinham: do antigo virá o novo. Saindo da noite dos samurais, como as flores do arquipélago florescem entre os rochedos da costa sob a tempestade, o judô nasce na primavera de 1882, ano 15 da era Meiji, em Tóquio. A escola que ele cria recebe o nome de Kodokan — literalmente, o "lugar onde o princípio se torna manifesto". Para todos os judocas, o "lugar onde se revela o caminho".

A deliciosa sensação de existir

O clube de judô da EDF, no qual eu me preparava para dar os primeiros passos, ficava à beira do canal de Jonage, ao lado de prédios de fábricas e de aleias de plátanos, no bairro de Bonneterre, em Villeurbanne, a cidade do ASVEL e de Alain Gilles que, aos domingos, fazia tremer os painéis de basquete do país.

O dojo se resumia aos tatames dispostos no chão de um velho hangar pré-fabricado cujo teto de lambri era surrado e empoeirado, e que ficava no fundo de um pátio — uma vaga lembrança me diz que o pátio servia de depósito para máquinas de serviços públicos. Conheci muitos clubes, e eles quase sempre se situavam em locais oferecidos sem o menor cuidado pelas prefeituras desejosas de ver florescer esse esporte exótico que reunia milhares de crianças em todo o país.

O professor se chamava Ernest Verdino. Tínhamos que dizer mestre ou senhor — um dia, ouvi seus amigos próximos o tratarem por Nénesse, uma familiaridade que me espantou. Verdino: filho de italianos, imagino. É uma constante do judô, como do esporte em geral: os que se dedicavam a ele raramente eram pessoas da alta sociedade — a não ser em seus primeiros balbucios, iniciados por alguns aristocratas esclarecidos que tinham dinheiro, gosto e coragem de se aproximar de tentações execradas por sua classe. Nos anos 1960 e 1970, e até hoje, os educadores vinham do povo; a maioria tinha encontrado, na descoberta do esporte, muitas vezes no exército, na recusa obstinada à submissão social que lhes era destinada, o brilho de um caminho pessoal que os aproximava do topo a ser conquistado. Não é muito comum numa vida de homem, andar nessa corda bamba, e todos dirão que, na felicidade pedagógica e no reconhecimento de seus alunos, eles experimentaram algo que preencheu amplamente sua existência.

O sr. Verdino era 4º dan. Na época, esse era o grau mais alto que um judoca podia alcançar, a não ser que tivesse sido um competidor excepcional, como Henri Courtine ou Bernard Pariset, dois nomes que com sua envergadura dominavam a mitologia do judô francês. O sr. Verdino era forte, mas sua bela aparência, bem como seu modo de transmitir as instruções, contrastava com seu porte físico de armário com o qual nos confrontávamos. O ar era viril, mas o rosto normal, nada de nariz achatado, pescoço de touro, orelhas de abano e amassadas em geral presentes nos rostos de judocas.

Todos o olhavam com receio e admiração. Com pouco mais de trinta anos, embora parecesse mais velho à criança que eu era, ele evoluía no tatame com naturalidade, com uma calculada economia de gestos. Não precisava se esforçar muito: seu quimono sempre passado com esmero, em contraste com os nossos, sempre amassados, e a faixa preta, que evidentemente ele era o único a usar, já bastavam para torná-lo inacessível. Nenhum aluno duvidava disso e ficaríamos desamparados se alguém se mostrasse superior a ele, que irradiava uma força sobrenatural cuja evidência nunca precisou ser provada. Em minhas lembranças mais antigas, nunca o vi lutar, só ensinar, educar, instruir, modificar a posição de uma das mãos, explicar a eficácia de um movimento ou de um desequilíbrio — ele evoluía com precisão junto às crianças pequenas diante das quais era inútil exibir a menor demonstração de poder.

O mestre era acompanhado por um adolescente aguerrido chamado Djamel. Técnico erudito e assistente respeitoso, ele ficava à sua disposição, pronto para cair quando a lição assim pedia, e sua faixa roxa, antecâmara da faixa marrom, último degrau antes da faixa preta, o distinguia de nós. Alguns anos mais velho, não era nosso alter ego, só um modelo a ser seguido, um aluno talentoso, como o jovem príncipe de um reino do qual éramos ainda figurantes sem nome. Duke Ellington tinha Billy Strayhorn no segundo piano, dirigindo a orquestra, eventualmente compondo algumas pequenas joias como "Take the A Train". O sr. Verdino tinha Djamel, que ficava com o tatame e a distribuição das tarefas.

Ainda ouço a voz desse professor, e seu rosto está associado a meus anos juvenis. Como a maioria dos mestres que conheci, ele era a nobreza e a serenidade — enfim, era como eu o via. Parecia de uma terra distante. Os gestos, os sinais e as palavras, tudo dava vontade de descobrir o que viria a seguir. No momento em que escrevo estas linhas, ignoro se sr. Verdino ainda está neste mundo. Para as crianças que éramos, ele era imortal.

Não havia poesia naquele local sem charme, sequer uma janela que lembrasse o lado de fora, apenas claraboias que davam para um céu cinza e filtravam a luz. Mas a multidão de crianças que enchia o espaço bastava para dar vida àquele dojo improvisado. Haviam emprestado um quimono para cada criança, e também uma faixa branca cortada de enormes rolos que brilhavam como guirlandas de diferentes cores: amarelo, laranja, verde, azul, marrom. Olhávamos para eles com gulodice e temor: cada cor representava um grau que talvez um dia pudéssemos conquistar.

No começo, o sr. Verdino começava a aula brigando conosco porque esquecíamos as saudações no tatame. É uma tradição japonesa se curvar para mostrar a deferência apropriada a determinada circunstância ou interlocutor — e porque apertar a mão é uma maneira de transmitir micróbios. "Antes da luta, o sábio cumprimenta humildemente seu adversário", diz Confúcio, de modo mais nobre. Os japoneses se curvam o tempo todo, podemos ver isso nos mangás, nos filmes de Mikio Naruse e nas conferências internacionais. Então, com *ritsurei* (a saudação em pé) ou *zarei* (a saudação de joelhos), no judô, é preciso respeitar o tatame, o mestre, os parceiros e o resto. Aprendi a usá-las ignorando que o faria milhares de vezes e que, quando coubesse a mim, eu as imporia com tom severo a meus próprios alunos.

A saudação é o que funda a relação com o outro, tanto no treino como nas competições. Algo se instaura, imediatamente igualitário, pacífico e solene. Os esgrimistas e os dançarinos têm a reverência, os judocas, a saudação. Enquanto se abraçar, apertar a mão ou seguir códigos de rappers e dar soquinhos com anéis nos dedos muitas vezes não diz mais nada sobre uma sinceridade que desaparece atrás do automatismo neomundano e do costume urbano obrigatório, a saudação no tatame só se iguala em volúpia ao *abrazo* argentino, outro gesto que cria uma obrigação.

As primeiras semanas passaram como em um sonho. Sem tirania, o mestre impunha sua disciplina. Falei do aprendizado da queda e dos concursos de cambalhotas. Eu começava a brilhar: se jogar em cima de vários colegas se tornou meu exercício favorito e eu salivava quando o período das provas se aproximava. Era sempre no terço inicial do treino, logo depois do aquecimento. Em seguida vinham os estudos técnicos, primeiro no chão, depois as projeções em pé. O mestre notou que eu me animava com todos aqueles exercícios. Um dia pediu silêncio e me chamou ao centro do tatame.

Três meses haviam transcorrido desde a abertura da temporada. Como a passagem da faixa amarela se aproximava, ele às vezes testava alguns de nós. Não me fiz de rogado. Escolhi um parceiro que não relutava em cair e cuja postura, corpo e peso me eram agradáveis. Ele seria *uke*, aquele que cai; eu seria *tori*, aquele que faz cair. Aplicado e prudente, eu coloquei a mão direita no avesso de seu quimono e agarrei sua manga com a mão esquerda, apertando os dedos no tecido áspero. Meu parceiro fez o mesmo. Entre prazer e medo, eu executava primeiro o *ô-goshi*, um movimento cuja tradução literal é: grande (*ô*) quadril (*goshi*), significando "grande projeção com o quadril" ou "grande captura com o quadril", já que, depois de uma fase que visa desequilibrá-lo, projeta-se o adversário inclinando-o por um balanço do quadril. A versão em francês do nome desse movimento era "11º de quadril".

Eu fazia sequências de ambos os lados com a mesma facilidade: os canhotos são mais ambidestros do que os destros, como se sabe. Meu parceiro pensava principalmente em cuidar de sua queda: clara e barulhenta, ela contribuiria para o sucesso do conjunto.

Depois do *ô-goshi*, veio o *ô-soto-gari*, ou "grande ceifada externa", e depois o *ippon-seoi-nage*, "projeção por sobre o ombro". Aos poucos o medo dava lugar ao prazer. Foi uma exibição de todo o meu savoir-faire e o fiz com espontaneidade e convicção — mesmo com essa idade, compreendemos que isso conta. Até me aventurei a executar um movimento que não estava no programa, mas que eu havia exercitado escondido, sem tê-lo aprendido oficialmente. O mestre não mostrou nenhuma surpresa nem corrigiu meus gestos. Bom sinal.

Ele só me pediu para dizer em voz alta o nome dos movimentos. Fácil: a sonoridade dessa língua, que pensávamos falar por conhecer cinco palavras dela, era mágica. Depois ele bateu palmas e convidou outro aluno para fazer o mesmo. Eu saudei "meu" *uke*, que fora perfeito — fico devendo essa a ele —, e voltei a me ajoelhar, orgulhoso. Havia passado o obstáculo. Ainda estávamos no frescor do outono. Mais algumas semanas e a faixa amarela me seria destinada.

Se procurarmos os vestígios do que faz uma vida, uma entrada em cena, uma luz na tempestade, esse foi um. Foi a primeira vez que fui objeto de tanta atenção. Alguém que não era minha mãe, nem meu pai, nem aquela tia adorada na casa de quem eu passava o verão em Chougnes, alguém que não era da minha família me olhava com ar benevolente. Uma segunda infância começava. Eu senti a deliciosa sensação de existir. São coisas tão passageiras.

Doze tatames

Puro *tokyoite*, Tatsumi Yoda é também um cidadão do planeta cinema. Diretor da Gaga Corporation, ele corre os festivais e mercados profissionais para comprar, vender e distribuir o melhor dos filmes autorais e em seguida os oferece ao público de seu país, cuja juventude e entusiasmo inigualáveis conhecemos. Ele também, jovem e entusiasta, à sua maneira, e com mais de oitenta anos: *Tom* Yoda, como é conhecido no métier, é capaz de um bate e volta Tóquio-Paris para aparecer, mal o avião pousa, nos escritórios de Cannes e defender a causa de um cineasta por quem se encantou e voltar satisfeito, sem ter deixado nada ao acaso, inclusive a recomendação de seus vinhos franceses preferidos. "Não vim influenciá-los, mas mostrar minha amizade", ele nos diz, o que é justamente uma maneira de nos influenciar. "E também lhes dizer que sou muito ligado a Cannes!", acrescenta, meio simpático, meio yakuza. E, diante de nossos jovens colegas perplexos com o exotismo do personagem, conclui com uma grande gargalhada, pois sabe que qualquer tentativa de corrupção está fadada ao fracasso.

Num instante, o produtor afável revela o conquistador pugnaz que foi em sua juventude batalhadora, cujo rastro, gosto de imaginar, pode ser visto em tatuagens terríveis, sob o impecável corte de seus ternos. Mas eu e Christian Jeune, que dirige o departamento Films de Cannes, nos divertimos com a comédia, somos sentimentais, embora não brinquemos por muito tempo acerca do assunto: nessas situações somos os japoneses, e no fio do sabre. Suas boas maneiras logo reaparecem, como o cinema, que nunca deixa de alimentar suas conversas. Ele, chegado a uma fofoca, me cochicha certa noite: "Hirokazu Kore-eda está fazendo seu filme mais bonito". A obra se chamava *Assunto de família* e, em maio de 2018, receberia a Palma de Ouro em Cannes.

O boato diz que foi nele, Tom Yoda, que George Lucas teria se inspirado para o personagem de... Yoda, em *Guerra nas estrelas*, quando se conheceram no início dos anos 1970. Não sei se é verdade. Os especialistas da saga têm outras interpretações: Lucas, a quem o fracasso de seu primeiro filme *TH 1138* não o impediu de assinar, no hotel Carlton, na Croisette, um contrato para um "pequeno filme de ficção científica" — "cavaleiros galácticos, senhores negros, de luz e de morte, tudo isso" —, gostava, ao que parece, de filosofia oriental, e *Yoddha*, em sânscrito, significa "guerreiro", e *Yodea*, em hebraico, "aquele que sabe".

Que Tom Yoda esteja ou não na origem do homenzinho verde criado por Frank Oz, é esse o desenho do personagem, que fala inglês um pouco como seu homônimo — em versão francesa: "*Beaucoup, encore, il te reste à apprendre*" [muito, ainda, você tem que aprender]. Apesar dos anos, ele continua a dar provas de uma energia estupenda e de um engajamento artístico sem falhas. E também de temperança na vida e de bom gosto quando se trata de escolher um restaurante — ele próprio tem dois, tranquilos e refinados, daqueles que a gente encontra em Tóquio, longe dos estabelecimentos globalizados barulhentos para imitar os americanos, e com garçons desagradáveis, para imitar os franceses. Em suma, Tom Yoda não brinca quando se trata de sentar-se à mesa.

Não faz muito tempo, aceitei seu convite para o lançamento no Japão do filme *Lumière! A aventura começa*. Aterrissei no aeroporto de Narita com uma sensação familiar, idêntica à que sinto no aeroporto de Ezeiza, em Buenos Aires, a ideia de que esse país sempre foi meu. Fui imediatamente rodeado por um bando de jovens que me conduziram do aeroporto ao centro da cidade em uma minivan dirigida em alta velocidade por um motorista com luvas brancas que não parava nos pedágios. Como sabe que sou judoca, Tom Yoda me fez a surpresa de me levar à Kodokan — era perfeito, é o que faço sempre que chego a Tóquio.

Em janeiro de 1882, tendo no bolso o diploma de ciências políticas e econômicas da Universidade de Tóquio, Jigoro Kano reflete sobre o futuro. "Quando eu era jovem, queria ser primeiro-ministro ou multimilionário", dirá. "Mas ser primeiro-ministro não significaria ser um homem sem muito valor, e não era enfadonho ser multimilionário? Cheguei à conclusão de que dedicaria a vida somente ao ensino, não me arrependo." Como um padre fazendo voto de pobreza, ele se dedicará ao humilde destino dos preceptores. Torna-se professor em uma instituição educativa na capital desejada pelo imperador, a escola Gakushuin.

E, em maio de 1882, 15º da era Meiji, Kano, que ainda não completara 22 anos, abre sua própria "sala de jujutsu", que batiza de Kodokan Judo, e é assim que o novo esporte que decide ensinar será chamado nos primeiros anos. Ele se instala na rua Kita-inari, no bairro de Shitaya, no pequeno templo de Eishoji. O primeiro inscrito se chama Tsunejiro Tomita, dezessete anos e meio, que o neo-*sensei*, o mestre principiante, conhece desde sempre. Entre junho e agosto, outros alunos se juntam a ele: Naruyasu Higuchi, Tamakichi Nakajima, Toraoro Matsuoka, Noribumi Arima e seu primo Noriomi. Depois, perto do fim do ano, Genjiro Amano e Kaijiro Kawaï. Nesse meio-tempo chega o mais extraordinário dentre eles: Shiro Saigo, que tem apenas catorze anos. O mundo ignora que eles existem, e eles também. São um punhado, nove, exatamente. "Como os doze apóstolos!", conclui um amigo, que me deixa sem voz.

A história dos homens ilustres sempre comporta um momento-chave que modifica o destino deles e faz a alegria dos biógrafos. Não há nada disso em Jigoro Kano, que bem cedo vislumbrou seu destino. Ele suscita o espanto de seus pares que, nesses tempos dominados pelo desejo de ocidentalização, não compreendem o interesse que se pode ter por uma disciplina quase proscrita. Kano sabe o que faz, incluindo as privações: à noite, é o primeiro no tatame a acolher seus alunos; de dia, é professor de ciências políticas. Tornando sua carga mais pesada, ele faz, para suprir suas necessidades, traduções do inglês — que aprendeu na academia de Shibei Mitsukuri e fala tão fluentemente que, muitas vezes, escreverá seu diário na nova língua internacional. Foi também um dos primeiros japoneses a jogar beisebol.

Ele investe todo o salário na Kodokan. O projeto frágil, os lugares exíguos. Na sala de treino, foram retiradas lanternas e velas, bem como os rolos e biombos então na moda na decoração tradicional de interiores. Doze tatames de 90 centímetros de largura e 1 metro e 80 centímetros de comprimento enchem o cômodo. Com 20 metros quadrados, o espaço é, portanto, pequeno; no século 21, a maior sala comporta 420 tatames, ou seja, quase 700 metros quadrados. Naquele início de verão de 1882, o pequeno templo continua a acolher cerimônias budistas, mas, como sua construção é precária, o contínuo movimento dos judocas não traz tranquilidade. Kano transforma seus alunos em marceneiros improvisados e lhes pede para reforçar as fundações e garantir a solidez das vigas. A história se repetirá com frequência: quantos professores ou presidentes de clubes vimos construir com as próprias mãos seu próprio dojo?

No curso de Kano, a solidariedade é evidente, a falta de privacidade é assumida, as refeições são feitas em conjunto. O mestre, que sempre dará certa importância à aparência das coisas, impõe rigor e limpeza. Tomita é encarregado de preparar os *keikogis*, trajes de treino que ainda não são chamados de *judogi*. O termo *quimono* que em geral o designa só é empregado quando se refere ao tradicional traje japonês das eras anteriores à Meiji.

Ele ensina mais que judô aos alunos: ele os encoraja, aconselha e emancipa. O jovem Yoshitsugu Yamashita, por exemplo, passa a integrar a Kodokan em 1884, aos dezenove anos. Impetuoso e hiperativo, ele vai se acalmar e se tornar o melhor assistente do fundador, que lhe confiará a responsabilidade da primeira sucursal aberta na Universidade Imperial, e depois o enviará aos Estados Unidos para divulgar a novidade. Em 1935, Kano atribuirá a Yamashita, a título póstumo, a primeira faixa preta 10º dan.

Quanto ao engajamento pessoal, ele é irrevogável, como revela o regulamento do local: "1) Na Kodokan, eu não deixarei de praticar sem motivo válido. 2) Nunca desonrarei a reputação deste dojo com minha conduta. 3) Nunca revelarei os segredos que me serão ensinados e não estudarei judô em outro lugar sem autorização. 4) Não ensinarei judô sem autorização. 5) Observarei as regras não apenas durante meu estudo na Kodokan, mas também quando eu ensinar judô — depois de ter sido autorizado a fazê-lo". Os alunos fazem esse juramento assinando... com o próprio sangue! Não se pede tanto neste início de século 21.

✳

Algumas mudanças depois, Kano conta com uns vinte alunos. Os primeiros que chegaram são agora os mais graduados. No tatame, o mestre dirige e experimenta ao mesmo tempo. Também desse ponto de vista, ele é confuciano: "O sábio começa *fazendo* o que quer ensinar; mais tarde, ele ensina". É importante ser mais forte do que seus alunos, ou, digamos, diferente — todos os professores sabem disso. No entanto, a história não diz tudo: quando ele *aprendeu* judô? Como Lumière, que por muito tempo ignoramos que fosse também um grande cineasta (e ele próprio não falava sobre o assunto), é evidente que Kano é um bom judoca — isso pode ser visto nos filmes que sobreviveram. Ambos *criaram* o que inventaram. No tatame, Kano avalia técnicas às quais teve acesso em seus anos de estudo, algumas designadas com nomes precisos, outras ainda não. Ele as renomeia e distribui de maneira racional. Nos primeiros anos, entre 1882 e 1899, algumas capturas são utilizadas. Logo elas irão constituir vários conjuntos coerentes. Um judoca e, a fortiori, um professor, o professor que eu era, sabe tudo isso de cor.

Nenhum movimento perigoso é tolerado: Kano revê tudo que pode machucar. O judô será uma disciplina dotada de regras precisas, como o boxe ou a luta, o caratê ou o sambo, que utilizam um arsenal técnico e uma paisagem mental para pensar o mundo de modo diferente do de uma luta bestial.

Numa época em que o sagrado voltou com tudo, os judocas recorrem a Jigoro Kano. É bem possível que o fascínio que ele continua a exercer se deva ao que parece ser modéstia, discrição, quase mutismo. Uma decência comprovada por documentos guardados na Kodokan. Nas raras fotos de então, ele aparece *discretamente*. Quando jovem, parece um sábio — quando velho, também. Seu rosto de bebê se transforma em lenda pelo traje tradicional e pelo bigode. É prudente e instruído. Escreve muito, mas poucos sabem disso no Ocidente, com exceção de Yves Cadot, um historiador que vai à fonte e à língua. Esse professor universitário, ele próprio 6º dan, leu tudo no original e então publicou, na excelente revista *L'Esprit du judo*, crônicas brilhantes com títulos eloquentes: "O dojo, uma luz na noite" ou "Ser móvel, a arte do judoca". Judocas foram grandes leitores, ávidos por voltar às origens.

Kano virou adulto com a morte da mãe. Tomado por um sentido de dever, torna-se um mensageiro, um guia, um inspirador. Pensa o judô como esporte e não como simples método de luta; como superação de si, não confronto com o grande Inimigo invisível. Nada de passado mitológico, de monastério escondido na neve entre esporão e falésia de 2 mil metros de altitude, nenhum velho mestre de barbicha caminhando sozinho na montanha pensando em haikus definitivos. O judô será urbano e moderno, imaginado por um homem pouco mais velho que seus alunos. Uma forma está surgindo. Oriunda do jujutsu, ela vem do mesmo princípio: fingir ceder para melhor derrubar. O resto, o *randori*, o *shiai* e os *katas*, virá depois — como aqui.

Tóquio, Kodokan International Judo Center. No primeiro andar, o prédio abriga um pequeno museu, e seu diretor me oferece uma visita que é pura amabilidade. Ele confessa estar surpreso com o fato de o diretor do Festival de Cannes ser também um judoca e se surpreende ainda mais quando me vê precipitar sobre os documentos de época citando em voz alta o nome dos pioneiros como se fossem velhos tios, extasiado com as vitrines cheias de relíquias e fotos de família — a minha família. Tudo o que eu tinha lido quando criança em *France Judo* me vem à mente, em particular a saga de Shiro Saigo, que era então meu herói.

Por hospitalidade, quando íamos para o outro andar, ele me deixa subir até o sétimo nível, a imensa área de treino. Agora vocês já sabem, é preciso saudar o tatame ao entrar e ao sair dele. Subir em um tatame — fiz isso milhares de vezes, e agora repito naturalmente todos os gestos, sem que ninguém me force. Todos calçam meias. Eu me afasto para avaliar a medida dos locais, simular algumas varreduras e outras combinações sofisticadas cuja lembrança me vem instantaneamente.

O diretor me convida a sentar na grande poltrona de madeira de onde o *sensei*, o mestre, vigiava seus alunos. Privilégio raro, ele me diz — fico impressionado. Dominando os locais e a cadeira vazia, a foto do criador. Não é difícil encontrar Jigoro Kano: basta ir a qualquer clube e ele será visto reinando no lugar certo na entrada, na parede, acima do tatame principal ou em um lugar fabricado propositalmente num cenário à moda japonesa, seu rosto aparecendo como Jesus no fundo do retábulo do altar. Nenhum outro inventor de esporte tem esse privilégio. Quem fundou o futebol e o tênis? Os judocas do mundo inteiro sabem seu nome, e seu retrato pendurado em todos os dojos do planeta tem a ver com a mesma obrigação que impõe o presidente da República às salas de casamentos nas prefeituras da França. Em Lyon, deveríamos ter nos inspirado nisso e exigido que em todos os lugares se pendurasse a imagem de Louis e Auguste Lumière, como também uma placa com o nome deles em todos os cinemas da Europa, da América, da Ásia. Um comunicador supremo, Jigoro Kano.

Tom Yoda, admirado com a força do santuário e o simbolismo de uma disciplina que parece descobrir, diverte-se com meu interesse por tudo e com meu projeto de escrever um livro a respeito. Depois da visita, seguimos pelas avenidas de Tóquio para chegar ao hotel Cerulean, no bairro de Shibuya, onde os neons já estão acesos. Então, para "refinar nossa sensibilidade ao saquê", como escrevia Antoine Blondin ao cobrir os Jogos de Tóquio, decidimos ir a Shinjuku, o bairro onde ainda nos sentimos no Japão urbano dos anos 1960, dos filmes de Nagisa Oshima e de *Rififi em Tóquio*, de Jacques Deray. Ali, percorremos as ruelas de Golden Gai, o distrito mal afamado que virou o centro do turismo noturno da cidade.

Lanternas vermelhas acompanham os letreiros reluzentes e as portas de dezenas de botecos minúsculos, fortalezas da solidão para viajantes desorientados. Como sempre, tomamos a direção do La Jetée. Levei o cartaz do filme *Lumière!* para presentear a senhora Kawaï, a dona desse bar mítico frequentado por Chris Marker e onde Wenders filmou sua homenagem a Ozu. Aqui, tudo tem valor de relíquia. Tomoyo, é o primeiro nome dela, me pede para assiná-lo e promete que ele ficará ao lado de suas fotos de *Zero de conduta* e dos cartazes japoneses dos filmes de Godard. O cinema de Lumière retorna ao Japão.

Diante de sua cerveja, agora Tom Yoda se interessa por Jigoro Kano e o surgimento da Kodokan. Diante da minha, eu lhe explico que era preciso ser intrépido para se apoderar de uma arte marcial obsoleta, quando o Japão se abria para a modernidade, e transformá-la em um esporte praticado no mundo inteiro. Em 1882, a atmosfera já não é a mesma no país. Com a Constituição imperial e a educação obrigatória, o judô vai se tornar o filho mais belo da era Meiji. O "feito Kano" começa naqueles anos. Seu criador não tem ideia que sua invenção o projeta na imortalidade. Seu ensino é batizado com dois caracteres chineses: *ju-do*. *Ju*: a maleabilidade. *Do*: o caminho. *Jitsu*:

a técnica. O caminho da maleabilidade, mais do que a técnica da maleabilidade. Nuance.

A vitória do judô sobre o jujutsu é a de Lumière sobre Edison, sem querer comparar tudo com o cinema. Era *preciso* que o cinema fosse um espetáculo, era preciso que o judô se tornasse um esporte. Judô e jujutsu, um nada os diferencia, uma ligeira nuance, que diz muito: a imutabilidade de uma prática ancestral contra a modernidade de uma ideia que se desenvolve. "Não nos definimos por posições", escreverá um dia Michel Foucault. "Nós nos definimos por trajetórias."

Os anos 1970 começam

Não é fácil encontrar um sentido para a vida, o judô deu um à minha infância. Em setembro de 1970, a EDF abriu um centro de lazer de uma dezena de hectares no vilarejo de Sainte-Croix, em Dombes, uma região de lagos e pássaros selvagens situada ao norte de Lyon: castelo neomedieval, pombais ancestrais, prédios pré-fabricados montados às pressas, refeitórios destinados a festas de confraternização e campos a perder de vista, o paraíso para uma liberdade a ser conquistada. Todas as quintas-feiras de manhã, vários ônibus recolhiam as crianças espalhadas pela cidade e as devolviam à noite. A tarde de esporte se tornara um dia ao ar livre cujo ponto alto era o judô. Ao longo de três anos, vivi ali uma felicidade perfeita, quase sem as aflições da infância, que na hora devastam a existência e das quais a gente se lembra depois com deleite. O sr. Verdino estava sempre lá e dava aula em um lugar mais pitoresco, mais ajeitado, mais dojo.

Aos dez anos, descubro a vida em grupo graças à extraordinária rede de ações sociais e culturais da EDF, fruto, na Liberação, da união improvável entre o general de Gaulle e a CGT, protegendo, com uma convicção visivelmente ultrapassada no século 21, os bens públicos não negociáveis: a água, a energia, os transportes etc. Os centros de lazer, as colônias de férias, aproveito tudo. Com o judô e seus códigos para estruturar minha consciência social balbuciante, entendo a formação dos grupos, os deveres comunitários, tudo isso — me vali de tudo que estivesse à mão. Sem dúvida eu devo ter pensado que a vida podia se desenrolar como num centro comunitário municipal, e essa hiperatividade que dita minha maneira de ser começou ali. Um dia, um médico me disse que eu era propenso ao estresse e, ao ver que aquilo me surpreendia, explicou: "Estou falando do estresse *físico*. Dizendo de outra maneira: você é um pouco agitado".

Gostei do judô imediatamente e soube de cara que seria o esporte da minha vida. Senti sua potência, seu espírito, seu espaço, seu barulho e não poupei minhas forças. Avesso aos trabalhos domésticos em casa, era eu quem varria o tatame antes das aulas; indisciplinado em sala de aula, era aquele que repreendia os bagunceiros que incomodavam o mestre enquanto ele falava. Atordoado com esse novo encantamento, sonhava, do modo mais sério do mundo, me tornar "assistente do professor de judô". Como profissão, quero dizer. Todos na minha família compreendiam que não havia capricho nessa chama que parecia me queimar.

Eu tinha a energia de uma criança da minha idade e a vontade de devorar tudo o que me passasse pela frente. Mais tarde entendi que o judô é um esporte de sabedoria. Se alguém tivesse me dito isso à época, eu arregalaria os olhos. Tinha uma juventude feliz e não sofria com nada. Daí uma índole que não me deixou e que me impedirá, na hora da confissão final, de fingir desânimo. Hoje ela me põe contra o espírito do tempo: não estarei por perto quando for preciso detestar e atacar, peticionar e se fazer de vítima. Sou daqueles que veem o lado bom das coisas.

Como minhas iniciais eram TF, as mesmas do nosso vilarejo natal, Tullins-Fures, o que me deixava orgulhoso, um monitor me apelidou de "Tout-Fou" [Maluco-Total] e era assim que todos me chamavam em Sainte-Croix. Será que eu gostava? Será que me ofendia? Não lembro; de todo modo, era uma coisa afetuosa, eu não ia reclamar. Principalmente porque não era desmerecida. Eu estava em todas, era o último a sair do ônibus e a subir para dormir, o primeiro a cantar à mesa e a azucrinar na sala de aula. Na aula, uma menina me disse "estou com frio", em voz alta, e eu propus "quer que eu te esquente?". Pronto, passaram uma hora pegando no meu pé. Não teríamos feito grande coisa, tínhamos doze anos — lembro que o professor sorriu. Na frente da turma, eu a tinha impressionado ao recitar algumas linhas de *Tartufo*, que ainda sei de cor:

Ah! Pour être dévot, je n'en suis pas moins homme,
Et lorsqu'on vient à voir vos célestes appas,
Un coeur se laisse prendre, et ne raisonne pas.
Je sais qu'un tel discours de moi paraît étrange,
Mais, Madame, après tout, je ne suis pas un ange.
Et si vous condamnez l'aveu que je vous fais,
Vous devez vous en prendre à vos charmants attraits.
Dès que j'en vis briller la splendeur plus qu'humaine,
De mon intérieur vous fûtes souveraine.*

A energia gasta no tatame de judô, nos campos de futebol, nas pistas de esqui e nos pátios de recreação compensava a sensação de um cotidiano que muitas vezes flertava com o tédio. O

---

* Ah! Mas nem por ser devoto eu não sou menos homem,/ e quando se chega a ver seus celestes atrativos,/ o coração torna-se escravo e não raciocina mais./ Sei que essas palavras parecem estranhas partindo de mim,/ mas, senhora, apesar de tudo, não sou um anjo; e se condena a confissão que acabo de lhe fazer,/ deve culpar seus encantos./ Desde que lhes vi brilhar o esplendor mais que humano,/ a senhora tornou-se a soberana de meu coração. [Trad. de Jaci Monteiro. São Paulo: Editora Abril Cultural, 1976.]

tédio de longas viagens em carros desconfortáveis que nem sempre pegavam de manhã, o tédio dos trens noturnos e dos compartimentos lotados de gente e de malas caindo, o tédio dos ônibus que nos levavam para longe de casa e que cheiravam a tangerina e banana, o tédio das salas de espera dos médicos, dos barbeiros, do diretor, do padre, por toda parte. O tédio das crianças que sempre precisam ter paciência e escutar o tempo todo. O tédio diante de um mundo que recusava nossas vontades. A idade de sermos nós mesmos se aproximava com uma lentidão vivida como um sofrimento interminável, a mesma lentidão que, uma vez adultos, gostaríamos que retornasse e impusesse sua força, desacelerasse o curso de nossa vida. Lembro disso, do aparecimento de paisagens inesperadas a nossos olhares perdidos nas janelas, da solidão e do ócio de que se privam nossas crianças saturadas de entretenimentos de smartphone que jamais substituirão as canções entoadas em família, a nicotina que deixava um cheiro doce de enxofre no recinto, um pai contando a história do próprio pai, a descoberta coletiva de *Atom Heart Mother*, do Pink Floyd, em uma fita cassete com o som áspero cujo leitor era posto perigosamente no painel da frente do carro, a competição com os irmãos e as irmãs para adivinhar os números nas placas dos carros ou para ver primeiro uma R16 branca no sentido contrário.

O judô havia entrado em minhas veias. Eu não sabia que faria uma viagem tão longa. As quintas-feiras tornaram-se o dia sagrado em que eu ia ao clube. Ao obedecer a códigos, lições, tradições, ao me demorar repetindo um movimento para que ele fosse perfeitamente executado, a criança turbulenta que eu era se metamorfoseou em aluno disciplinado. Sempre demorava para arrumar minha mochila da escola, mas preparava meu quimono na véspera de cada treino. Com muito orgulho, ensinei minha mãe como lavá-lo, como dobrá-lo.

As aulas duravam uma hora e eram sessenta minutos de exuberância, corpo palpitante e coração exultante. Com uma palavra, um gesto, o milagre de aprender operava sem erro e agia como um juramento sobre nossa alma de criança. Quando tudo terminava, eu sentia uma tristeza que só era amenizada pela certeza de recomeçar na semana seguinte. Um breve retorno à calma no momento do último agrupamento e, todos ajoelhados, esperávamos o *"Rei!"*, a ordem em japonês que o mestre pronunciava em voz alta para encerrar o treino. Era hora de deixar o local — sem se esquecer de se curvar e esvaziar a mente: o tempo para no instante de saudar o tatame.

No vestiário, a agitação era viva, nossos gritos se misturavam ao alvoroço dos pais que tinham ido nos buscar. À noite, eu anotava numa folha de papel os nomes das técnicas de captura em japonês. Sonoridades enigmáticas, palavras novas retornavam: *goshi, ashi, gari, uchi* e, graças aos quadros sinópticos pendurados nas paredes do dojo, começava a compreender como Jigoro Kano tinha organizado seu ensino. Só pensava nisso, sabia que esse esporte era feito para mim. Um perfume prodigioso pairava no ar: o judô me levava para longe.

No Natal eu tinha obtido a faixa amarela. Nada complicado para quem se empenha: executar as quedas com perfeição, três movimentos em pé e três no chão, basicamente repetir na prova o que se praticava em aula, era um momento solene que dava um pouco de medo e depois um baita alívio. A faixa amarela e a primeira estrela foram minhas primeiras recompensas. Em janeiro, tudo tinha mudado: não ser mais faixa branca dá uma sensação de pertencimento e de anterioridade, e autoriza lançar um olhar de superioridade para qualquer principiante que aparece no clube.

Um dia me ensinarão a ver o que há de notável no nosso mundo, eu ainda era jovem demais para perceber, mas via algo que não tinha encontrado em nenhum outro lugar. Os anos 1970 se abriam de modo radiante — é minha década preferida e minha nova paixão teve muito a ver com isso.

A morte voluntária no Japão

Em uma manhã de outono de 1970, o eco sísmico de um acontecimento extraordinário abalou o recreio do liceu. Em Tóquio, dizia o rádio, alguém tinha se matado ao vivo na televisão. Naquele tempo ignorávamos tudo do Japão, esperávamos os Jogos Olímpicos de Inverno em Sapporo, que seriam uma triste lembrança para o esqui francês, e conhecíamos a palavra *hara-kiri*, que estava na moda por causa de um grupo de cartunistas "tolos e malvados" — e indisciplinados. Descobriríamos que havia ilhas no Pacífico com combatentes japoneses que não sabiam que a Segunda Guerra Mundial tinha terminado, mas ninguém tinha bonsais, nenhum ocidental se arriscava a escrever haikus, aliás, ninguém sabia o que era um haiku, e os bares de sushis não proliferavam nos bairros chiques das cidades do mundo.

Eu tinha um ano de judô nas pernas. Jigoro Kano era o primeiro japonês cujo nome eu sabia, o primeiro estrangeiro, talvez, junto com Che Guevara e Neil Armstrong — com estes dois últimos logo ficou claro para mim o sentido binário do mundo.

Como era impossível separar a prática desse esporte do conhecimento de suas origens, consultei avidamente tudo o que lhe dizia respeito. Era a época das primeiras leituras conscientes e voluntárias — até então elas se resumiam ao que era obrigatório, quase sempre uma chatice, com exceção de *A volta ao mundo em oitenta dias*, devorado em uma semana. Antes disso, eu tinha me apaixonado pelas divindades antigas e pelos *Contos e lendas da Grécia e do mundo bárbaro*. Ulisses foi meu primeiro herói, e sua divindade protetora, Atena, minha primeira fantasia feminina. Não ligava para Afrodite, que se ocupava do amor: para mim só havia Atena, a arte e a guerra. E Ulisses. E não sou o único a quem o guerreiro errante ensinou que uma vida longe do furor do mundo não vale a pena ser vivida, mas que um dia é preciso voltar para casa.

Recentemente obcecado por tudo que dizia respeito ao Japão, quis saber mais sobre o episódio estranho de que todos falavam. Na sala de aula um garoto se gabava: "Vocês viram? O japonês abriu a própria barriga e depois decepou a cabeça". Eu não sabia quem era aquele Mishima, mas, de longe, devido a minhas inclinações nipônicas, achava aquilo impressionante, morrer como um senhor da Idade Média. De longe, pois eu era jovem demais para compreender aquele gesto, captar seu sentido, sua violência e transcendência louca.

Em meados dos anos 1980, o filme de Paul Schrader, *Mishima: uma vida em quatro capítulos*, invadiu as telas de cinema e, dois anos depois, Maurice Pinguet publicou *La Mort volontaire au Japon* [A morte voluntária no Japão]. Produzido por Francis Coppola e George Lucas, e tornado sublime pela fotografia de John Bailey e o figurino de Eiko Ishioka, o *Mishima* de Schrader mostra uma figura inquieta e lunática, um homem que está sempre fora de seu tempo e ligado a seu país sempre de maneira anacrônica: ocidentalizado como artista dândi, virando tradição no fim dos anos 1970 como samurai-ideólogo-milícia — o Japão de seu tempo nunca foi o seu. Marcado pela capitulação de 1945, defensor da pureza dos corpos, bem como da sujeira das almas, do código do Bushido e do marquês de Sade, o escritor que mais foi fotografado sem camisa da história da literatura lamentava continuar vivo com mais de quarenta anos. Sem dúvida seu suicídio queria ser fiel a um juramento de criança inspirado pela juventude dos camicases sacrificados e escondia um ideal de vida paradoxal: é preciso saber morrer na hora certa.

"Lá em cima, eu crio a ação ao sol; ali, crio a arte na sombra", diz Mishima no filme de Schrader. A escrita não passou de um socorro intermitente a esse ser narcísico e autodestrutivo, alheio a um mundo que não queria saber dele, mas do qual ele se protegia com sua celebridade para melhor pensar em deixá-lo violentamente: Mishima, que multiplicava as vidas paralelas, familiares, sexuais e literárias, não terá conseguido consumar, em seus múltiplos êxitos, seu desejo de absoluto. Todo apogeu anuncia um declínio. Um dia ele teve que desafiar sua sinceridade quando por pouco não venceu o prêmio Nobel. Algo se rompeu. Quando os sonhos já não bastam, o real exige a dívida dos compromissos, e o suicídio é, para alguns, a saída mais bela. Mishima encenará o seu de maneira espetacular, antecipando, com um brilho tão genial que resvalou no ridículo, os atos midiáticos planetários que desde então nossa história contemporânea engole com desenvoltura.

Segundo Maurice Pinguet, o inconformismo de Mishima nunca o fez hesitar em suas lutas: "Ele se inspira na efervescência maoísta, mas para assumir uma posição contrária: à Revolução Cultural, opõe a defesa cultural para restaurar, sob o imperador, a unidade do crisântemo e do sabre". Lealdade derradeira: será *harakiri* para impressionar os espíritos e continuar fiel à sua visão da história do país. Um *seppuku* — a palavra nobre, oriunda do chinês, e que os japoneses preferem — à moda antiga: cravar um punhal curto nas entranhas e acabar com a própria agonia fazendo-se decapitar com o sabre longo por um terceiro, de preferência alguém próximo, nesse "suicídio dos amantes" que os japoneses chamam de *shinju*. A morte por amor, ou não se entende nada do assunto.

"Tornar-se escritor não é dedicar-se à noite que temos dentro de nós, correndo o risco de se perder nela", continua Pinguet, com um toque que definitivamente mostra a intimidade do ato. Conhecemos a agonia dos sobreviventes, quem pode saber qual a motivação dos que partiram? Milhares de motivos explicam seu gesto e o único válido é o que se ignora. Os suicidas fazem um pacto consigo mesmo. Não é preciso comentar a dolorosa fidelidade a uma promessa insensata.

Depois de terminar o último dos quatro volumes de *La Mer de la fertilité* [O mar da fertilidade] — Marguerite Yourcenar, que publicou um ensaio a respeito do escritor, acredita que ele escreveu sua última linha de manhãzinha, como costumava fazer —, Mishima se apresenta ao Ministério da Defesa. Está acompanhado de quatro discípulos de sua Sociedade do Escudo, a milícia privada que fundou dois anos antes, cujos integrantes, dezenas deles, ele gostava de reunir ao pé do monte Fuji — "Mishima", que era um pseudônimo, é o nome de um vilarejo situado nas proximidades do vulcão japonês. Essa confraria pretendia restaurar os valores fundamentais do país devolvendo ao imperador os poderes divinos que a Constituição pacifista de 1947, estabelecida sob a influência dos americanos, lhe havia suprimido. Ele tem 45 anos, eles são jovens. Enfeitiçados pelas palavras do chefe e o presságio de seu projeto demente, vestem um traje militar de opereta, cheio de botões e amarrações, criado pelo próprio Mishima.

Mas, na terça-feira 25 de novembro de 1970, o escritor agiu de modo desastrado. A imprensa se surpreendeu, o povo não se interessou, e até mesmo as tropas zombaram dele. E o texto-manifesto que deixou, assim como o poema, esse *waka* de despedida, não foram, segundo o cineasta Nagisa Oshima, o que ele escreveu de melhor. Restou apenas o temor de um gesto bárbaro e incompreensível: "A guerra é um pedaço de ferro em um pedaço de carne", escreveu Bertolt Brecht, citado por Jean-Luc Godard em *Para sempre Mozart*. Ao abrir a barriga com a catana, Mishima se impôs uma guerra da qual era o único combatente.

A posteridade do acontecimento, sua corajosa radicalidade e sua moral íntima apagaram as interrogações zombeteiras e os sarcasmos sob os quais ele foi enterrado. Depois da obra elegíaca de Schrader, houve *25/11: O dia em que Mishima escolheu seu destino*, de Koji Wakamatsu, ex-esquerdista e ex-delinquente, personagem comovente que recebi em Cannes pouco antes de sua morte prematura. Wakamatsu brilhou com *Exército vermelho unido*, sobre a tumultuada juventude japonesa dos anos 1960, e causou surpresa ao se interessar por um escritor reacionário. Seu filme e o de Schrader mostram a mesma cena, conservada pelo noticiário: depois de tomar o general Mashita como refém e expulsar seus guardas com golpes de sabre, pois utilizar arma de fogo teria sido trair a tradição, Mishima, tendo amarrado na cabeça um *tenugui*, a bandana da era Edo utilizada pelos *kendokas* sob suas máscaras de ferro, aparece na varanda que dá para o pátio. Ele pendura uma faixa reivindicativa caligrafada com esmero e pede que os militares da guarnição sejam reunidos. Joga centenas de panfletos e exige a presença de jornalistas.

Helicópteros da polícia chegam rapidamente, sobrevoam o local e encobrem a voz do comandante. Seu discurso denuncia a corrupção dos políticos e a perda da beleza ("O dinheiro e o materialismo reinam", ele lamenta com frequência), mas não convence a multidão uniformizada, que o vaia. Com o fracasso,

Mishima sai da varanda que acabou não sendo a tribuna pretendida e volta para a sala, na qual, petrificado, o generalíssimo sufoca de tanta estupefação, e não apenas por causa das cordas que amarram suas mãos e pés, e do esparadrapo que o impede de falar. Enquanto as forças especiais se aproximam do local do drama, Mishima se oferece ao desenlace final. Dos quatro discípulos que o acompanham, três foram designados para sobreviver; o último, Morita, que era seu amante, o acompanhará na morte: depois de decapitar o chefe, ele também deve se matar. O que, aliás, não vai conseguir.

Como Jack London descreveu o suicídio de Martin Eden antes de imaginar o seu, Mishima havia explicado perfeitamente o *seppuku* em um conto publicado em 1961, como se os dois escritores quisessem validar com a imaginação a dor e a beleza do ato. Em *Rito de amor e morte*, Mishima escreve: "'O *seppuku*', pensou ele, 'é isto?'. Parecia o caos absoluto, como se o céu tivesse caído sobre sua cabeça, como se o universo, embriagado, titubeasse. [...] Ele se surpreendeu, como se fosse uma coisa incrível que, em meio a um sofrimento tão terrível, o que podia ser visto pudesse ainda ser visto e o que existia pudesse ainda existir". Não estamos longe da última frase de *Martin Eden:* "E quando ele soube, deixou de saber".

É o fim de sua presença na Terra. Mishima abriu a própria barriga. Para ter um pouco de paz, aniquilar o envelhecimento de seu corpo e a derrota de seus sonhos. Não há nada entre a delicadeza do poeta e a fúria do militante, a pétala de uma flor de cerejeira que cai lentamente dos galhos da árvore e pousa aqui, e não ali.

O surgimento contemporâneo da "morte voluntária" à moda samurai sem dúvida permanece associado à figura de Mishima. Ele ficaria feliz com isso, pois não o consolava considerar o homem japonês um covarde hipermodernizado e só via como cura coletiva um gesto exemplar para lembrar à população, depravada com a chegada das bonecas infláveis e com o consumo desenfreado do modelo ocidental, a potência de sua identidade. Alguns meses antes ele aceitara debater com estudantes que protestavam. Sabendo do risco que corria: os extremistas japoneses não estavam para brincadeiras. Ele apreciou o ímpeto e a efervescência de suas ideias, e ficou triste por não conquistá-los, não convencê-los a se juntarem para combater o futuro cheio de maus presságios. Apesar do retorno do nacionalismo nipônico, cujo mal feito ao povo, que inclui Fukushima, não sabemos se Mishima teria saudado, o tempo concedeu ao escritor a coerência de seu pensamento e a coragem de sua ação. Yukio Mishima era um sonhador, não um político; apenas um homem que lutava contra sua natureza e não queria que "sua literatura fosse percebida como o produto de um corpo franzino, anormal", como escreveu Nagisa Oshima, autor de *O império dos sentidos*, que refletiu sobre aqueles que vão até o fim. "Com o Mishima que conheço hoje, eu teria prazer em tomar saquê", concluiu o cineasta.

Há um fervor japonês pelo suicídio. Maurice Pinguet, que gostei de reler para escrever este capítulo, dedica ao assunto algumas páginas admiráveis. As estatísticas confirmam, e melhor, ou pior, há lugares para se entregar a essa paixão trágica, como a floresta de Aokigahara — um mar de árvores, sombras e silêncio crescido sobre um rio de lava seca ao pé do monte Fuji, assombrada pelos *yurei*, almas errantes dos mortos —, que todos os anos atrai dezenas de jovens japoneses que vão ali para morrer, com um manual na mão. Outros tempos, outras técnicas, outros desaparecimentos. A de Mishima vinha da origem dos tempos e oferecia, ao século 20 japonês, o privilégio de se projetar uma última vez no passado. Pois, de modo paradoxal, seu gesto inseriu a arte do *seppuku* nas prateleiras da história: "Uma vida acabou, e ela encerrou uma história da qual era o fruto", conclui Pinguet. "No breve e sangrento esplendor desse sol poente se resumiu e se extinguiu a tradição japonesa da morte voluntária."

Eu tinha dez anos. Começava a gostar desse mundo e sentia que ele me pertencia, eu queria aprender artes marciais, ser um samurai, silencioso como um lutador de aikido, ágil como um carateca, manejar o sabre como um *kendoka*. Eu queria falar, compreender e caligrafar a língua japonesa. Desenhava sóis nascentes em todos os lugares e conseguia escrever alguns ideogramas. O que realmente sabia desse país com o qual sonhava? Levei anos para ir lá.

As faixas

Era um mundo em preto e branco. Da primeira faixa, a do principiante, branca, à última, a da conclusão, preta. No meio, uma paleta de cores. Antes de passar por vários fusos horários, a primeira vez que ouvi "apertem as faixas"* foi em um tatame de judô. Nós recebíamos a ordem dos professores, que exigiam uma postura perfeita, e a recebíamos também dos árbitros que não se deixavam enganar por nossos pequenos truques, como quando desamarrávamos o quimono disfarçadamente para provocar uma interrupção momentânea da luta. Os japoneses se mantêm eretos, os europeus, menos; mas a desordem não é apenas um desleixo, é uma estratégia, uma maneira de semear a confusão no confronto. Uma mistificação para obter uma trégua, também: ajeitar o quimono, respirar um pouco, reencontrar o isolamento mental para encarar a continuação. E apresentar um corpo-quimono que se pode agarrar, com a faixa perfeitamente amarrada, é respeitar o

---

* Em francês, a palavra "*ceinture*" quer dizer "cinto" e "faixa", daí o trocadilho do autor. "*Attachez vos ceintures*" pode ser traduzido por "Apertem os cintos", no avião, e "Apertem (amarrem) suas faixas", no judô. (N.T.)

adversário. A luta pode recomeçar: estou aqui, estou pronto, estou lhe esperando.

O judô é um esporte em que se exibe a graduação — em torno da cintura, portanto. Diego Maradona, fotografado com seus parceiros, não tinha nada de um atleta excepcional. Como adivinhar que esse argentino rebelde a qualquer autoridade a ponto de arruinar sua existência, gloriosamente insensato, era o melhor jogador de futebol do mundo? No judô, a faixa é sua assinatura, sua fruição ou sua cruz. Cada um permanece em seu lugar, na ordem universal dos graus. O principiante quer se livrar de sua primeira faixa, o judoca sênior sempre olha para a seguinte, para interrogar seu desafio e questionar o mérito que lhe foi atribuído. Fantasia, a nuance entre frustração e motivação é sutil.

Não há Festival de Cannes sem recompensas — os artistas vão lá para isso, para figurar na seleção oficial, fazer parte da competição, ganhar um prêmio. Não há judô sem faixas, não contra quem quer que seja, simplesmente pelo reconhecimento que terá existido. Um judoca, com sua faixa preta e um belo quimono todo branco, estará pronto para enfrentar alguém mais forte do que ele e aceitar a dignidade de suas próprias insuficiências. Uma passagem de graduação é um teste, uma correção, um juízo; também uma marca, surgida na facilidade ou na dor graças a um professor cuja exigência será logo a sua. Daí surge uma alegria delicada, sem celebração nem júbilo, que não combinam com a disciplina.

Quando, nos meios culturais, menciono que fui professor de judô, as pessoas me olham com admiração e temor: "Ah, então você é faixa preta?". Um pouco como se perguntassem a um violonista se ele sabe tocar "Jeux interdits". Também me perguntam sobre as brigas de rua que teria ganhado e que prontamente demonstrarei. Não é o que vai acontecer, pois a graduação pede discrição. "Quem ganha não deve se orgulhar de sua vitória", escreve Jigoro Kano. "E se perder não se enfraquecerá. Ele nunca desviará a atenção mirando a facilidade, fará pouco caso do medo." Um verdadeiro judoca procura um adversário imaginário capaz de impedi-lo de se olhar favoravelmente no espelho, e sempre encontrará um. Na vida, sua contenção é prova de sua confiança, pois ele está ciente de que só quem sabe não ter força sente a necessidade de mostrar a sua. O judoca não tem necessidade disso: tem perfeita consciência da sua.

Os especialistas não sabem com certeza como Jigoro Kano criou a faixa preta. E tampouco os graus em geral, que não existiam nas artes marciais tradicionais. O aparecimento da "faixa preta" é datado de 1886, quando o dojo da Kodokan ficava em Fujimicho, quatro anos depois da criação do judô — como a Palma de Ouro, que só aparece em 1955, quase uma década depois do primeiro festival. Alguns afirmam que num momento em que a concorrência se alastrava nos círculos de Tóquio, Kano desenhou essa singularidade própria da Kodokan para que seus alunos se distinguissem daqueles das escolas rivais, quando ele batalhava para impor a sua. Uma sacada de marketing genial na época das rivalidades, dos desafios e das *battles*.

O jovem chefe compreende a importância de um vínculo pessoal entre o mestre e seus discípulos, mas também sabe que uma combinação inteligente de signos simbólicos e momentos rituais criará uma distância salutar. Por isso as provas: o Japão nunca deixou de levar a sério as questões de ordem protocolar. Enquanto não se chega à última graduação, você é um *gaijin*, um estrangeiro, alguém "de fora". Uma vez adornado por esse signo distintivo absoluto, você enfim é um judoca, tem o *shin* (espírito), o *gi* (técnica) e o *taï* (combatividade). E se tiver vontade de inculcar seus princípios aos outros, você pode se tornar, depois de anos de labuta e de um aprendizado perfeitamente codificado, um *sensei*: aquele que chegou primeiro, que sabe, que guia e instrui. Akira Kurosawa também era chamado assim. "Kurosawa *sensei*." Não devia haver muita brincadeira no set de *Kagemusha*.

Kano concebeu, portanto, a graduação, medida de excelência e tradução de sua autoridade sobre seus jovens alunos. Na Kodokan, nenhuma ordem intermediária existe antes da conclusão final: vai-se da faixa branca à faixa marrom e depois à faixa preta. É só, é pouco, é longo. Esse é um princípio intangível da pedagogia nipônica: a paciência não apenas é uma virtude, mas também o germe do futuro ardor. Um professor pode deixar um aluno esperando, meses a fio, por um olhar, um interesse, um não-sei-o-quê que o estimulasse. O mestre sabe o que faz: se, depois desse teste inconfesso, o aluno não desistiu, é porque ele saberá aguentar dores mais fortes.

Na Europa, devido à rivalidade dos esportes de combate populares, como o boxe inglês, o boxe francês e a luta, acontecia o contrário: era preciso seduzir novos alunos. Em 1927, foram introduzidas na Inglaterra faixas coloridas, intercaladas entre a branca e a marrom: amarela, laranja, verde, azul, e até mesmo roxa para os rebentos precoces. O princípio foi importado para a França em 1935, por Mikinosuke Kawaishi, a primeira grande figura japonesa do judô francês, o pai técnico e espiritual dos primeiros fundadores.

Esse Kawaishi merecia que os judocas não esquecessem seu nome e soubessem o que lhe devem — os trabalhos de Michel Brousse, um ex-campeão, lembram dele. Nascimento em Himeji, prefeitura de Hyogo em 1899; morte em Paris, França, em 1969: ele atravessou o século. Essa travessia começa pelo jujutsu, que pratica com tanta paixão que irá conceber (ele também) seu próprio método — ele o explicitará em obras que se tornaram clássicas. Em 1925, quando a empresa familiar de saquê o espera, embarca num navio mercantil rumo à Califórnia. Estuda na Universidade de San Diego e ensina jujutsu, judô e kendo — naquela época, os mestres de artes marciais eram versáteis.

Viajante nato, ele cruza o continente norte-americano e vai criar o New York Judo Club. Para ganhar três vinténs, frequenta o mundo do espetáculo, alterna lutas de catch e demonstrações de jujutsu, participa até mesmo de uma festa de gala no New York Athletic Club, subindo ao ringue com Jack Dempsey, rei dos pesos pesados e ídolo do país. Torna-se profissional e adota o nome Matsuda. Em 1928, chega aos cais de Liverpool, onde ensina por dois anos, ganhando a fidelidade de alguns praticantes e uma reputação de grande pedagogo.

Ele vai então para Londres e abre outros clubes, um dos quais abrigado pela Universidade de Oxford. Foi nesses anos que Jigoro Kano, preocupado em levar para o judô aqueles que ainda continuam no jujutsu, lhe concede o 4º dan. Em 1935, Kawaishi deixa a Inglaterra por razões ainda obscuras e se instala em Paris, onde, com alguns homens, entre eles Moshe Feldenkrais, um judeu russo que cresceu na Palestina, funda o judô francês. Kawaishi atrai para o clube franco-japonês uma pequena elite parisiense, mas defende as virtudes de uma educação popular. Seu lema é simples: "Adaptar, ocidentalizar, afrancesar". Pois: "Implementar o judô na Europa", ele escreverá, "fazê-lo crescer e prosperar seguindo passo a passo os princípios do ensino japonês, sem transpô-los nem adaptá-los à mentalidade ocidental, é se expor a sérios erros de cálculo".

Ele sai evangelizando a torto e a direito. Os americanos o ensinaram a cuidar de seus próprios interesses, mas ele aprecia o apego dos europeus a questões educativas. No início de 1938, Jigoro Kano lhe atribui o 5º dan e, no ano seguinte, acontece algo importante: o próprio Kawaishi concede a primeira faixa preta do país a Maurice Cottreau.

A Segunda Guerra Mundial começa enquanto ele prepara uma coletânea de fotos com Moshe Feldenkrais. Deportado para Berlim por sua embaixada, Kawaishi é levado para a Rússia e depois para um campo na Manchúria — nunca se soube mais nada sobre o assunto. Quando acaba o conflito mundial, ele volta a Paris e funda o Colégio dos Faixas Pretas. É suscetível, compartilha pouco nos negócios e às vezes não concorda com a Kodokan. Forma professores, abre uma seção feminina e lança alguns atletas que inaugurarão a forte presença do judô francês nas competições internacionais. Seus livros — *Ma méthode de judo, Ma méthode de jujutsu* — são um sucesso; hoje, as edições originais são compradas a preço de ouro nos sebos. Depois de ter usado a primeira faixa vermelha e branca da história de seu país de adoção, ele morre praticamente sozinho no dia 30 de janeiro de 1969 e é enterrado no cemitério de Plessis-Robinson.

Kawaishi era um judoca brilhante e um homem difícil, calado, a quem um bigode quadrado e os olhos puxados escondidos atrás dos óculos redondos de armação fina desenhavam um rosto de malvado pitoresco que Hergé poderia ter incorporado a uma possível aventura de Tintim no país do sol-nascente. Mas ele entendeu que os ocidentais, e entre eles os franceses, que exacerbam os defeitos deles já que podem ter algumas de suas qualidades, não têm a mínima paciência: gostam de ser cumprimentados por suas ações e não são nada hostis a demonstrações regulares de um pouco de afeto. (Isso mereceria ser tratado à parte.)

Entre as polêmicas primitivas, esta, aliás, não foi anódina: uma disciplina oriental deveria ser imposta a quem não a desejasse ou se afastasse à primeira estranheza? Kawaishi decide:

vamos agradar os francesinhos. Ele resolve introduzir faixas coloridas cujo princípio se inspiraria no... *snooker*, o jogo de bilhar inglês cujas bolas têm cada uma um valor diferente segundo sua cor. Multiplica assim as graduações com elementos marcantes, para que muitas medalhas pontuem o aprendizado e as etapas que levam até a faixa marrom, antecâmara da faixa preta, pareçam menos longas aos espíritos impacientes. Não se lê Proust aos doze anos, não se programa Dreyer a um grupo de colegiais, não se impõem ideias a quem ainda não é capaz de entender suas nuances. O judoca sabe que não é o mesmo com a faixa amarela e com a preta.

Surgido no cerne da defesa da alma japonesa, o judô logo aprende a fazer concessões, deixando-se ser vencido por algumas seduções ocidentais, como aceitar quimonos azuis no lugar dos brancos para melhor visibilidade televisiva, ou regras de arbitragem que privilegiam a potência em detrimento do estilo, para o quadro marcador tremer com mais frequência. Um pouco como se, em meio aos cartazes publicitários, aumentassem o tamanho da trave dos goleiros para haver mais gols.

Ser faixa preta é ganhar automaticamente o 1º dan, designado pelo termo japonês *shodan*. O *dan* é a graduação dentro da graduação, aquela que — 1ª, 2ª, 3ª etc. — leva até o 10º dan, como 10 milímetros fazem 1 centímetro. Com exceção da experiência, os *katas* e algumas cicatrizes, quase não há diferença entre o 1º e o 5º dan. Depois, a reflexão, o tempo e o talento permitem atingir os 6º, 7º e 8º dans: de preta a faixa se torna vermelha e branca; e para os 9º e 10º dans, ela se torna totalmente vermelha. Cingido com esta última, com o cabelo grisalho e mais corpulento, você será considerado um "tesouro vivo", o que não é pouco no país de Tadao Ando e de Takeshi Kitano. Em seguida existe o 11º, que nunca foi alcançado por ninguém, e depois o 12º dan, que, dizem, só Jigoro Kano obteve, a título póstumo, o que está errado: ele estava à parte, fora das graduações. Dizem também que o 12º dan significaria usar uma faixa... branca, como se fosse sempre preciso recomeçar a aprender. Já isso é verdade.

O judô é uma viagem

Se houvesse apenas um barco digno de menção, ele seria o *Calédonien*. Inaugurado nos canteiros navais de La Ciotat, em 1882, ano da criação da Kodokan, era um navio mercantil de 130 metros de comprimento e 12 de largura, construído pela empresa Messageries Maritimes para assegurar a rota do correio internacional e transportar passageiros — dentre os quais os mais ricos eram divididos em três categorias (90 na primeira classe, 44 na segunda e 75 na terceira) e os outros dispunham de um convés que podia receber centenas deles. Movido por um motor de três cilindros alimentado por oito caldeiras a carvão, ele ultrapassava os dezesseis nós de velocidade de cruzeiro e navegava entre a Europa e a Ásia. Seus três mastros, sua chaminé dupla central e seu belo casco branco cônico dominavam os portos longínquos onde ancorava.

A jovem sueca que nos anos 2020 preconiza preferir o ar marinho ao querosene da aviação não diz o que, além de tudo, esses longos deslocamentos tinham de prazerosos. Do fim do século 19, que viu um alemão imaginar o primeiro cruzeiro de lazer, até os anos 1950, em que o avião se impôs definitivamente, navegar nos mares será a melhor maneira de se deslocar, de sentir o vento e o mundo. Os relatos de sua beleza são inúmeros, das lembranças de Charlie Chaplin, recebido em 1932, no auge da popularidade, no porto de Kobé por milhares de pessoas, às cartas, trinta anos antes, de Gabriel Veyre, um câmera dos Lumière. No outono de 1898, depois de ter acostado na ilha a bordo do *Empress of India*, ele descreve o Japão à sua mãe: "Os novos costumes, os trajes coloridos e bizarros, tudo encanta nesse país cujos habitantes afáveis e educados nos acolhem com saudações tão inclinadas que eles parecem se prostrar diante de nós".

Em 1889, Jigoro Kano se lança ao mar na direção inversa. Vendo o porto de Yokohama se afastar, ele sonha com a efervescência dos últimos meses. Em 1886, 19º ano da era Meiji, quatro anos depois da abertura da Kodokan e de uma mudança para uma sala maior, o pequeno grupo de alunos teve o reforço de 99 principiantes. Em 1889, quase quatrocentos novos inscritos se reúnem em um prédio emprestado pelo exército. Ali, sobre setenta tatames, Kano pode receber todo mundo, sem a nostalgia do primeiro templo de Eishoji.

Impregnado do compartilhamento confuciano, com muitas lembranças dos mestres de sua infância que exigiam dele que se emancipasse de sua condição *aprendendo*, ele multiplica os locais de ensino e cuida da Kobunkan, sua própria escola. Ele também é diretor de um colégio de Tóquio e fundou um estabelecimento de ensino privado, o curso Kano, segundo o modelo dos *jukus*, estabelecimentos com um único professor destinados a um público restrito, família, nobreza, alunos escolhidos. Ali, e mundo afora, ele difunde um sistema pedagógico completo que inclui algumas horas semanais de judô. Encorajado pelo imperador, reflete sobre a formação dos professores do primário. Lembra ter acalmado, no tatame, um aluno irascível e alcoólatra com golpes de projeção. Para o jovem mestre, a educação deve, em primeiro lugar, cultivar a confiança em si. Isso continua sendo verdade.

Kano ensina. Kano escreve. Kano fala. Na Kodokan, ele reúne seus alunos para uma discussão que se transforma em curso magistral. O judô é uma visão de mundo, mas é também uma arte de lutar, um meio para os pequenos se defenderem dos grandes. As armas do espírito são fundamentais, as do corpo também, e um pouco de força não faz mal. Como Woody Allen que, em *Manhattan*, retruca a quem lhe recomenda combater os fascistas essencialmente com ideias: "Está certo, mas às vezes um taco de baseball ajuda". O judô às vezes também ajuda. Kano nunca deixa de demonstrar sua eficácia. É o que provará no navio de volta.

Pouco antes de deixar o Japão, em maio de 1889, ele faz uma conferência em Tóquio — cujo aparecimento em francês se deve a Yves Cadot, que a publicou em uma primorosa edição comentada — e sua notoriedade junto aos meios universitários aumenta. Expondo os princípios fundamentais de seu ensino, Kano diz: "Entregar-se ao que chamo de judô cria as condições de uma educação física, de um exercício de um método de luta e de uma forma de educação intelectual e moral". Ele assume o aparente paradoxo que a proteção do conhecimento só pode acontecer com a abertura ao mundo. A viagem que está prestes a fazer à Europa será crucial.

Em setembro de 1889, aos 29 anos, Kano sobe a bordo do *Calédonien*, rumo ao Sudeste da Ásia, ao oceano Índico e ao Mediterrâneo. Desembarca em Marselha: um judoca toca o solo francês pela primeira vez. Ele remonta o vale do Ródano e desce em Lyon para encontrar o filho de um amigo. Visita Notre-Dame--de-Fourvière, a basílica recentemente construída na colina "que reza", à qual os operários de Lyon opõem a da Cruz-Vermelha, "que trabalha". A religião e toda força espiritual transcendental impressionam Kano. Ele sobe a França rumo ao Norte, dorme em hotel, em albergues e em casas de famílias — e até mesmo, diz a lenda, em um albergue para moças. Em Paris, ele se hospeda no Quartier Latin e aprende francês: não é essa a melhor homenagem a um país que se visita? E a melhor maneira de conhecer pessoas? Conhecer Ferdinand Buisson (1841-1932) será determinante, e também uma bela surpresa biográfica.

Para se lembrar do que é um engajamento republicano, aqui está o desse filósofo, professor, escritor, renovador do sistema educacional francês (com Jules Ferry), diretor de orfanato, presidente da Liga do Ensino, cofundador da Liga dos Direitos Humanos, militante do voto das mulheres, idealizador do *Dictionnaire de pédagogie et d'instruction primaire* [Dicionário de pedagogia e de ensino fundamental] e diretor de ensino primário desde 1879! Vincent Peillon escreveu que Buisson é parte de "uma tradição de santidade evangélica para a qual as obras contam mais do que aquelas e aqueles que as realizam". E continua: "Ele reconcilia uma herança, encarna valores, defende princípios. É sua maneira de viver sua vida de homem. Sua singularidade é precisamente ser o homem de todos esses engajamentos e de todas essas superações". Jigoro Kano não poderia ser descrito de outro modo. Os dois homens se admiram, voltarão a se ver mais tarde em Paris, em 1927, quando Buisson, junto com o alemão Ludwig Quidde, receberá o prêmio Nobel da Paz por suas reflexões sobre a aproximação dos povos. "Era um homem de ação e um interlocutor de grande valor", escreverá Kano. "Ele foi o personagem que permitira à França abandonar a religião pela moral."

Depois será a vez da Bélgica e da Alemanha, aonde ele chega no fim do ano de 1889, da Suíça, da Áustria, da Rússia, da Suécia, da Dinamarca, dos Países-Baixos e da Grã-Bretanha, nada menos que isso. Em Berlim, Kano se inscreve na universidade, visita colégios, bibliotecas, museus. É um vento criador do qual ele tira grande proveito. Depois de passar por Paris mais uma vez, retorna a Marselha. Estamos em dezembro de 1890. É hora do retorno. Ele passará o Ano-Novo no mar.

Tentativa de descrição

Em *No silêncio da noite*, filme de Nicholas Ray, de 1950, cujo título em francês [*Le Violent*] não tem, como de costume, nada a ver com o original (*In a Lonely Place*: Em um lugar solitário), Humphrey Bogart, imitando uma cena de crime, diz a Jeff Donnell: "Você sabe judô. Você sabe matar sem usar as mãos". Caricaturas à parte, é chegada a hora de uma descrição simples mostrando as sutilezas da disciplina. Não será fácil, pois o judô não é o esporte mais fácil de ser explicado — mas será que existe um? Até mesmo o golfe não é simples. "O golfe não é esporte!", responderia Bernard Hinault, como declarou rapidamente quando era homenageado em companhia do campeão espanhol Severiano Ballesteros, numa dessas tiradas que só ele sabia fazer e que criou uma indignação divertida, para a qual o ciclista bretão não dava a mínima. Ao mesmo tempo, nunca nenhum jogador de golfe saiu por 80 quilômetros em meio à neve das Ardennes, entre Bastogne e Liège, para triunfar no frio perdendo a sensibilidade de dois dedos. Ainda que, com um movimento de swing — que, parece, requer 36 músculos de uma só vez —, o golfe tenha sutilezas respeitáveis.

Vou tentar refletir sobre o judô como se eu fosse alguém que tentasse explicar o curling para uma pessoa que ignorasse tudo sobre o esporte — digo isso porque não entendo nada do curling e ninguém nunca o explicou para mim.

O judô é uma luta na qual um lutador, quando atacado, vence aquele que está à sua frente por meio de uma projeção, de uma imobilização, de um estrangulamento ou de uma chave de braço. Quando a projeção é bem sucedida, vale *ippon* (um ponto), equivalente ao nocaute do boxe, pois, como no ringue, a luta acaba. Se a projeção não for perfeita, contará como uma simples vantagem que não impede que a luta continue e que aquele que está em maus lençóis recupere o atraso.

Você diz consigo mesmo: se estamos falando de projeção ou de imobilização, onde fica a *maleabilidade*, o *ju* de judô? Muito bem! Digamos que ela se aninha como um princípio fundamental em cada gesto efetuado e repousa sobre uma convicção simples: não adianta opor força à força, já que o mais forte vencerá. É preferível a maleabilidade, que não exige meios físicos excepcionais.

Dois exemplos. O primeiro é lendário e dendrológico: no século 8, um médico de Nagasaki passeia enquanto a neve cai implacável. Aos poucos, o peso dos flocos acumulados quebra os galhos altos das cerejeiras. À medida que a borrasca prossegue, árvores majestosas desabam. Não todas, apenas as duras, as rígidas, incapazes de suportar uma carga mais pesada que a delas. Outras resistem: os salgueiros, os juncos. Eles se curvam, se inclinam, mas não se rompem. Quando a tempestade para, eles se reerguem. Primeira lição: o rígido quebra, o maleável se adapta — isso também vale para a vida.

O segundo exemplo é aritmético: considere-se um lutador de setenta quilos diante de outro de noventa. O resultado é conhecido de antemão: o mais pesado ganha por vinte quilos. Mas se o mais leve, em vez de opor sua força, decide utilizar a de seu adversário, isso muda tudo: diante do de noventa quilos que empurra, o de setenta, puxando no sentido do movimento, vai dispor de sua força mais a de seu adversário, ou seja, 70 + 90 quilos. E o efeito de surpresa, essencial, provocará velocidade e desequilíbrio. Um desequilíbrio de 160 quilos.

É a outra imagem aplicada ao judô: "Utilizar a força do adversário". Sua metáfora é usada em muitos campos: na política, nas negociações sindicais ou nas relações amorosas. Se não se pode reduzir o judô a isso, sua originalidade repousa sobre esse princípio fundamental. Para as negociações sindicais ou para as relações amorosas, depende.

O judô é praticado em um tatame. É um território sagrado, uma plataforma composta de tatames dispostos sobre uma estrutura feita de pranchas de madeira que repousam sobre uma microarmação, que, além de elevar a superfície da prática, conferindo-lhe a solenidade necessária, daí a expressão "subir ao tatame", permite certa elasticidade que atenua a violência das quedas e amortece a aterrissagem dos corpos. Infelizmente, como em toda parte, a ourivesaria das profissões deu lugar à pressa industrial e pouco a pouco só se empregam tatames de espuma expandida sobre um chão clássico, menos confortável para as costas e para as articulações.

No judô, ou você ataca ou se defende: quem aplica a técnica é *tori*, quem a recebe é *uke*. Ambos usam quimonos. Sem quimono, nada de judô. O traje permanece fechado, já sabemos, graças a uma faixa cuja cor designa o grau daquele que a usa. Para agarrar seu adversário é preciso tomar a guarda, que para o *tori* consiste em pegar com a mão esquerda a manga direita do *uke* e pôr a mão direita sobre sua lapela esquerda. No caso de uma guarda à esquerda, é o inverso. Estão acompanhando?

Uma aula de judô dura duas horas, começa com um aquecimento, continua com um ensino técnico e termina com lutas. Ela comporta entre dez e cinquenta alunos, e é dirigida por um professor que os reúne no início e no fim de cada sessão, faz com que se ajoelhem diante dele e, a seu comando — a palavra em japonês é *rei* —, lhes ordena saudar ou pede ao mais emérito deles para fazê-lo. É o *zarei*, a cerimônia da saudação.

Na linguagem popular, designa-se uma projeção como uma captura. A *captura de judô*. Os judocas a chamam de *movimento* e em certos casos esse movimento é um *especial*, pois cada lutador se esforça para ter algo próprio, que será o toque pessoal que lhe permitirá surpreender os adversários. O meu especial era *uchi-mata* à esquerda.

As capturas, movimentos ou projeções — o *nage-waza*, pronuncia-se "naguê" — foram arroladas por Jigoro Kano. Estabelecida em 1895 e modernizada em 1920, essa classificação, de precisão, lógica e inteligência impressionantes, chama-se *gokyo*, literalmente, os cinco ensinamentos. São ao todo quarenta técnicas de projeções que contêm todo um estoque de ceifadas de pernas, inclinações de quadril, movimentos de ombro, ganchos, contragolpes, varreduras e derrubadas. As técnicas têm nomes japoneses cujo sentido é explícito: *ô-uchi-gari*, "grande ceifada interna"; *sasae-tsurikomi-ashi*, "golpe de suspensão pelo pé de apoio"... ou, se preferirem algo mais lírico: *tani-otoshi*, "queda no vale"; *sukui-nage*, "projeção em colher"; ou *tsubame-gaeshi*, "contra-ataque da andorinha".

O *gokyo* exige dos principiantes um exercício cerebral exaustivo, mas permite que os mais velhos, à força da repetição, evitem que tormentos da memória venham em mente. Ainda hoje sua composição passará instantaneamente na minha cabeça com uma precisão inquietante, mas me serão necessários alguns minutos para estabelecer sem erro a do júri de Cannes do ano passado.

Acabei de falar do *tachi-waza*: o trabalho em pé. *Waza* designa o controle, a técnica, o savoir-faire. Ainda estão acompanhando? Então, aí vai a continuação: depois do *tachi-waza* vem o *ne-waza*, o domínio do solo, que segue uma projeção não decisiva e leva os dois lutadores ao chão. Seu objetivo? Vencer por imobilização (*osaekomi-waza*), estrangulamento (*shime-waza*) ou chave de braço (*kansetsu-waza*). A imobilização consiste em deixar o adversário sem se mexer, com as costas no tatame, por pelo menos vinte segundos, reduzindo suas pernas à total ineficácia. É possível usar braços, ombros, peito, barriga e até as costas — ao todo umas vinte posições, mais as variantes. O árbitro anuncia: "*Osaekomi!*" ("Imobilização!"). Se o adversário conseguir afastar a ameaça, o árbitro diz: "*Toketa*", balançando os braços no ar. O combate pode continuar no solo, mas, se ficar travado, o árbitro o para com: "*Matté*". E o combate é retomado de pé.

Alguns, mais diligentes, vão preferir estrangular agindo sobre a respiração, portanto, por sufocamento, ou então apoiando-se sobre as carótidas, ato de amor mais radical. Seja lá como for, aperta-se o pescoço do *uke*, que desistirá, caso contrário poderá desmaiar, ou até mesmo morrer — isso nunca acontece. Para um estrangulamento, sanguíneo ou respiratório, utilizam-se as mãos, os antebraços, e até mesmo as pernas. E estrangula-se por trás, pelo lado, em triângulo (o irresistível *sankaku-jime*), com uma das mãos ou com as duas. Pode-se até mesmo estrangular "em cruz" ou, a nuance é considerável, "em cruz com as mãos invertidas" (*kata-juji-jime*). Quando, na televisão, você vê um lutador mergulhar misteriosamente seus braços no interior do corpo de seu adversário, não é para fazer cócegas, é para estrangulá-lo. Estrangulá-lo de vez. Por um *ippon*.

Enfim, a chave de braço é uma maneira de forçar a articulação do cotovelo do adversário e ameaçá-lo com uma luxação caso ele não reconheça a derrota. Se ele não arredar pé, terá o braço quebrado. Mas o judoca concede a possibilidade de desistência. Ele controla. Aliás, as apelações de todas as chaves terminam com a palavra *gatame*: controle. E a sonoridade japonesa encanta: *ude-hishigi-haragatame* (com a barriga) ou *ude-hishigi-sankaku-gatame* (em triângulo por trás). *Hishigi* significa: fratura e entorse. Não é brincadeira. Há também a família dos *garamis*: aí o controle se dá pela dor (do outro). O termo para uma chave foi por muito tempo o inglês "*arm-lock*". Para tranquilizar os pais: não se ensina isso às crianças.

Imobilizações, estrangulamentos, chaves de braço, nenhuma chance de escapar aos craques: alguns, fracos em pé, vivem levando o adversário ao solo. E o adversário, se escapar de uma tentativa de estrangulamento, levanta-se com o pescoço vermelho, as orelhas amassadas e o queixo dolorido.

Dizem que o rúgbi é um esporte de brutos praticado por cavalheiros. O judô é isso e o contrário. Jigoro Kano o concebe como arte do combate e como educação. Antes da filosofia, a técnica. Mas a técnica é filosofia. A forma cria o fundo. Isso é o judô. Um esporte de pensamento complexo.

Resumindo: temos um quimono e um tatame, conhecemos as quedas e as diferentes técnicas, estamos, portanto, equipados. Falta a prática.

Para o aquecimento, uma série de *uchi-komis* (*uchi*: percutir; *komi*: entrar) reproduz a "captura" com guarda afirmada e contato dos corpos, mas sem projeção. Algo muito elegante envolve o exercício que, multiplicado ao infinito, exige estilo e convicção, busca das boas posições e automatismos. Esse par encadeamento/simulação torna o movimento mecânico e refina sua execução. Ele lubrifica as articulações, eleva a temperatura dos músculos e aumenta o ritmo cardiovascular para uma intensidade próxima à do combate.

Não há judô sem amor ao gesto, como o do operário torneador que molda seus protótipos antes de alcançar a perfeição da peça. O *uchi-komi* são golpes francos diretos que Juninho empilhava diante de uma floresta de manequins estáticos, é Joe Frazier no "*speed bag*", Steffi Graf rebatendo milhares de bolas do treinador. Um pianista faz suas escalas, um cantor de ópera seus vocalises, um judoca seus *uchi-komis*.

Em seguida. Para projetar quem está na sua frente, é preciso deslocá-lo, fixá-lo, desequilibrá-lo. E, antes de tudo, se apoderar dele. A maneira de segurar o quimono do adversário chama *kumi-kata* (*kumi*: construir; com *kata*: método). Simples e compartilhada no estudo, complexa e belicosa no combate, a aproximação é essencial. Grosseiramente: farejar, tocar, agarrar. Começar a lutar.

Primeiro problema: há inúmeros *kumi-katas*, à direita, à esquerda, por trás, pelo pescoço. Há até mesmo técnicas dotadas de um *kumi-kata* especial, momentâneo, efêmero. Como passar no mesmo impulso de *morote-seoi-nage* a *eri-seoi-nage*, com um deslizamento sutil do gesto. Segundo problema: ninguém se deixa levar.

Quanto mais dominante for a guarda, mais fácil será a ofensiva, daí sua importância. Mas como o fato de agarrar o adversário de determinada maneira revela o início de determinada técnica, este último remediará isso *presto*. Na verdade, se estivermos lidando com uma pessoa ardilosa, apenas tocar o quimono dela já será uma façanha. Um bom judoca faz da preparação de seu *kumi-kata* uma postura visível e uma arma secreta. Não é contraditório.

Às vezes a sequência é interminável: "O que eles estão fazendo? Por que não atacam?". Eles não atacam... porque não podem. Uma guarda bloqueada é uma espécie de *catenaccio*, uma estratégia futebolística dos milaneses dos anos 1960, na alternância calculada entre retranca e contra-ataque. No judô, o equivalente do *catenaccio* foram os soviéticos dos anos 1970, braços musculosos, peitos impenetráveis e técnica sumária. Sem estilo, sempre prontos a atravancar, correndo pouquíssimo risco, mas tendo uma ótima rentabilidade, de olho no quadro de pontuação. Pequenos ganhos sorrateiros, mas eficazes, à la Ióssif Stálin.

Originalmente, o *kumi-kata* era apenas uma fase de observação, os dois adversários se oferecendo, generosos, um ao outro, tal qual dois dançarinos de *slow*. No judô contemporâneo tornou-se uma operação em si, uma batalha feroz que começa com a saudação. Olhos nos olhos, a gente se testa, se impressiona. Agarramos as mãos com delicadeza, torcemos os punhos com mais força — quem estiver com um machucado em um dedo porá um curativo no dedo vizinho, saudável, para engambelar o adversário, que sistematicamente visa o ponto fraco. Longe do refinamento atribuído ao povo nipônico, o judô é *também* um esporte selvagem.

Antes da luta, vejamos a atitude chamada *shizentaï* (*shisei*: postura; *taï*: corpo): manter-se em bípede normal, em pé, "peso do corpo distribuído sobre os dois pés, cabeça ereta, mas sem rigidez", como escreve o sábio Ichiro Abe. Pé direito ou pé esquerdo mais à frente, é o *migi-shizentaï* ou o *hidari-shizentaï*.

À *shizentaï* se opõe *jigotaï*, que consiste em se pôr em posição defensiva, reflexa, tensa, dura, pernas solidamente fincadas no solo, guarda fechada. Tudo bem, são detalhes.

Na luta, adota-se a estratégia chamada *tsukuri-kuzuchi--kake*, ou seja, a observação, o desequilíbrio e a execução. Um tríptico essencial que torna o adversário vulnerável e faz da sua projeção uma formalidade. O judô se baseia fundamentalmente no desequilíbrio e no princípio da "ação-reação": eu ajo, ele reage; eu puxo, ele retém; portanto, eu empurro e ele cai. Ou o inverso: eu empurro, ele também empurra; na verdade, eu o puxo, o projeto. Elementar. Um bom judoca sempre toma a iniciativa do ataque. Ele privilegia o *sen*, o caráter, a coragem. Portanto, uma estratégia ofensiva. E o *sen* tem como consequência o *sen-no-sen* (minha decisão seguida do meu ataque) e o *go-no-sen* (sua decisão seguida do meu contra-ataque), ele provoca a reação do outro. Antecipar para apreender a situação difícil que acontece: o judoca sabe suportar primeiro para domar mais tarde. Como Edmond Dantes evadindo-se do castelo de If em *O conde de Monte Cristo*.

Se você não estiver esgotado, terminamos com o exercício rei. Jigoro Kano sabia que o jujutsu pecava por falta de realismo. Que, por mais bem-sucedido que for, o estudo não basta para formar lutadores aguerridos e astuciosos. Então ele inventou o *randori*. Para que as máscaras caiam e chegue o momento da luta.

O *randori* dura de cinco a sete minutos mais ou menos e é quando dois judocas experimentam, um no outro, suas técnicas em situação real. Assim eles podem tentar, se arriscar, se enganar, recomeçar, atacar, ganhar, perder. Projetar, claro, visar o *ippon*. Sem perigo, sem brutalidade, em uma intensidade que ainda não é a da competição. "Fazer *randori*" é entrar numa partida amigável ou, no boxe, alinhar os rounds com o capacete e as luvas grossas. O *randori* é o exercício nobre, o momento em que se sabe quem se é, em que se verifica a natureza do próprio engajamento. Mas se nos soltamos, não é um duelo de machos dominantes: *tori* e *uke* são as duas faces de um mesmo conjunto. Ninguém conta os pontos e todos põem o outro em situação de vantagem. Pode haver certa tensão, um gesto que desagrada, um golpe involuntário que irrita. Seu adversário tem o mesmo plano: adivinhar suas intenções e aproveitar cada oportunidade para surpreendê-lo. Alternam-se, portanto, as velocidades, os deslocamentos, os bloqueios. Se a ação for bela, nos deixamos projetar e o outro devolverá a gentileza. Às vezes a queda é mais bem-sucedida que a projeção. Tornar-se um bom *uke* não é tarefa fácil — é preciso ser humilde, assumir o silêncio e a modéstia. Valorizar os outros é um sacerdócio, sobretudo se sabemos que somos dotados de atitudes superiores — o sábio Tom Hagen enfrentando o turbulento James Caan em *O poderoso chefão*.

Se falamos de *slow* em relação a alguns *kumi-katas*, o *randori* seria o rock'n'roll. Ou o tango, que, como o judô, surgiu no fim do século 19, já que o emaranhamento dos corpos, o jogo de braços e as pernadas são tão similares. Exaustivo, exigente, emocionante, o *randori* permite que todos avaliem seu nível, que *trabalhem* com parceiros de todo tipo, que progridam enfrentando alguém mais forte. O judô é um esporte misericordioso e convém a qualquer caráter ou morfologia: os pequenos utilizarão os movimentos de ombro, os grandes as técnicas de perna, os leves privilegiarão a velocidade, os corpulentos fecharão os ângulos, como um boxeador faz barricada nos cantos de um ringue. Os impetuosos atacarão de saída, os estáticos farão bloqueio, os espertos esperarão o contra-ataque e os que são fracos em pé levarão o adversário ao solo para *vencê-lo*. Há sempre uma solução.

*

Um dia desses, Pierrot Blanc, um 7º dan do Lyonnais, me lembrou: "Nas competições, você sempre ganhava o prêmio de melhor estilo". Lembro do prêmio do torneio de Oyonnax, sob o olhar de Bernard Tchoullouyan, o campeão mundial, um herói que estava ali por seu estilo notável. Antes do cinema, aprendi com o judô a identificar quem era gracioso e quem não era. Como mergulhadores que entram perfeitamente na água, vemos no tatame projeções claras, sem respingos. Aquele que tem estilo visa a pureza do gesto, o esplendor da naturalidade, o despojamento de si. Eu era um judoca inspirado, trabalhava tanto à esquerda quanto à direita e caprichava nisso, na forma. Manter-se ereto, vigiar, controlar — é a mesma coisa no Festival de Cannes.

Portanto, é bem-vindo partir para a ofensiva, quero dizer que podemos escolher nosso modelo, preferir o incrível Jean-Luc Rougé a seu pior pesadelo dos anos 1970, o cabeça-dura do Leste alemão Dietmar Lorenz ou, se quiser, escolher no rúgbi o *french flair* e não o realismo inglês; no futebol, o Brasil e não a Alemanha; John McEnroe e não Ivan Lendl; Barack Obama e não George W. Bush. Mas cada um faz com o que tem — até mesmo Bush, infelizmente. Pois a natureza é injusta: há os dançarinos e os pesadões, os ativos e os resignados, os que têm uma elegância natural e os que serão para sempre dela desprovidos.

Como na arte, logo conhecemos nossa sina. Não há nada de dramático nisso: "A lucidez é a ferida mais próxima do sol", escrevia René Char. Dizemos então que o judô não é um concurso de beleza, que a pura estética de uma luta também se dá no esplendor que vem da energia, da vontade, da fúria de vencer. "A violência é a derrota da inteligência", afirma Bernard Lavilliers, que disse tudo sobre boxe amador em *15º Round*. Quando a pessoa é insegura, ela gesticula e grita. Isao Okano, o peso médio que apavorava os pesos pesados no campeonato do Japão de todas as categorias — o mais importante do mundo, em que ele continua sendo o mais leve a ter vencido — ensinava a seus alunos: "Se caminho no escuro e alguém surge de repente, minha primeira reação será a de me *defender* e de fazê-lo com brutalidade". A agressividade surge do medo. O judô pertence à família das artes marciais: é uma arte e é marcial. Mas com ele aprendemos a controlar nossas pulsões.

Chegamos ao fim do *randori*. O professor bate as mãos clamando: "*Soremade*"; o que significa "fim da luta". Trocamos de parceiro, *puxando* (combatendo) quem está na nossa frente, sem refletir. Também podemos preparar nosso treino, como um cartão de dança. Umas quinze lutas à frente, chega-se ao fim da sequência, que terá durado mais de uma hora. Retorno à calma. E saudação geral. Precisaremos de dois dias para descansar. O tempo necessário para surgir o desejo de recomeçar. Obrigado por ter lido até o fim.

Grand Prix da França

Minha juventude como judoca. Retomando. Não sem algumas dúvidas. "Ninguém deveria escrever sua autobiografia antes de morrer", afirmava o produtor Samuel Goldwyn, que, ao ter a sua escrita por um ghostwriter russo que falava um inglês bem mais ou menos, causou certo espanto no Sunset Boulevard: "Mas quem vai traduzi-la?". Goldwyn não se contentou em salpicar a lenda de Hollywood com algumas obras extraordinárias: ele a enriqueceu com uma verve que roçava certa imensidão. Involuntariamente iconoclasta ("Quem vai a um psiquiatra deveria primeiro ter sua cabeça examinada"), uma usina de lapsos e muito obcecado pelo passar do tempo — funcionou, morreu com 94 anos —, ele declarou sobre seu rival Louis B. Mayer, que reuniu uma multidão em seu funeral e o deixou com inveja: "Eles só foram ao enterro para ter certeza de que ele estava morto". Incansável e não longe da grandeza, também dizia a seus roteiristas: "O flashback é coisa do passado".

O ano em que as quintas-feiras se tornaram quartas-feiras para os alunos da França,[*] 1972, foi o ano das minhas primeiras

---

[*] Na França, as escolas primárias e secundárias interrompem as aulas durante

competições. O sr. Verdino decidiu me dar uma licença da Federação Francesa de Judô para que eu concorresse nas provas oficiais. Ele falava delas como de uma etapa crucial. "Você é sub 13, tem que ir", ordenou. Eu nunca tinha saído do clube e nunca tinha participado das competições interclubes, esses desafios simulados que visam ao acúmulo de experiência e à comparação com os outros. Aprender a gerenciar a sequência das lutas. Eu não conhecia o judoca que eu era e já era tempo de saber meu nível. E então foi assim: o mestre tinha decidido que o momento havia chegado. Ele não escolheu uma competição pequena, mas o campeonato do Ródano, no grande ginásio de esportes de Gerland, uma pepita arquitetônica dos anos 1960, vasto e alto monumento de 8 mil lugares onde aconteciam os grandes jogos de basquete, os concursos de Miss França e os concertos do Pink Floyd — o judô só era acomodado no *pequeno* ginásio de esportes, o anexo, para algumas centenas de espectadores, e que por muito tempo era nossa casa comum.

De novo a multidão, os gritos, judoquinhas de quimono branco, da faixa amarela à faixa azul. Azul! E eu era verde: e tinha que enfrentar os melhores. Os únicos adultos presentes eram os árbitros. Eram professores e, mesmo impressionando os pequenos seres febris que éramos, eram atenciosos, apertavam uma faixa, ajeitavam um quimono ou consolavam quem estava com medo. Eram judocas de alto nível e eu ia viver por muito tempo com eles.

Depois do aquecimento, fomos divididos em função das categorias de peso. A minha era a de 26-30 quilos. Os judocas sempre se lembram de seu peso. Com doze anos, eu pesava apenas trinta quilos. Estava um pouco atordoado, ainda inepto para as sutilezas técnicas ligadas aos corpos dos outros, em-

→ um dia da semana. Isso acontecia nas quintas-feiras, mas a partir de 1972 um decreto determinou que essa interrupção fosse feita nas quartas-feiras. (N.T.)

bora no treino adorasse encarar até mesmo os mais pesados do que eu — e vencê-los. Por muito tempo eu lutaria com os meio-leves, de menos de 65 quilos. Agora eu peso mais, infelizmente.

Embora mostremos o contrário ao nos desafiarmos como galos, ficamos paralisados de timidez, petrificados com uma inquietação que nos impede de fazer pose. Explicam-nos o programa: eliminatórias, repescagens cruzadas "à brasileira", semifinal e final. Ao chamarem seu nome, você saúda a superfície de competição, o adversário e... "*Hajimé!*" Primeira luta, eu ganho. Segunda luta, fácil também. Depois vem a terceira, vem a quarta, e eu venço com a mesma facilidade. E assim até a final. Que eu venço. Sou campeão do Ródano. Sem de fato compreender o que está acontecendo. Nada me pareceu sobre-humano. Uma derrota prematura e teria sido o fim de meus sonhos. Mesmo que eu ainda não formulasse nenhum, ao contrário do meu professor. "Eu tinha certeza!", ele exclamou tocando minha medalha. Essa vitória vinha confirmar que eu talvez tivesse talento e que o judô não decepcionaria o fervor que eu nutria por ele.

Um mês mais tarde, mais um degrau: disputo o campeonato do Lyonnais contra os melhores lutadores do Ródano, do Ain e do Loire. E eles chegam de toda parte, de Bourg-en-Bresse, de Belley, de Saint-Étienne, e se juntam aos de Villefranche, de Décines, de Saint-Priest e dos melhores clubes do centro de Lyon: o Judo Club du Rhône, o Judo Club Croix-Roussien, o Judo Club Lugdunum. Tudo fica mais sério, nós nos conhecemos, nos espreitamos, nos impressionamos. E eu ganho mais uma vez. Deixando novamente sua reserva de lado, o sr. Verdino pula de alegria. Dois lutadores por categoria de peso são qualificados para os campeonatos da França, o que nos vale uma menção nas páginas de esporte do *Progrès* — hoje em dia, ler meu nome em um jornal não me impressiona mais. Em Sainte-Croix, o olhar dos monitores muda, a atitude dos colegas também, mas os professores do liceu ficam impassíveis.

Terceira e última prova, o Grand Prix da França, estádio Pierre-de-Coubertin, em Paris. Não era a primeira vez que eu ia à capital. Nós tínhamos morado no subúrbio entre 1965 e 1969, e lembro de assistir com meu pai a *O homem das novidades*, de Buster Keaton, numa sala do Quartier Latin. Esse campeonato da França foi num domingo, 30 de abril de 1972, depois de uma interminável viagem de trem e de uma noite curta num pequeno hotel de bairro. A delegação é dirigida por Jean Guérin, pai de Jean-François, um judoca de Vénissieux de quem fiquei amigo. Não temos nada de uma equipe pronta pra botar pra quebrar, estamos mais para uma colônia de férias perfeitamente inconsciente da solenidade do que está em jogo.

Depois da pesagem matinal, chegamos ao tatame para o aquecimento dirigido por Pierre Guichard, um atleta que não estava para brincadeira, via-se, e isso não torna o clima mais leve. Os pequenos parisienses parecem mais numerosos, eles estão em casa, no calor de sua sala favorita, protegidos pelos encorajamentos familiares. Primeira luta, eu perco, sem vantagem clara, nem para ele nem para mim, por decisão do árbitro central e dos juízes de canto. Não fiz nada direito. Como meu adversário perde na luta seguinte, não vou para a repescagem. Meus camaradas estão na mesma situação: nenhum lutador do Lyonnais se distingue em especial. Voltamos para casa. A experiência foi de curta duração. Eu não me importo muito, as brincadeiras no trem bastam para nos satisfazer. Não imaginávamos conseguir um título.

A categoria de idade seguinte, os *minimes* (sub 15), será minha primeira decepção. Agora luto na categoria 34-8 quilos. Vencedor fácil dos campeonatos do Ródano e dos campeonatos do Lyonnais, espero me sair bem em escala nacional. Em Coubertin, venço as duas primeiras lutas, sentindo de cara que o nível é bem mais alto do que em Gerland e que o que está em jogo é bem mais sério do que dois anos antes. Meu estômago dá um nó, os músculos enrijecem. Na rodada seguinte, o sorteio me atribui como adversário um garoto sem bagagem técnica, mas muito empolgado. Não consigo entender seu judô desordenado: ele ataca de qualquer jeito, como que para me impedir de atacar. A luta é rápida demais, o cronômetro também. Tento mostrar meu judô, mas passo a impressão de falta de belicosidade. O árbitro sanciona minha insuficiência de combatividade. Quando acreditava me aproximar das semifinais, perco. Sou eliminado. O chão se abre sob meus pés, a decepção é imensa. Fico com raiva de mim, não entrei na luta, incomodado pelo coaching e pela onipresença do treinador do adversário cujas falas eu ouvia da beirada do tatame. Ao sentimento de solidão se acrescia um complexo de inferioridade próprio dos provincianos, num lugar tão parisiense. Meu adversário bloqueou o combate, atacando de forma bizarra e ludibriando os árbitros. Queremos mostrar um belo judô, e nos deparamos com um fraudador. Não estava preparado para aquilo. Aliás, não estava preparado para nada, achei que sempre seria fácil.

Sou punido. Eu queria um dia de lutas, ficar no tatame, subir ao pódio. Em vez disso, tudo se paralisa. A sensação é nova e me leva aos terrores infantis. Enquanto me conduzem ao vestiário, hesito entre a raiva e as lágrimas. Provo a derrota, sinto o irrisório de minha vaidade, e uma mistura amarga de ofensa e humilhação.

O retorno a Lyon é difícil, o anúncio do mau resultado, delicado. O pequeno campeão perdeu. Estou convencido de que quem triunfou não era o melhor dos dois. Todos dizem isso, que da próxima vez a gente vai se sair melhor, que o terreno estava deslizando, que o sol cegava, que o árbitro era um palhaço, que a vida é ruim e que, deixem-me em paz. Esse tipo de coisas.

O Bourrin's Club

A cabeça de cavalo amarela estava pendurada na grande parede do fundo, bem em frente à entrada. Era impossível não vê-la. Esculpida no meio do círculo vermelho de um belo sol nascente, ela estava ao lado de dois judocas, desenhados em branco, praticando um *ura-nage* belíssimo, uma projeção para trás que parecia lançá-los ao teto. No alto, e arredondado, o nome do lugar: Judo Club de Saint-Fons. Meu novo clube.

No verão de 1973, nós nos mudamos para Vénissieux, ao sul de Lyon, peça-chave de um subúrbio vermelho que desde 1945 elegia seu prefeito comunista no primeiro turno das eleições municipais. A normalidade quer que o elevador social, que então funcionava melhor do que no século 21, estimulasse as famílias a se mudar para bairros mais ricos. Para nós, que passamos da abastada Caluire para a proletária Vénissieux, foi o contrário. Não por desclassificação social, mas por convicção política — e também porque precisávamos de um apartamento maior com um quarto para cada um.

Vénissieux era a cidade dos estabelecimentos Berliet e dos loteamentos da Sociedade Nacional das Ferrovias Francesas (Société Nationale des Chemins de fer Français, SNCF), o cadinho de uma mistura de operários franceses, italianos, espanhóis e portugueses que vieram depois da guerra, e dos recém-chegados da África do Norte a pedido dos patrões nos anos 1960 para fazer girar a indústria francesa, e cujo reagrupamento familiar ia ser acelerado por Giscard d'Estaing. Aqui, como em outros lugares, uma cidade nova composta de blocos de prédios e de torres de quinze andares tinha sido projetada por um vencedor do Premier Grand Prix de Rome e erigida em um território agrícola: o platô das Minguettes. Era uma colina hortícola que dominava a Vallée de la Chimie, as fábricas de Saint-Fons que logo me empregariam durante o verão e a refinaria de Feyzin, ainda traumatizada pelo gigantesco incêndio de 1966 que a havia praticamente aniquilado.

Sempre fazia calor na zona industrial e as pessoas já tinham se acostumado: quando o céu ficava coberto de nuvens, ninguém sabia se era por um capricho da meteorologia ou pelas chaminés da Rhône-Poulenc. Mas, nas tardes de verão, o cheiro de marshmallow açucarado que invadia a cidade não deixava dúvidas: vinha mesmo das fábricas. Numa luz pantanosa, do lado de fora, passávamos noites infindáveis.

Além de desafiar Lyon e sua basílica rococó que víamos de cima das torres da Avenue de la Division-Leclerc, as Minguettes proporcionavam, voltando-se para o Sul, uma vista impressionante da estrada A7. Pois, como era meio caminho para Solaize, íamos, de mobilete ou de 125, ver o fluxo de turistas que passavam por ali a caminho da Provença, e a gente brincava dizendo que a Provença começava logo ali, no pedágio de Vienne. Mas a França ainda era, nos limites das cidades, um país de camponeses, e as Minguettes davam para imensos campos de alfafa e de milho, terras prometidas para crianças sedentas de aventuras, que só as atravessavam de bicicleta, em pistas de terra transformadas em acrobáticos percursos. Eu chamava esse canto de "Paris-Roubaix", porque já adorava o ciclista Eddy Merckx e na primavera de 1973 ele tinha vencido como um guerreiro solitário debaixo de chuva, nas calçadas e na lama. É na Paris-Roubaix que farei meus footings cotidianos nos treinos de inverno.

No intervalo de quatro anos, de 1969 a 1973, eu me tornei um verdadeiro judoquinha. Deixei o centro de lazer da EDF, e com ele ficaram os dias da minha infância, nas lagoas de Dombes e nos caminhos do castelo de Sainte-Croix. Mas em Vénissieux e em Saint-Fons eu iria passar os mais belos anos da minha vida. Os do judô. Como Truman Capote escreveu: "Em seguida, eu me apaixonei por muitas cidades, mas só um orgasmo de uma hora poderia ser de uma felicidade maior do que meu primeiro ano em Nova York". Eu não tinha a idade de meus primeiros prazeres, mas não conheço melhor maneira de dizer o que foi minha descoberta das Minguettes. Como havíamos chegado ali no início de julho, dois meses antes do início das aulas, tive tempo de percorrer os bairros, ir para a piscina e fazer amigos.

Chamam-se *cités* esses "grandes conjuntos residenciais" que brotavam nos arredores das grandes cidades. Para nós, eram as ZUP, a ZUP, nossa ZUP: as "zonas a serem urbanizadas prioritariamente" — logo foram as "zonas que o Estado ocupava por último". "Z" sendo a última letra do alfabeto social. Elas estavam em todo o país e definiam a geografia futura de uma França esquecida. Três delas ficavam nos arredores de Lyon: a ZUP de Vénissieux, ao sul, a de Rillieux, ao norte, e a de Vaulx-en-Velin, a leste. É preciso rever *Aubervilliers*, o curta-metragem que Eli Lotar e Jacques Prévert fizeram em 1946 sobre os subúrbios do pós-guerra, para se ter uma ideia da mudança que a revolução imobiliária do fim dos anos 1960 encarnava. Vivia-se bem nas Minguettes e em outros lugares, apartamentos espaçosos, ruas ladeadas de jardins; água corrente nos prédios, piso térmico e elevadores em bom estado. Era uma época abençoada que acreditava no futuro. Suntuosas, ardentes e contemporâneas, as ZUP eram as insolentes beldades dos Trinta Gloriosos. Não sabíamos que em breve elas seriam seu cemitério, utopias e ilusões enterradas em caixões de concreto. Nunca deixamos de gostar delas, de estimá-las, de protegê-las e, antes que a raiva se apoderasse delas nos anos 1980, as ZUP ofereceram a seus filhos uma área de lazer à altura de seus desejos, no sonho de um contramundo que eles podiam inventar.

Morávamos, portanto, nas Minguettes: 10 mil apartamentos, 60% de habitação de aluguel moderado (HLM), 25 mil habitantes, 40 nacionalidades e, rapidamente, 40% de desempregados. O apartamento da família Frémaux situava-se no "terceiro bloco", ainda em obras, atrás do centro comercial Vénissy, nome decerto inspirado em Vélizy ou em Parly, esses templos da sociedade de consumo, da sedução e do efêmero que Baudrillard tentará de modo brilhante e em vão denunciar, antes que piorasse e não incomodasse mais ninguém.

Por todo lado havia canteiros de obras, escavadeiras, o sol nas gruas e a lama nos dias de chuva. Do lado do concreto, o município não garantia apenas a segurança do espaço (público), mas também a ideologia (pública), dando às ruas nomes próprios que asseguravam a mitologia do Partido Comunista: Maurice Thorez, Gaston Monmousseau, Jean Cagne, Marcel Cachin, um grande Boulevard Lénine (mas não Stálin, o ditador, impossível, nem Kruschóv, o reformador, também não era para exagerar), dos heróis da resistência (Jean Moulin, Georges Lyvet), das cidades geminadas, alemãs do Leste e bielorrussas, é claro, e de alguns heróis do espaço, todos soviéticos. Nós preferíamos a piada de Coluche, cuja fama explodiu naqueles anos: "O russo que teve menos sorte foi Yuri Gagarin: ele deu dezessete voltas na Terra e, mesmo assim, na volta caiu na URSS".

Meus pais não eram comunistas, nós inclusive morávamos na Rue Gabriel-Fauré. Sem chegar a ocupar as fábricas, como farão alguns de seus companheiros de ideias e de manifestações — não companheiros de *armas*, ninguém pegou em armas na França naquele período em que as palavras e as ideias dominavam —, eles haviam decidido oferecer a seus filhos outra visão do mundo. E fizeram bem. Passamos do norte ao sul da área urbana, de um centro da Resistência a um amontoado urbano dos anos 1970, de uma cidade de direita a uma de esquerda. Sim, os que tinham menos de trinta anos falavam assim: "cidade de esquerda", "cidade de direita", mas começavam a entender que isso não queria dizer nada.

Eu ia a pé até o clube. A cidade de Saint-Fons, que alojava a sede do dojo dentro de seu estádio municipal, tinha suas raízes ao pé das Minguettes e de sua prima, a colina das Clochettes, que possuía torres próprias, construídas do outro lado da "estrada de Vienne", era assim que chamávamos a rodovia Nationnale 7 naquele local. Contígua a Vénissieux, Saint-Fons era socialista — agora não é mais. Muito elegante — agora é menos. Nos anos 2000, mas sobretudo nos anos 1980, houve um empobrecimento generalizado e uma desculturação progressiva. À época, era mercantil e alegre, será que ainda é? Espero que sim, mas não sei. Tudo se deteriorou tanto. Quase nada escapou à implantação de lojas de celulares, de cabeleireiros, de estacionamentos para venda de carros, móveis e sapatos. Agora só passo por ali para visitar minha irmã, que ainda vive lá, ou de bicicleta pelas estradas da minha infância — e continuo fazendo o mesmo tempo que antes.

Saint-Fons era uma cidade calorosa e animada. Naquele tempo, a concepção exclusivamente economista e publicitária da vida ainda não tinha se imposto por todo lado, até mesmo no esporte, na educação e na cultura. Ora, são o esporte, a educação e a cultura que propõem algo diferente. As palavras não custam nada e são preciosas. Sobretudo as dos professores, dos treinadores e dos poetas. Foi com isso que crescemos. Saint-Fons demonstrava grande apreço por seus filhos: ao me tornar campeão local de judô, passei a ser convidado para a entrega anual das medalhas da cidade. Lembro das palavras precisas e encorajadoras de um prefeito que, com a nossa idade, tinha vivido o verão de 1936 e nos contava isso. Era uma cidade, uma vida, um mundo que mantinham suas promessas.

Meu novo centro de treinamento era um "verdadeiro" clube, quero dizer, ficava aberto todas as noites, recebia competições, organizava de maneira bem oficial as passagens de graduação e a Federação Francesa de Judô nos concedia licenças automaticamente. Cheirava a suor e dava vontade de fazer parte dessa festa permanente do esporte. Desde minha inscrição, no início da temporada 1973-4, gostei de sua efervescência e do dono do local, Raymond Redon. A recomendação do sr. Verdino fora o bastante para que seu sucessor me desse uma atenção particular.

Mestre Redon estava voltando de uma longa viagem ao Japão, que tinha feito com um colega de Lyon, Pierre Blanc. Eles ainda eram rapazes, prontos para derrubar tudo pelo caminho. E a levar o mundo com eles: eu estava entrando em anos de efervescência e não apenas porque as Minguettes, essa cidade alta fechada sobre si mesma rumo à qual era preciso subir — e uma vez lá em cima, a gente se sentia bem —, iam me oferecer uma adolescência ativa e livre. O ano de 1973 foi mágico.

Eu integrava um meio em permanente agitação social, em um ambiente de bairro, de bares e de famílias. Não podia imaginar que o sul de Lyon ia se tornar o mais belo dos reinos nem sonhar com melhor instalação nessa zona da área metropolitana, que os burgueses de Caluire tinham me dito, não sem condescendência, ser infrequentável. "A superpopulação, a delinquência, a violência, sabe como é...", profetizavam. Não, quando criança, não sabemos dessas coisas, não damos a mínima para elas. As crianças são capazes de ser felizes em qualquer lugar, até que um dia isso passa, é uma pena.

Raymond Redon havia fundado o Judo Club de Saint-Fons alguns anos antes com três companheiros: Gilbert Labrune, o presidente do clube, proveniente de Saint-Gobain, que passava o dia de quimono, sentado atrás da grande escrivaninha de madeira na entrada do dojo; Émile Argoud, um executivo de Rhodiacéta, com quem o mestre criará também o clube de judô de Corbas, agora dirigido por Alain L'Herbette e que formará Magali Baton, futuro membro da equipe feminina francesa; e André Quilès, eletricista na prefeitura de Saint-Fons, que se tornará árbitro internacional. Esses três, meus futuros mentores, auxiliavam "Raymond" amigavelmente, permitindo que ele se dedicasse por completo ao ensino, ao treino dos melhores alunos e a fazer duas viagens ao Japão. Eles também conceberam os brasões do clube com o cavalo e o *ura-nage* impressionante. Uma artimanha gráfica que fazia sentido: atlético e corpulento, Raymond Redon era um peso meio-pesado que transmitia força a seus alunos. Juntos eles tinham tido algumas vitórias estrondosas no Lyonnais. Resultado: uma reputação de lutadores tolerantes à dor e uma imagem que eles assumiam e que tinha virado o apelido do dojo, o Bourrin's Club [Clube do Cavalo].

O lutador russo no barco

É uma história lendária dentro da história lendária — eu a li quando criança e queria voltar a ela. Em janeiro de 1891 um lutador russo embarca num navio que sai do Mediterrâneo para entrar nas águas do mar Vermelho, rumo a Áden, Colombo e depois Yokohama, seu destino final. A bordo, o momento é de ociosidade. À excitação das grandes partidas sucede o interminável passar dos dias. É cansativo, as pessoas arrumam o que fazer, olham as nuvens de vapor que saem das chaminés e os pássaros que mergulham atrás de suas presas invisíveis. Homens e mulheres passeiam pelo convés, reúnem-se para fumar charutos e beber alguma coisa, não longe das crianças que se divertem contando nuvens e correndo de um andar para o outro, perdendo-se no labirinto dos corredores. Quando se vestem para o jantar, na hora em que o pôr do sol aflige com sua beleza repetitiva uma façanha atemporal, chegam os músicos para encantar a noite. Mas os dias são monótonos. Duas semanas de mar desde que o navio deixou o porto de Marselha e todos já se entediam pra valer.

Não Jigoro Kano, maravilhado com sua estadia na Europa. Como observador compulsivo que não se furta a preencher páginas, ele escreve incansavelmente. De Paris a Berlim, fica admirado com a beleza das igrejas, dos vilarejos e das capitais. Mas também com o declínio da cristandade e de um pensamento religioso que está longe de ser significativo: "O cristianismo funda seu poder sobre um passado imóvel", escreverá. Mas em todos os lugares identifica as formas de uma espiritualidade diferente. Por exemplo, os políticos, os religiosos e os universitários leem muito, e isso o impressiona, embora acredite que o que é mal transmitido está fadado a desaparecer. "Eles eram superiores a mim no campo do saber," afirma, "mas não no da pedagogia." Ele vê a universalidade como a única solução para os conflitos de religião, pensamento e segregação social — o que não é muito japonês, mas a Europa das Luzes passou por aí. Ele entende o que é trunfo e o que é obstáculo. Deseja que, no diálogo entre os povos, seu país desempenhe um papel: "O homem japonês", escreve, "deve contribuir para um mundo sem inimizade". Enfim, está convencido de que o educativo, o intelectual e o esportivo andam juntos, como o desenvolvimento moral acompanha o vigor corporal. "Escrever um romance é um trabalho consideravelmente físico", confirmará mais tarde seu compatriota Haruki Murakami.

Quando ele caminha pelo chão impecavelmente limpo da terceira ponte, a mais alta, esse pequeno japonês que não dá a mínima para a meteorologia e a posição do sol provoca, por sua aparência, a curiosidade dos outros passageiros. Não se surpreende, nunca se surpreenderá com isso. Sente-se feliz de voltar para casa, depois de um ano de viagem. Alguns dias antes, ele aproveitou uma breve escala em Alexandria para ir ao Cairo, 280 quilômetros engolidos em três horas pelo Express, o primeiro trem construído no Oriente — o mesmo que pegará Alexandre Promio, o câmera dos Lumière, que trará do Egito as vistas cinematográficas definitivas do esplendor do mundo. Em companhia de alguns amigos estrangeiros que conhece no navio, Jigoro Kano sobe o Nilo, observa as faluas com vela triangular que recobrem o rio e escala as pirâmides com passos rápidos, deixando para trás quem o segue. "Graças às sequências dos *randoris*", se lembrará mais tarde. A escapadela o tranquilizou sobre sua valentia e lhe permitiu fazer um esforço prolongado — faz tempo que não pratica judô.

Depois do canal de Suez, o navio se aproxima de Áden, que Kano descreverá como "sem árvores, sem água, com instalações de grandes reservatórios". Ele ignora que nesse porto que dá nome ao golfo que se abre para o mar da Arábia mora um comerciante de armas francês vindo de Harar, na Etiópia, que sonha tornar-se um negociante honesto. Mas uma dor ferrenha na perna direita o faz sofrer de maneira atroz. Esse homem ainda jovem, a quem restam apenas alguns meses de vida, não revolve o passado. Ninguém sabe quem ele é e só o presente assombra suas noites. Será que lembra do que escreveu aos dezenove anos, quando ainda era uma criança selvagem e um poeta apaixonado? "Les jours vont m'être légers, le repentir me sera épargné. Je n'aurai pas eu les tourments de l'âme presque morte au bien, où remonte la lumière sévère comme les cierges funéraires. Le sort du fils de famille, cercueil prématuré couvert de limpides larmes. Sans doute la débauche est bête, le vice est bête; il faut jeter la pourriture à l'écart. Mais l'horloge ne sera pas arrivée à ne plus sonner — que l'heure de la pure douleur! Vais-je être enlevé comme un enfant, pour jouer au paradis dans l'oubli de tout le malheur!"* Arthur Rimbaud e Jigoro Kano, nascidos

---

* "Os dias me serão leves, o arrependimento, poupado. Não terei as torturas da alma quase morta no bem, de onde sobe a luz severa como os círios fúnebres. A sorte do filho-família, prematuro caixão coberto de límpidas lágrimas. Sem dúvida a devassidão é torpe, o vício é torpe; é de jogar fora a podridão. Mas

com seis anos de intervalo, homens de sua época, com os mesmos belos rostos da juventude, cruzam-se sem saber que estão no mesmo calor do deserto e da bruma dos altos mares; um vai embora, com a vida consumida e a carne queimada, o outro chega, com o corpo intacto e o futuro em aberto.

Jigoro Kano ainda não tem trinta anos. Eu gostaria de descrevê-lo mais um pouco: olhos apertados, extremamente apertados, desde cedo o rosto de uma pessoa madura com o olhar expressivo. Nas fotos de mocidade, ele ainda não tem o bigode que suavizará seus traços. Belo moço, inteligente e sombrio, ele tem os cabelos castanhos partidos de lado, e sempre os manterá assim. Sua afabilidade lhe dá um aspecto envolvente que será um sésamo, pois reserva e distância dominam uma personalidade desprovida de fantasia. Sempre bem vestido, à moda japonesa ou ocidental, esse homem atarracado tem o dom do lutador e as disposições intelectuais da juventude da era Meiji que criará o novo Japão.

Kano sabe que o judô exigirá uma base pedagógica, uma teoria. Ele também quer aumentar a importância dos *katas*, uma codificação coreográfica que classifica as famílias técnicas. Essa prática, proveniente das artes marciais, mas também da pintura e da arte do chá — Kano também não inventou *tudo* —, seria o melhor meio de catalogar seu ensinamento. Kano se lembra do suplício que foi o aprendizado dos *katas* das escolas de Kito-ryu e de Tenjin Shinyô-ryû. Ele aprendia o cerimonial desses *katas* e os analisava. O judô ainda não era o judô. Se o *randori*, proveniente do espírito de luta, é fundamental, a atenção dada a uma doutrina também o é. Por isso haverá os *katas*.

→ o relógio não conseguirá dar senão a horas da pura dor! Vou ser arrebatado como uma criança, para brincar no paraíso, esquecido de toda a desgraça!". Trecho de *Uma temporada no inferno seguido de Correspondência*. Trad. de Paulo Hecker Filho. Porto Alegre: L&PM Editores, 2016. (N.T.)

O estabelecimento da norma técnica. Antes de sua partida para a Europa, ele começou a "escrever" o *nage-no-kata*. Kano tem em vista cinco séries de três movimentos executados à direita e em seguida à esquerda que resumirão o "judô em pé". A etapa será crucial: o *nage-no-kata* é o primeiro dos *katas* do judô. Será o mais famoso.

Quando se aproxima da Malásia, depois da interminável travessia do oceano Índico, um episódio o tira de seus devaneios. Convivendo com alguns passageiros, entre eles um suíço e um holandês com os quais se encontra todas as manhãs para conversar, Jigoro Kano os intriga quando fala do judô e desperta paixão quando evoca seus princípios. Um incidente vai obrigá-lo a fazer uma demonstração. Como tudo é pretexto para distração, um oficial da marinha do tsar provoca os viajantes organizando quedas de braço e diversas competições de meninos. Kano se mistura ao grupo e tenta explicar que às vezes a inteligência pode vencer a força. Jovial e empreendedor, o russo se mostra pouco impressionado com essa exposição abstrata. "Sou mais forte que você, eu o venceria facilmente", ele diz. "Se eu o segurar no chão de determinada maneira, serei capaz de imobilizá-lo, apesar de meu tamanho", retruca Kano. Seu interlocutor aceita o desafio e deita de costas. Ele se deixa ser imobilizado, certo de que vai se liberar com facilidade. Impossível. Nenhum movimento produz o menor efeito sobre o corpo, tão frágil, que o mantém no chão. Kano, seguro de suas técnicas de controle, o impede de se levantar. Os outros passageiros aplaudem. O russo se levanta e propõe trocar os papéis. Furioso e incrédulo, tem certeza de que vai esmagar o pequeno japonês. Cansado, não consegue bloqueá-lo — o outro se liberta como uma enguia entre as mãos do pescador.

O oficial se irrita e exige uma luta de verdade. Desde o início da Kodokan, Kano suportou bravatas de seus detratores e questionamentos de seu ensino. Não o assusta que alguém venha procurar briga com ele e, embora deteste se exibir, aceita o desafio do oficial tsarista.

A luta começa e o russo se faz de esperto, joga com sua força. Ele caminha de um lado para outro obrigando o adversário a acompanhá-lo, ele o sacode e o faz estremecer diante dos espectadores circunspectos e sedentos que se aglutinam sobre o convés. Kano não percebe que tremem de medo por ele. Sem temer parecer dominado, espera o momento propício para fazer o movimento adaptado à morfologia e à rusticidade de seu oponente. O oficial tenta compreender suas esquivas quando, de repente, tudo se precipita. Kano o empurra para trás, certo de que ele terá uma reação reflexa para a frente. Bom trabalho. Ele então o puxa bem forte pela parte de cima do corpo, gira sobre seus pés e o carrega sobre suas costas flexionando as pernas para projetá-lo, numa mistura de técnica de quadril e movimento de ombro, meio *goshi*, meio *seoi-nage*.

O russo cai no chão, vencido, incrédulo. No êxtase e alarido da multidão — tem-se o registro —, Kano é rodeado, cumprimentado, e o enchem de perguntas. O vencido se levanta e, surpresa, é um bom lutador. Surpreso por ter sido ludibriado por um movimento misterioso, felicita o adversário, abraça-o como um irmão mais velho pasmo diante do caçula e oferece-lhe um sincero aperto de mão, que Kano aceita. Os dois não vão mais se separar, convivendo todos os dias até a escala em Shanghai. Lembra a reconciliação de Delon/Belmondo em *Borsalino*, em *Rebeldia indomável*, de Stuart Rosenberg, no qual Paul Newman acaba impressionando George Kennedy, o terror do campo de trabalhos forçados que se torna seu mais próximo defensor, depois de ele ter engolido, um atrás do outro, cinquenta ovos cozidos, enganando a vigilância dos guardas e tendo confrontado, com um sorriso, a violência dos cães da polícia.

Kano, ao lembrar do episódio, não vê nenhum mérito: "Não é algo de que eu poderia me gabar", ele vai escrever, "pois qualquer um teria feito o mesmo se tivesse conhecimento". Entre os espectadores privilegiados da luta, um inglês notou seu especial cuidado com o adversário. "Eu sabia que no momento da queda ele ia bater violentamente no chão", confirma Kano, "então segurei sua cabeça." A brutalidade nunca estará do lado dos judocas.

No navio já não o olham da mesma maneira. Um jornalista espalha o episódio, que chegará ao Japão, onde a fama o espera. Voltado inteiramente para sua paixão pelas viagens, que lhe será fatal, o jovem deduz que ser Jigoro Kano será um trabalho em período integral. Ele não sonha com uma vida de alto risco. Já que nenhum tormento vem arruiná-lo, quer ter tempo e dar tempo aos outros, ser aquele que lembra e cria. Tóquio marca a volta à sua existência entre os alunos. E ele conhecerá Sumako Takezoe e, ouso dizer, a abraçará — estamos num filme de Ozu, não em um de Imamura. Voltando seu olhar para o leste e para aquele Extremo-Oriente que o viu nascer, sente-se feliz apenas por estar no mar, por não se esquecer de seu país, de sua história e de seu pai.

O quimono

Sem quimono, nada de judô. Quando, impaciente para me juntar a meus colegas, eu trocava de roupa às pressas no vestiário, estava longe de imaginar que veneraria aquele traje esquisito usado durante todos aqueles anos. Aliás, deveria ter trazido o assunto mais cedo: o quimono é o primeiro bem pessoal do pequeno judoca. Nele vibra o refinamento do japonismo que o Ocidente sempre apreciou, dos trajes das cerimônias do chá, do teatro kabuki ou da saída do ofurô, o banho bem quente tomado nos *ryokans*. Mas a denominação léxica é imprópria para o nosso objeto. Deve-se dizer *judogi*. *Judo-gi*, *gi* para traje. Neste livro, adotaremos os dois, como os judocas fazem entre eles.

De cor branca, ele é composto de um casaco, uma calça e uma faixa — o primeiro que disser "Um pijama, então" sai da sala. Resistente, à prova de rasgões, suporta qualquer tração, torção e tensão, sejam elas aplicadas às mangas, às lapelas, ao colarinho e até mesmo à calça quando, no passado, as técnicas de agarrar as pernas eram autorizadas — elas não são mais e é uma pena: adeus ao *kata-guruma*, adeus à "roda em torno dos ombros".

Novo, o quimono é revestido de uma camada fina de goma, um pouco amarelada, que desaparecerá nas primeiras lavagens.

É aconselhável fervê-lo e escolher dois números acima, porque encolhe — você diz para si mesmo: era só o que faltava, agora ele nos explica como lavar um quimono na máquina! Mas nenhuma tarefa pretensamente trivial poderia comprometer a implacável prioridade das coisas: ao encolher, ele permite que, com os braços ligeiramente dobrados, as mangas fiquem curtas e ásperas o bastante para dificultar que o adversário as agarre. Eddy Merckx controlava suas bicicletas e regulava a altura do selim durante a corrida; um judoca cuida do seu *judogi*.

Em sua origem, o quimono de judô se inspirava naqueles que os samurais usavam para lutar. Os guerreiros nem sempre estavam paramentados com quimonos de gala. O esplendor dos trajes era reservado aos desfiles e, no resto do tempo, eles administravam seus territórios, passavam-nos em revista, lutavam. Jigoro Kano se apropriou desse traje e o melhorou, concebendo o traje resistente que poria seus alunos em pé de igualdade. No início artesanal e simples, o *judogi* é feito em algodão, escolhido por sua densidade e porque, em 1882, o falso e o sintético não existiam. Leio um catálogo japonês que se gaba das propriedades da fibra: conforto, resistência e capacidade de absorver o suor das lutas. Pronto. Os das crianças são em tecido simples — às quartas-feiras os vemos passando aos montes nas ruas da França, faixas multicores ao vento e blusões nas costas para não pegar friagem. Mais elaborado, o casaco dos lutadores é feito com uma matéria dupla: embaixo, ao nível da saia, com uma composição em "diamante" e, no alto, da cintura aos ombros, em *sashiko*, descrito também como um "tecido grão de arroz", que torna a roupa mais grossa, dificilmente maleável e áspera quando agarrada, para dar logo de saída um golpe psicológico no adversário. De fato, exercícios específicos são destinados ao fortalecimento muscular dos dedos e das mãos, pois estes últimos serão solicitados na luta pela supremacia do *kumi-kata*, daí o banimento das unhas longas, dos anéis e dos relógios.

    Agarrar e evitar ser agarrado também depende de quão fácil é segurar as mangas ou as lapelas — portanto, um judoca experiente vai preferir um traje colado ao corpo, difícil de ser puxado. Quanto mais experientes os lutadores, mais alta a gramatura da roupa, é uma coisa que também vem com a idade: assim o *judogi* se transforma numa armadura simbólica com uma densidade imbatível, dentro da qual o corpo se esquiva do olhar do adversário. Pois o *judogi* é um objeto pessoal — o competidor e o professor, que estão no tatame todas as noites, possuem vários e os trocam constantemente, conservando apenas a faixa, amarrada e desamarrada milhares de vezes, na qual têm o prazer supremo de mandar bordar seu nome.

    Se as mulheres vestem uma camiseta por baixo do casaco, o quimono é unissex. E no tatame a gente se acostuma a tudo: à proximidade, ao perfume, ao suor, à pele, aos pelos. E não pode detestar contato físico. Quanto ao resto, a estética dos tatames é impiedosa. Vemos belos meninos ficarem parecidos com Daniel Emilfork vestido com uma túnica de *bure* e rapazes de físico banal parecerem reis. Mais uma vez, tanto no judô quanto no futebol, é preciso escolher seu modelo: Franz Beckenbauer, porte altivo, visão do jogo e facilidade técnica, ou Horst Hrubesch, touro furioso, carregador com meias nas canelas.

Existe uma foto famosa de Jigoro Kano, gravada na memória da disciplina, mas sem data, sem assinatura, o que a torna ainda mais tocante. No auge da vida — acho que é do início do século 20 —, ele está em pé, com as pernas arqueadas bem firmes no chão, as duas lapelas do quimono coladas na barriga chapada, amarradas com um nó impecável. Tudo é curto: o casaco, cujas mangas deixam aparecer os antebraços, cobre uma calça pouco abaixo dos joelhos, dando a sensação de um dispositivo que exala despojamento e simplicidade, e também potência e invencibilidade.

Em Tóquio, à sombra de armazéns escondidos cujas portas sonho abrir, as coleções da Kodokan resistem à avalanche dos dias e preservam a memória material do judô. No terceiro andar do museu, vê-se um amontoado de tecidos crus, até mesmo o *judogi* surrado de Shiro Saigo, cujo valor é maior, a meu ver, do que o do Santo Sudário, até porque, ao contrário de Jesus de Nazaré, Shiro Saigo se deixou fotografar. Jesus é teoria; Saigo é prática: até o surgimento do judô, ver um homem pequeno projetar um grande era da ordem do milagre de andar sobre as águas. Na internet aparece o casaco de combate do fundador, o de Cristo perde — com circunstâncias atenuantes: são dezenove séculos de distância. Sujo, gasto, mas em bom estado, o quimono de Jigoro Kano! Destinado definitivamente ao esplendor das vitrines, nada o distingue do de David Douillet — a não ser as dimensões.

No fim dos anos 1960, vimos o *judogi* aumentar de tamanho, e mangas e calças ficarem mais compridas. A tendência é deixar-rolar e deixar-crescer, como os cabelos dos jovens e as costeletas de J.P.R. Williams, *fullback* extravagante do Quinze de Galles que era parecido com John Lennon. Nos tatames, Jean-Jacques Mounier, o peso-leve francês que subiu ao pódio dos Jogos de Munique, o inventor do *morote* de joelhos, parecia se inspirar nos anos das discotecas, entre Michel Delpech e George Best. Depois o traje voltou a ter a aparência mais "japonesa", quer dizer, menos descomprometida.

Há certa volúpia em vestir o *judogi*, que define o judoca que você é. O competidor receberá muita atenção, sobretudo se estiver usando um Mizuno Yawara 750 gramas. Como o cobrador de pênalti que sabe girar o pé no último minuto, o judoca põe as mãos de certa maneira, uma estendida para o adversário e a outra escondida sob a axila, mascarando a iminência do ataque. Ou então vai puxar as duas abas da faixa para verificar o nó ou, ao contrário, vai desamarrá-lo maliciosamente para provocar a interrupção da luta. Ou ainda vai arregaçar as mangas com o objetivo de deixá-las fora do alcance do adversário ou vai fazer a lapela cair sobre os ombros para permitir que o ar fresco entre nas costas. Vitas Gerulaitis substituía a fita de suas raquetes nas mudanças de jogo e Rafael Nadal ajeita a cueca do lado das nádegas antes de cada serviço. Cada um com sua mania.

Lavado uma vez por semana, seco ao ar livre, o *judogi* será tratado como um terno em seu cabide, casaco e calça separados, ou dobrados em "bola-quadrada", com a faixa cruzada fechando o "pacote". Um belo quimono, com cheiro de limpo e a brancura da inocência, estimula. Com o corpo lavado e a consciência livre, os músculos relaxados e o coração descansado, descalço sobre o tatame macio, o lutador vai se sentir em paz. Ele não lutará melhor, mas apreciará a harmonia técnica com seus parceiros. Essa plenitude será criada por um *judogi* apropriado, no conforto do íntimo e na estética do coletivo: é esplêndido, e é algo único, um encontro de judocas na hora da saudação.

Em uma carreira, os quimonos passam e desfilam, desgastam e envelhecem, pagam o preço das horas de *randori* e *uchi-komis*, dos litros de suor e da rudeza das quedas. Eu realmente não sei onde meti os meus, com certeza estão em alguma caixa com meus velhos agasalhos, meus troféus e minhas medalhas. Perdi a maioria das faixas, dei algumas de presente para meus alunos, e tenho outras que ainda não usei, brilhantes e pretas como quadros de Soulages — comprá-las me transportava psicologicamente ao tatame.

✷

Até a idade adulta, era natural, para mim, usar o quimono; vesti-lo mais uma vez para a cerimônia dos votos, depois de tantos anos sem usá-lo, vai me deixar comovido. Diante das dezenas de judocas reunidos no imenso tatame do Instituto do Judô Francês, farei meu discurso com trajes de luz. Um quimono.

Campeões que vacilam

O ano é 1973. Na solidão dos pequenos novatos, fui logo me inscrever na biblioteca municipal, no Boulevard Ambroise-Croizat, o pai da previdência social e do sistema das aposentadorias — a vermelha Vénissieux, como sempre.

Bastava descer das Minguettes: eu ia de bicicleta, uma Jolivet laranja, cor da equipe Molteni, de Eddy Merckx, comprada no ano anterior, que usava para meus deslocamentos, e ir até a parte de cima da ZUP significava encarar as mesmas porcentagens que as dos Cols du Vercors. Em minha nova infância, essa biblioteca pública foi, junto com o Judo Club de Saint-Fons, o primeiro território de que me apropriei. Quando me tornei um aprendiz de historiador, ao longo dos anos 1980, e passava meu tempo nos arquivos e nas salas de leitura, esse sentimento de intimidade nunca me abandonou: nenhum lugar na Terra me parecia mais acolhedor e mais reconfortante do que aquele cheio de livros.

Eu sempre me dirigia à seção de livros de esporte, com as obras de Roland Passevant, chefe da editoria de esportes no *L'Humanité*, bem em destaque. Quando se é criança, as pessoas incentivam o cultivo de herbários; meu xodó eram os álbuns

Panini, os catálogos Campagnolo, as publicidades Shimano e as bicicletas Peugeot. Toda semana eu pegava emprestados muitos livros. Devolvia alguns com muito atraso, o que me valiam broncas de uma senhora que escutava Ferrat o dia inteiro; outros, devolvia discretamente, deles tendo recortado várias fotos para o meu "álbum de esporte". Ato inconfessável e pecado público, mas descobrir em *Os incompreendidos* que Truffaut roubava fotos do saguão das salas de cinema atenuou minha vergonha — se o menciono, é porque ainda se faz presente. Não tínhamos as mesmas obsessões: para ele, era Harriet Andersson, em *Monika e o desejo*, de Ingmar Bergman, e não Johan Cruyff, em *L'Année du football* [O ano do futebol], de Jacques Thibert.

Depois da escola Paul-Éluard, fui para o científico do Liceu Marcel-Sembat. A obsessão dos professores e diretores eram as exatas. E as da época, a política e a revolução. Para mim, era o esporte. Entregue ao enfado dos meninos da minha idade, não dava a mínima para o futuro. Já gostava de cinema e de poesia, queria ser professor e escrever livros. Vivia no meio de adultos muito engajados que ficavam impressionados e desorientados com meu status de judoca. Os tempos não estavam para ninharias e, enquanto eu não perdia nada de *Sport Dimanche*, no canal 1, e de *Stade 2*, no canal 2, eles se mostravam hostis ao noticiário esportivo, ignorando que meus debates ideológicos eram com Pierre Villepreux, mais do que com Mao Tsé-tung, que, com certeza, tinha atravessado o Yang-Tsé-Kiang a nado para impressionar os guardas vermelhos, mas não era um teórico do rúgbi e não tinha reinventado a posição de *fullback*.

No meu mundo, era preciso esconder meu fervor. "O esporte é o ópio do povo", ouvíamos, um mantra incansavelmente repetido por aqueles que se precipitarão, com a mesma unanimidade, nos horríveis anos 1980 do consumismo ilimitado, da aeróbica em calça legging e da preocupação exclusiva consigo mesmo. Surgida nos anos 1970, quando o esporte era, no entanto, menos corrompido do que hoje, essa ideia puritana, que nunca deixará de subentender que os fanáticos dos estádios são uns idiotas, ainda está presente nos padrões de pensamento. De maneira infundada, pois agora sabemos: o ópio do povo é, principalmente... o ópio. Em vez de alinhar carreiras de coca e devastar o México e o Afeganistão, dizer bobagens e culpar as pessoas, os influenciadores de então teriam sido mais inspiradores fazendo mais exercícios ou se debruçando sobre o novo futebol holandês e suas ambições coletivas: todos atacam e todos defendem — o que também poderia ter funcionado para a sociedade. Os quatro gols extraordinários que os "vermelho e branco" cabeludos do Ajax de Amsterdam marcaram contra seus presunçosos colegas do Bayern de Munique, no dia 7 de março de 1973, continuam a ser o auge da inteligência e da solidariedade.

Não achava que ser torcedor de um time fizesse de mim um ser social desprezível, mas aprendi a ser cauteloso — quando fosse necessário defender os filmes de Sylvester Stallone, *A taberna do inferno* ou *F.I.S.T.*, e o excelente *Rambo — Programado para matar*, eu também estaria pronto para debater. A vida era política. Em *Os anos*, Annie Ernaux vai lembrar: "Comprar um carro, dar nota a um trabalho, dar à luz, tudo tinha um sentido". A não ser o esporte, que seguia no sentido contrário. No pátio do liceu, entre o apolitismo preguiçoso, de direita, e o cometa revolucionário, de esquerda, a passagem não era larga. Por um tempo, contestei a reforma Haby, momento estimulante que me fez mergulhar em intermináveis assembleias gerais, de modo que fugi como da peste das organizações, dos grupelhos e das reuniões, convencido de que tudo aquilo era apenas mimetismo do passado. Eu vivia aqueles tempos como uma desapropriação de si, a impossibilidade de escapar de uma imagem típica da adolescência inflamada à qual a época nos prendia. Tínhamos que nos justificar, nos posicionar, nos legitimar, responder ao "De onde você está falando?" brandido ao infinito. A isso nós nunca deixamos de responder: "Das Minguettes".

Bruce Springsteen diz o seguinte em sua autobiografia: "*It's one foot in the light, one foot in the darkness, in pursuit of the next day*", "Um pé na luz, um pé nas trevas, rumo ao amanhã". Pois os tempos também eram formidáveis, eram tumultuados, tinham suas expressões, seus tiques, seu lado pitoresco, sua violência verbal, suas ideias exuberantes, abundantes, grotescas, perigosas. Não que eu não fosse politizado: com os pais que tinha, não poderia ser de outro modo, e a luta contra a sociedade de consumo e a miséria do mundo dominava as conversas em família — ainda não sabíamos nada da destruição do planeta e da anunciada extinção dos humanos. Os amigos deles se mostravam capazes de grandes voos teóricos, e continuo a admirar os militantes, as pessoas que protestam, que se engajam, que dão o salário para a causa. Eu gostava das manifestações porque era uma coisa de grupo, os punhos erguidos diante do Banco Bilbao, na Place du Pont, em Lyon, porque era contra Franco, odiado por meu amigo Paquito Exposito. No judô eu estava nessa esquizofrenia que muitas vezes me acompanhará, e os filhos da classe média francesa me olhavam de um jeito estranho quando eu lhes contava tudo isso. Ser de um meio onde livros, filmes e discussões políticas eram naturais às vezes me deixava meio à parte no vestiário.

O jargão sofisticado me assustava, ou me fazia rir — e ver que ele se repete hoje em dia não me parece nada bom. Os que nos antecederam haviam criado 68. Nós não queríamos pegar o trem andando. Temíamos ser recrutados para as grandes organizações que tinham perdido o senso de humor, para brigadas que nos impediriam de jogar futebol no pátio do prédio — como Pasolini em suas filmagens. Só queríamos perambular pela ZUP e rever algumas posições existenciais fundamentais, como por exemplo: no Tour de France de 1971, Eddy Merckx teria finalmente vencido Luis Ocaña se o espanhol não tivesse se estatelado, com a camisa amarela nos ombros, na descida do Col de Mente, numa tarde de pavor e de trovões? Marcel Cerdan teria tido sua revanche sobre Jake LaMotta, o *"Touro indomável"* de Scorsese, se seu avião não tivesse caído nos Açores? E até mesmo, para os lioneses que éramos: os Verdes, de Saint-Étienne, teriam vencido a final da Copa da Europa de 1976 se, ao estrondoso chute de Dominique Bathenay, as traves do gol do estádio de Glasgow fossem redondas e não quadradas?

Eu gostava do engajamento dos outros e não encontrava o meu. Um dia entendi por quê: nossa geração não conheceu os anos 1960 e não havia sido enganada pelos anos 1980. Não tínhamos um poder para atacar, uma montanha para escalar, nosso lugar no mundo era lá onde estávamos, no mero privilégio de existir. Será que, na primavera de nossas risadas, tínhamos o que dizer e o que fazer? Nunca saberemos, não fizemos nada. E erramos. Em Lyon, teremos a Radio Canut como um sonho de rádio livre, mas foi a NRJ, uma rádio comercial, que botou os jovens na rua. No meio do nada, desconfiados da pose e da impostura, não participamos de nada. Nossa memória parou diante das portas da história — atravessou as dos estádios, das casas de shows e dos cinemas; fazíamos barulho ali, já é alguma coisa. Sem dúvida é conveniente dizer que nunca tivemos um ideal. Pelo menos não traímos nenhum. Embora não ter nada para trair fosse frustrante. As aventuras vividas por outros não seriam as nossas: os grandes temas já estavam esgotados quando chegaram até nós.

*

Os artistas, assim como os atletas, ressoavam com uma voz diferente e, como vade-mécum ideológico de substituição, isso me caía bem. Minha consciência política despertava com a leitura do jornal *Pilote* e com os desenhos de Gotlib, com os filmes de Ford, de Godard e de Tavernier, com a leitura de Émile Zola ou de Joseph Conrad. Adorava a canção autoral, como também logo amaria o cinema de autor: Barbara e Colette Magny, Henri Tachan e Renaud, Graeme Allwrigh e Serge Lama — claro, havia os imperadores Aznavour, Brel, Brassens e Ferré. Todos me ensinaram a pensar a vida com nuance. Ou até mesmo sem nuance, quando Font e Val entravam alegremente no palco cantando *"On s'en branle"*, esse anarquismo artístico era gratificante — tornou-se nosso hino. Clamar admiração por Michel Sardou, como também por Maxime Le Forestier, provocava em nós, os dogmáticos, um constrangimento muito prazeroso, e minha paixão de infância por Johnny Hallyday não me impediu de zombar dos novos convertidos, que não sabiam de cor sequer as palavras de "Cours plus vite Charlie": os anos 1980 trouxeram de volta o cantor abandonado em uma reviravolta que transformou uma "atitude neorrock'n'roll", que se tornara comercial, na virtude cardinal dos tempos triunfantes da mídia. Felizmente, para o *hard rock*, nos restava os Lyonnais Ganafoul, Starshooter e Killdozer, ou BB Ogino, um grupo de admiradores de Led Zeppelin que íamos ouvir no Bardu H, no campus do Instituto Nacional de Ciências Aplicadas (Institut National des Sciences Appliquées, INSA), porque Maria, a cantora, era irmã de Paquito, o amigo espanhol da ZUP.

O único meio de escapar da complexidade dos tempos era o esporte. Mas: "O espírito de competição é uma mentalidade perversa", clamavam os ideólogos. Para o admirador de Jean-Claude Killy que eu era, isso era difícil engolir. A competição pode ter efeitos deletérios, mas nunca proibiu nem impediu nada. Ela mereceria que falássemos demoradamente dela. No entanto, em minha esquizofrenia de Gêmeos com ascendente em Gêmeos, eu lia a revista *Quel corps?*, que atribuía ao esporte uma essência fascista e que achava que a revolução devia começar retirando as pessoas dos estádios — bem, era melhor do que prendê-las lá dentro. Mas eu sabia mudar de assunto e não deixava que atingissem o judô, cujo espírito ninguém conhecia. Será que a mercantilização do mundo, que não parece incomodar mais ninguém, viria de uma consciência superior contra a qual não se poderia fazer nada? A verdade é que, observando as avenidas das grandes capitais, tenho dificuldade em aceitar a supremacia das vitrines enaltecendo pares de tênis como se fossem joias preciosas, não consigo esquecer que esse mundo viciado em modelar o corpo, em maratonas internacionais e em academias de musculação é o mesmo que zombava daqueles que corriam nas ruas das cidades ou nas florestas aos domingos, que iam ao estádio com seus filhos, coisas que beiravam a luxúria para os militantes do passado.

Na leveza da infância, o amor pelo esporte me ensinou a paixão pelos atletas, a memória das cidades e a descrição da proeza. Lembro de cor das corridas, dos jogos, dos Cols do Tour de France, das competições de terceira divisão. Eu era uma verdadeira esponja, esquecia das aulas de matemática, mas lembrava tranquilamente que nos Jogos de Munique Klaus Wolfermann tinha vencido no lançamento de dardo, Vassili Alekseiev na prova dos pesos-pesados no halterofilismo e que, na pista do velódromo, Daniel Morelon era imbatível. Lia tudo, via tudo, gostava dos japoneses com o sol nascente bordado em seus quimonos, dos russos com camisetas vermelhas com a sigla CCCP

("CouCourouCoucou Paloma", zombava Coluche), sabia de cor o hino americano e podia enumerar as sete medalhas de ouro na natação de Mark Spitz que, para provocar seus adversários que raspavam a cabeça para nadar mais rápido, deixou crescer um bigode.

O círculo de minhas admirações se ampliava cada vez mais. Nenhum esporte escapava do meu olhar — a não ser o curling. Uma história do mundo diferente acontecia a cada fim de semana, dia de jogo e noite de torneio. Meus pais me observavam com resignação, imagino. O esporte me tirava da timidez e atuava como ciência secreta. A mania de erudição precedeu a de cinema. O que significa a palavra "cinéfilo" para o esporte? Aprendi a lembrar da lista dos vencedores do Tour de France para lembrar da filmografia de Murnau. Hoje, ouço meu filho enumerar os nomes de grupos de rap com a mesma facilidade com que desfia, todo fim de semana, a composição do Olympique Lyonnais feminino; eu sei que isso lhe dá confiança.

Atletas se alçavam acima do comum para se tornarem lenda, deixando os refratários com suas zombarias irrisórias. Sempre houve artistas incompreendidos em sua época. Um amigo crítico dizia: "Nunca perdoarei aqueles que vaiaram Carl Dreyer na primeira projeção de *Gertrud*, em Paris, em 1964". No mesmo ano, a multidão, que não gostava dos vencedores, havia vaiado Jacques Anquetil, antes de se arrepender, de tão simples e bela a marca que ele deixou. Não precisamos ir muito longe para encontrar no esporte todos os ingredientes próprios ao ato poético, e um dia enfim percebemos isso quando Jean-Luc Godard e Serge Daney tornaram o tênis aceitável aos olhos dos intelectuais cinéfilos, que até nesse assunto precisam de mestres pensadores. Antoine Blondin não podia aspirar a isso, era um anarquista de direita e bebia demais. Mas ele encantou o Tour de France com sua glória. E nos curvamos diante de quem escreveu isto: "As garrafas ao mar nem sempre trazem as respostas". Foi lendo *L'Équipe* e *Le Miroir du cyclisme*, Pierre Chany e Maurice Vidal, que, adolescentes, aprendíamos o que era escrever e que não era vergonha alguma reter a melhor parte dessa literatura — hoje, Vincent Duluc e Philippe Brunel perpetuam seu esplendor. E se, na década de 1950, os ataques de Jean-Paul Sartre (o exemplo perfeito do intelectual alheio à questão do corpo) enfraqueceram a voz de Albert Camus, o século 21 dá razão àquele que foi criticado por gostar de esporte e que disse: "Tudo o que sei sobre a moral e as obrigações dos homens, eu devo ao futebol".

Só bem mais tarde os intelectuais deram as caras, quando o risco de passar por retardados venceu. Mas quando a beleza do esporte era evidente, antes que a dopagem e as fake news o engolissem, não havia muita gente. Os 100 metros eram os 100 metros, e os corredores de fato sofriam para subir o Ventoux pegando o vento de frente no Chalet Reynard. O cronômetro, o ringue ou a montanha afirmavam a sinceridade das coisas, na imanência de uma verdade dramática dissimulada na loucura das épocas. A meus olhos de criança, o esporte era puro, era franco, era lendário — e não aceito que me contradigam. Ele prodigava a alegria e a dor, dando um veredicto implacável e uma verdade cruel — isso nos acostuma para sempre a acolher as más notícias da existência.

As figuras pelas quais eu me interessava não eram perfeitas. Aqueles anos foram até mesmo funestos para meus deuses, atletas que fracassavam e cujo reino vacilava enquanto eu queria que ele durasse eternamente, já que eu chegava a eles. Giacomo Agostini, o italiano invencível montando sua MV Agusta, foi salvo das colisões sem precedentes do finlandês voador Jarno Saarinen apenas pela morte trágica deste último, um pouquinho de óleo prejudicando seu carro de ferro e de fogo. Eddy Merckx ignorava quem ele vencia, os jornalistas que o seguiam, os espectadores que o insultavam. Esperavam sua queda e que ela servisse a Poulidor, Gimondi ou Zoetemelk, que eles quase nunca atacavam. Merckx deixava que o imaginassem concentrado em alguma coisa que não a vitória. Ele era pura vontade, sem olhar para o mundo acima do qual se elevava.

Eu amava os mal-amados. No cinema continuei assim, afeiçoado àqueles que não são amados, ou não muito, quando há tantos que são amados demais. Sem eles o mundo teria sido diferente. O público que considerava Muhammad Ali prepotente tinha prazer em ver Joe Frazier derrubá-lo no 15º round e desse modo fazê-lo perder seu retorno ao ringue — luta do século, no Madison Square Garden, Nova York, no dia 8 de março de 1971. Eu o adorava. Sob a beleza e o talento, as provocações e a religião, eu sentia que ele era frágil. Sua arrogância e sua incontinência verbal só dissimulavam a força de suas convicções aos olhos dos idiotas. Seu "Eu não entrarei em guerra contra esses vietnamitas que nunca me chamaram de negro sujo" me ensinou mais do que dez aulas de história, assim como seu formidável: "Os vietnamitas são asiáticos negros". No ringue, ele fazia tudo o que era proibido — saltava baixando a guarda, refugiava-se nas cordas para atiçar os adversários ("Só isso? Você não vai mesmo bater mais forte do que isso?"), desferia golpes recuando. Esquecemos que a opinião pública o rejeitava, que aquele que emocionou o mundo inteiro quando acendeu a chama nos Jogos de Atlanta, com um corpo sacudido por tremores devido ao Parkinson, era um dos homens mais abominados do planeta. Em breve eu me apaixonaria por outros grandes abandonados, preferindo Alain Prost a Ayrton Senna, e Diego Maradona a Lionel Messi.

Esporte e cinema narram nosso século. Eles são populares, produzem sentido, sonho e drama. Hoje o dinheiro impera, mas tanto nos Jogos Olímpicos como em Cannes existem astros, os velhos mestres, os artesãos, as estrelas cadentes, os esquecidos, os jovens rebentos e os falsos valores em uma hierarquia aristocrática aceita por todos. Com os mesmos milagres: a vitória incerta de um outsider que revoluciona o salto em altura com o *fosbury flop*, ou um diretor coreano que vence, com um filme que surgiu do nada, a Palma de Ouro, o Oscar e o coração dos espectadores do planeta.

O tempo passou desde minhas primeiras leituras na biblioteca municipal de Vénissieux. Comprei muito livros de judô, eram os únicos laços que me ligavam ao esporte quando eu não o praticava mais. Desde o primeiro, adquirido com minha mesada, *Le Guide Marabout du judo*, de Luis Robert, até o que encontrei recentemente na internet: *L'Aventure du judo français: Albertini, Auffray, Brondani, Coche, Mounier, Vial* [A aventura do judô francês: Albertini, Auffray, Brondani, Coche, Mounier, Vial], de Christian Quidet, publicado em 1973, quase uma centena de livros, franceses, anglo-saxões, japoneses, vêm marcar essa história de que me lembro como sendo a minha. Naquele tempo, quando estava no "curso para lutadores", levava livros comigo. Sabia que tinha uma vantagem sobre os competidores: conhecia a história, tinha sede de aprender. Lia. Mais tarde, saberia que amar o cinema me faria ler sobre cinema, pois o judô me fez ler sobre judô. E isso foi determinante: os livros estavam sempre presentes em minha vida.

Nessa noite, no silêncio dessa chácara reformada onde amontoo minha existência, contemplo a "estante de esporte" acumulada ao longo dos anos. Ela tem o rosto de minha juventude. Contém muitos tesouros, manuscritos raros e edições originais, que estão ao lado, com a mesma *presença*, das obras completas das aventuras de Blueberry, as raridades de Astor Piazzolla e os catálogos do cinema francês de Raymond Chirat. Em um canto especial, estão os livros de judô. Eu não sabia que eles me esperavam ali para me permitir escrever este aqui.

O fim ainda não está montado (*entreato*)

Segunda-feira, dia 11 de março de 2019, seis da tarde. Saio da *Editing Room*, de Quentin Tarantino, para a Alta Vista Street, em Los Angeles. Para a pós-produção, o cineasta costuma alugar uma casa, instalar-se nela com seus colaboradores e ficar confinado até que dali resulte *vida*, ou seja, um filme terminado. Deixo vagarosamente esse bairro de casinhas camufladas entre Beverly e Melrose, perto do centro de Hollywood, mas que parece afastado de tudo, dos Oscars, dos estúdios, do parque Universal e das passagens turísticas obrigatórias. Ali, um dos cineastas mais importantes da época fabrica um dos filmes mais importantes do ano. Anoitece, o céu avermelhado é de uma beleza perturbadora, mistura de lilás e azul que faz do sol poente de inverno a dádiva mais suntuosa.

Ontem jantamos na Rodeo Drive e ele me falou um pouco mais dessa obra ainda secreta que incendeia a comunidade cinéfila mundial a cada vez que é mencionada na internet. Ele parece muito feliz com esse filme, de título "sergioleonino", *Era uma vez em... Hollywood* ("E as reticências são fundamentais!", diz), e, entendendo a imediata inquietação que pode ser lida em meu rosto quando ele fala do prazo final, garante que fará tudo para que esteja pronto para Cannes. Pelo modo como diz, logo deduzo que não há nada certo.

Quentin Tarantino faz jus à sua lenda e, no entanto, está sempre além dela. Se, por um lado, cultivou por muito tempo, e muitas vezes às suas próprias custas, uma imagem de menino mau, em particular é um homem delicado. "Eles me deixaram fazer esse filme, espero que funcione para eles." Respeita os produtores, mas sabe se virar — roteiro, filmagem, montagem — para ficar no controle.

Levei duas garrafas de Côte-Rôtie, um vinho que ele tinha descoberto em Lyon e que na hora ele fez questão de degustar, para espanto do garçom. E ergueu seu copo fazendo um brinde "aos cineastas". Falávamos de Martin Scorsese e de Francis Coppola, e eu tinha acabado de compará-los a heróis. Se a velocidade de Scorsese lembra o ritmo de uma metralhadora, como se diz, ou, digamos, de uma Underwood, a máquina de escrever de Dashiell Hammett, a voz de Tarantino é a do ator principal de uma ópera-rock que se apossou de todos os papéis do libreto. Com 56 anos, ele não muda, e quando começa a falar de cinema, quer dizer, quando começa a falar, seu entusiasmo volta, suas paixões, um fiapo de inquietação sobre o fato de se falar cada vez menos de cinema nas conversas de restaurante ("Não em nossa mesa!", exclama) e uma humildade não fingida sobre seu trabalho: "Fiquei contente com o roteiro e espero que o resultado esteja à altura. Mas estou longe de terminar".

Você está pensando: estamos nos afastando do judô. Não: pelo menos nessa ocasião, é o longa-metragem que faz as vezes de entreato, e não o contrário. Paramos um pouco, pois alguém decidiu falar de sua infância. Há pouco, nessa minissala no primeiro andar de seu quartel-general, Quentin me mostrou grande parte do que deveria chegar, ele afirma, às 2h45min. Eu teria visto o dobro: o prazer é intenso e cada plano aumenta o desejo de que aquilo nunca pare. Mas o estúdio não vai concordar, ninguém mais aceita filme tão longo — a não ser nós, espectadores, para quem a telona deve inflamar o espírito se quiser sobreviver à telinha, à bem pequena mesmo, de tanto que os jovens cinéfilos parecem ter definitivamente se habituado às projeções em tablets, em carros e em trens. Confesso, revi *Kill Bill 1* e *2* no meu, na ida e volta Paris-Lyon, e dá para aguentar, mas não disse nada a Quentin, que, em seu cinema New Beverly, sonha só ter cópias 35 mm e projeções em cinemascópio.

Quando a imagem de repente congelou nas andanças desencantadas de Rick Dalton e Cliff Booth, seus dois personagens, os *beautiful losers*, dos quais o filme é o mausoléu, Quentin disse: "Pronto! Você não vai ver o fim, ele ainda não está montado". Silêncio. "Mesmo que tivesse, eu não te mostraria." Outro silêncio. "Quero que você veja ele todo em Cannes!" Uma gargalhada. "Enfim, se você inserir o filme na competição!" Uma segunda gargalhada. Privilégio efêmero desse papel de selecionador de Cannes que faz com que eu seja, durante dez semanas por ano, detentor de segredos que, se revelados, fariam tremer o (pequeno) planeta midiático.

Mesmo privado do fim da história, que Quentin jura que vai me surpreender, ainda estou atordoado pelo que vi. Pois aquilo nos remete às paixões da infância e, no meu caso, também à maneira como tenho vontade de falar do judô. Há filmes assombrados pela morte, esse está assombrado pela vida. Trata-se da autoestima, a que perdemos e a que reencontramos, no acaso de um encontro inesperado com uma criança. Numa plasticidade narrativa extrema e em réplicas que ouvimos olhando os atores nos olhos, com um estiramento dos diálogos e múltiplas digressões que constroem o filme sem parecer tocar nele, *Era uma vez em... Hollywood* se desenrola, cena após cena, em uma forma de cinema que nos faz temer que o futuro sombrio das imagens a rarefaça.

O mistério de uma obra nunca se revela nos últimos créditos, um filme infunde lentamente sua potência, sua verdade e a relação íntima que impõe. Ele pode, deve ser demorado. Quem descobriu em uma única escuta os mistérios do *Concerto pour la main gauche*, de Ravel? À pressa de rever esse filme — e temendo morrer antes de saber o fim —, acrescenta-se o alívio de saber que aquele tipo de cinema ainda pode existir e a convicção de que devemos protegê-lo, quando na estreia for reduzido a uma nota entre vinte, a algumas estrelinhas espalhadas nos jornais e ao sarcasmo contemporâneo.

Na pequena sala onde reinava a tela de projeção, ele estava sentado atrás de mim. Eu o sentia espreitar meus movimentos, espiar minhas mínimas reações, inquietar-se até com minha respiração. A cena me lembrava a história que se conta sobre Harry Cohn, o *mogul* da Columbia, o estúdio que, por coincidência feliz e muito hollywoodiana, produziu esse filme, em 2019. Nos anos 1940, ele havia mandado instalar poltronas que rangiam em sua sala de projeção privada. "Se elas fizerem barulho", dizia, "é porque as pessoas estão se mexendo. Se estão se mexendo é porque estão entediadas. Se estão entediadas é porque é preciso refazer a montagem."

Na essência de um filme surpreendentemente delicado em relação a seus protagonistas, há o cuidado de Tarantino em redescobrir o ano de 1969, o Grauman's Chinese Theatre, os clubes do Sunset Strip, as casas das colinas construídas na euforia anterior ao desastre ecológico, as fachadas dos cinemas, os carros de época e o fundo sonoro das rádios californianas. Um cuidado de algumas dezenas de milhões de dólares, em cinemascópio, a cores e em película de 35 mm — "E não essas merdas de DCP digitais, argh", bufava havia pouco.

Eu sei o que é o cinema. Eu estava lá para levar Tarantino até a Croisette. Não temia a discussão acirrada que me esperava ao fim da projeção. Mas uma emoção me apertava o peito: o que vi foi uma autobiografia na tela. Nessa obra de música e de primavera, Tarantino acrescenta às suas introspecções cinéfilas clássicas outra partitura, a de seu próprio começo. Brincando com o trem elétrico "wellesiano" que Tom Rothman, o presidente da Sony-Columbia, lhe deu de presente, ele se afasta com alegria das convenções e se recusa a contar uma história, deslocando continuamente o centro de gravidade do roteiro para ampliar o quadro. Só alguém muito esperto para resumir *Era uma vez em...* com um *pitch*, essa palavra chique que se usa até mesmo nos escritórios parisienses. Tarantino convida à contemplação para redescobrir o tempo, a duração, o passado, e o faz com elementos fugazes, com alguns planos de postos de gasolina e luzes de hotel, e com uma cena entre DiCaprio e Pacino no restaurante Musso & Frank que revitaliza a Hollywood dos empresários, dos produtores e dos estúdios. Um sistema em seu crepúsculo, e que está cambaleando.

No carro de Didier, que se aproxima do Golden Bike no Wilshire Boulevard, onde ficam as bicicletas mais bonitas de Los Angeles, volto a pensar em nossa conversa da véspera. Em Tarantino, a mecânica crítica ainda não está completa — esse cara tem seu lugar no Grande Panteão, não são muitos e ele é o mais jovem. Também penso no que acontece nesse momento em nossa profissão: as salas, as plataformas, as séries. Quentin sempre disse que só faria dez filmes — e eu, que o acolheria até o último. *Era uma vez em...* será o nono. Também para ele não resta muito tempo. Não é, portanto, por acaso que esse *opus 9* deixa escapar um perfume íntimo e impõe o que encontramos com mais frequência na literatura do que no cinema: uma obra cujo desígnio secreto é explorar a própria existência. Os escritores podem contar sua vida, os cineastas não têm esse luxo, a não ser que se chamem Fellini ou Truffaut, e quando Akira Kurosawa fez um filme pessoal, *Dodes Kaden*, ele acabou propiciando uma tentativa de suicídio.

O filme de Tarantino é um réquiem para uma cidade perdida e uma memória enterrada, uma vigília melancólica do que foi o cinema. Com gargalhadas, um prazer infinito e um fundo de tristeza, nesse retrato deteriorado do ator "westernian" decaído e de seu duplo, dublê totalmente desiludido, protegidos pela postura que Tarantino — que, não à toa, é "hawksiano" — escolheu para definir Belmondo: *supercoolerie*.

A projeção me fez um bem enorme. No carro, cantarolávamos a música que Lalo Schifrin havia escrito para *Mannix*, cujos créditos havíamos acabado de ver, a montagem em *split-screen* de Mike Connors e Gail Fischer, uma das primeiras estrelas negras da televisão americana, a primeira a ganhar um Globo de Ouro. Nós nos lembramos da sequência, pouco antes de Tarantino interromper a projeção, dos movimentos de grua acima do letreiro do El Coyotte, o restaurante mexicano, ou do Vine Theatre, cuja gigantesca marquise exibe o cartaz de *Romeu e Julieta* pelo oitavo mês consecutivo, do close de um gravador com fita cassete sendo ligado, de outra sequência que mostra Brad Pitt jantando sozinho com seu cachorro, empoleirado no teto de seu trailer para olhar sorrateiro um filme projetado pelo drive-in vizinho. Volto a pensar na cena em que ele se desentende com um Bruce Lee arrogante e engraçado, Bruce Lee, o James Dean das crianças que éramos, cuja aparência eu venerava, os *mae-geris*, os gritos e o inimitável manejo do *nunchaku*. Tinha assistido a seus filmes, um atrás do outro, *O dragão chinês*, *A fúria do dragão*, *O voo do dragão*, e vira três vezes seguidas *Operação Dragão* no Gambetta, na Place du Pont, em Lyon, quando a cidade tinha sessenta salas de cinema.

Uma obra de arte faz com que a pessoa que a vê se torne diferente, por isso é uma obra de arte. Tarantino considera o espectador um amigo e o faz mergulhar em sua própria história. Tudo ressoa como se ele tivesse que fazer esse filme agora. Desse verão em que as utopias dos *sixties* vacilam, desse mundo que ignora que está se dirigindo para o refluxo dos anos 1980, que nos trouxeram para onde estamos, ele não negligencia nada e entrega, até à fruição do menor detalhe, um suntuoso "Eu lembro de minha infância em Los Angeles nos anos 1960". É dele que menos esperávamos essa introspecção, e que ela viesse revestida de tanto engajamento.

Tarantino, o cinéfilo californiano que sempre se escondeu atrás de suas adoradas referências, declara: sou eu e é a minha cidade, fui criado por ela. Esse olhar é tão inesperado quanto perturbador. No fim da projeção, eu o abracei. Quentin renova o que sabíamos dele, de seu cinema, de Los Angeles, e interroga a vida que segue enquanto envelhecemos e o sol poente se aproxima da Mulholland Drive. E diz que às vezes é hora de visitar nossa memória e celebrar o que nos faz ser quem somos: isso amenizará o pesar pelos anos que chegam e nos ajudará a envelhecer.

A infância é um mundo à parte, território imaginário e real para o qual somos os únicos a poder voltar. Uma canção, uma imagem, um perfume, teremos a lembrança deles até o último sopro. Esse filme se passa durante o ano de 1969, ano em que comecei o judô, e cujos meses e dias acabam de voltar para mim, tal como esses filmes, trechos de música e salas de cinema voltaram para um cineasta de quem não esperávamos. Também por essa razão quis falar disso. Fim do entreato.

O verão de 1975

Na quinta-feira, dia 23 de outubro de 1975, Jean-Luc Rougé se consagrou o primeiro campeão mundial francês de judô. Foi em Viena, na Áustria. Na final, ele venceu o japonês Michinori Ishibashi em um confronto que permaneceu incerto por um bom tempo, dez minutos de um *shiai* tenso até o esgotamento devastador. Ao longo de todo aquele dia, Rougé havia lutado com heróis, eliminando um polonês, um russo e, na final da tabela, o rude inglês David Starbrook (eu adorava este nome, Starbrook, e o britânico temperamental que o portava). Christian Quidet comentava o judô na televisão, ele estava sempre lá, fazia o que podia para mostrar que conhecia o assunto. Assistimos à eclosão de Vladimir Nevzorov, russo forte entre os russos fortes; Shozo Fujii fez mais uma vez uma demonstração brilhante; Jean-Paul Coche terminou bravamente no pódio dos pesos médios, e a Coreia do Norte se destacou pela primeira vez (no judô). Como não se admitia a derrota no país natal, Ishibashi nunca mais foi visto numa competição internacional — açoitado com uma faixa, trancafiado num templo, vai saber. Em sua maioria, os campeões japoneses ficam famosos pela vitória. Dois ficaram pela derrota: Akio Kaminaga contra Anton

Geesink, em Tóquio, em 1964; e Michinori Ishibashi contra Jean-Luc Rougé, em 1975.

Em meados dos anos 1970, foi introduzida nas competições uma faixa extra, branca ou vermelha, que devia ser amarrada em cima da preta para que as câmeras de televisão pudessem distinguir melhor os lutadores e para que os árbitros os identificassem com uma bandeira branca ou vermelha a ser levantada na hora da decisão. Ela era atribuída pela lógica das tabelas e, em último caso, sorteada. Supersticioso, Rougé preferia a faixa vermelha, mas infelizmente ficou com a branca para a final. "Mas você ganhou assim mesmo!", disseram-lhe na saída do tatame. "Com a vermelha, eu teria ganhado por *ippon*", brincou.

O ano de 1975 foi quando decidi que não sucederia Eddy Merckx. Fazia tempo que o ciclismo era minha segunda paixão. Queria ter a vida de um corredor, andar pelas estradas cheias de neve entre Paris-Nice em março e terminar a temporada na Lombardia, em outubro. Sonhava completar um Tour de France, de manhã retirar meu dorsal, responder às entrevistas, assinar o roteiro. Correr pelos clássicos flandrianos, escalar as intermináveis costas espanholas, visitar o mundo sentado em meu selim pedalando em meio a um pelotão. Em cima de minha Jolivet laranja, e mais tarde em minha Mercier vermelha, freios Mafac e três tubos Reynolds (sonhava com ciclos Merckx, mas eles não estavam à venda — hoje tenho quatro, que comprei de segunda mão, pela internet), eu rodava muito, em geral aos domingos, às vezes em grupo de ciclistas de Saint-Fons, na maioria das vezes, sozinho. Percorria longas distâncias, e não hesitava em atravessar os noventa quilômetros que separam as Minguettes de Chougnes.

Corredor ciclista, mas com uma condição: ser Eddy Merckx ou nada, como Victor Hugo em relação a Chateaubriand: "Ser Chateaubriand ou nada". Eddy era meu herói, seu capacete embelezava minha vida. Seus ataques repentinos, sua "liderança na corrida", seus sprints, quando ele arrancava para cruzar a linha de chegada quando menos se esperava: ele nunca decepcionava. Até mesmo suas derrotas, que para ele eram sempre trágicas e desmedidas, beiravam o mito. Ele corria o tempo todo e eu lia *L'Équipe* diariamente. O número especial de *Miroir du cyclisme*, publicado após seu heroico recorde da hora no México, as biografias de Jacques Augendre e de Marc Jeuniau que eu achava em promoção no subsolo de uma das livrarias da ZUP (hoje não há uma única livraria nas Minguettes, tampouco no centro histórico de Vénissieux) o mostravam numa foto com Pelé, nos contavam sua vida de corredor, seus carnês de treino, sua mania de enfeitar suas bicicletas, sua relação com a Itália, onde liderava a equipe Faema (das máquinas de café) e depois Molteni (dos salames).

Até mesmo Michel Audiard — que Gabin apelidou de "o pequeno ciclista" — escrevia sobre ele, para vingar, com palavras, sua injusta derrota no campeonato mundial em Gap, em 1972 —, eu achava incrível que um cara de cinema se interessasse por ele, mas não sabia que era uma grande tradição literária norte-americana alguns escritores se interessarem por esporte. Sabia o nome de seus companheiros de equipe, como hoje conheço cada membro do E Street Band, agentes, empresários e até engenheiros de som. Merckx era um gigante: 625 vitórias, 525 em estrada, 98 em pista e duas em ciclocross. Nunca estava contente, sempre rabugento, o sorriso raro, uma fome insaciável. Ainda recentemente, Walter Godefroot, um sprinter corpulento e de olhos azuis penetrantes, da mesma geração dele, dizia: "Em vez de ficar contente por ter ganhado 525 corridas, o cara lamenta ter perdido 1275".

Em 1975, Eddy fez uma bela primavera de clássicos que incluiu um Paris-Roubaix perdido por pouco no sprint, mas que dominou de modo ultrajante na poeira entre as quedas e os pneus furados. Minha paixão por ele nunca havia ocupado tanto meus pensamentos. No entanto, foi em 1975 que o judô se impôs em definitivo a mim. No inverno, ganhei com muita facilidade o campeonato do Ródano, e depois o do Lyonnais, e me classifiquei para o campeonato da França. O ambiente do judô passou a ser o meu, eu era o rei do meu clube e não cansava de fazer sucessivos *randoris* com meus colegas de treino, rivais, concorrentes, pesados, leves, principiantes, graduados. Eu me aplicava e minha busca permanente pelo *ippon*, pelo gesto certo, e a maneira como eu havia obtido meus resultados em competição, tinham feito de mim uma pequena estrela. Eu me tornava, imagino, um bom judoca.

De 9 a 11 de maio de 1975, Lyon recebia os campeonatos de seniores da Europa. Toda a equipe da França estava lá. Passei os três dias nas arquibancadas do ginásio de esportes de Gerland, aproximando-me dos competidores e dos treinadores vindos de todo o continente. Jean-Jacques Mounier, editor na *France Judo* e jovem aposentado dos tatames (ele havia subido ao pódio em Munique), andava de um lado para o outro, conhecia todo mundo. Eu adorava estar com os mais velhos. Nessa idade, sentimos necessidade de olhar para cima. Admirava Pierrot Blanc, o colega de Raymond Redon no Japão, um peso-pesado que parecia um doido e que, um dia em que me machuquei feio, se apressou em me dizer: "Recupere-se logo, a equipe conta com você", e ouvir isso tem um baita peso; Romain Pacalier, o dono do Judo Club do Ródano, o maior dojo de Lyon, que mandava Lionel Valette (em sua faixa estava bordado *Lyonel*), Didier Bonnardel (o garagista estrangulador), Jean-Marc Joubert (o belo garoto do centro da cidade) e Régis Gallavardin (o ruivo magricelo) arrebatar todos os títulos possíveis — em bando, esses caras eram uma fúria organizada, imbatível em casa; Michel Charrier, que trabalhava de manhã nos esgotos de Lyon — havia ali muitos judocas que recrutavam uns aos outros — e que, ao se aproximar da aposentadoria, tornou-se, com seu parceiro regular, o italiano de Gerland, René Nazaret, especialista em *katas* raras, tal como o *goshin-jitsu*, que ninguém praticava; Loulou Garcia-Véro, um cigano de Saint-Fons, pouco mais velho que eu, mas que me chamava de "filho"— trabalhava na feira com seu pai e à noite chegava exausto no tatame. Poderia citar muitos outros, mas esse *name dropping* regional não significaria nada para ninguém.

Nossos veteranos não treinavam mais, eram apenas observadores, interrompendo um *randori* para lembrar o espírito, uma sequência, exigir que não abusássemos do *jigotaï*, a posição defensiva, e que não lutássemos com os braços esticados, pois isso dava a ilusão de força e impedia que pensássemos em outras soluções. Poderia me entregar a um longo elogio de meus mestres e descrever em páginas e mais páginas esse povo da sombra do judô francês. Continuo gostando disso: vem daí minha paixão pelos velhos cineastas e seu legado, pelo que não se deve esquecer deles, pelo que sua história nos ensina.

Naquele mês de maio em Lyon, eu olhava fascinado nossos campeões, Patrick Vial, Jean-Paul Coche e Jean-Luc Rougé, que estava se tornando a grande estrela do judô francês. Pouco antes da final dos 93 quilos, que ele ia perder (e talvez tenha sido graças a essa derrota que ganhou em Vienne, alguns meses depois), eu o observei num corredor do subsolo onde ele estava se concentrando. Para minha grande surpresa, Rougé não se negou a responder às minhas perguntas e deu ao jovem lutador que eu era uma atenção que foi tão valiosa para mim quanto a que, mais tarde, recebi de Joseph Mankiewicz ou Claude Sautet.

*

O ano de 1975 foi também aquele do verdadeiro encontro com meu novo professor. Eu poderia ter desistido ao chegar a Vénissieux, mas o judô não era fogo de palha. Se o sr. Verdino cuidou de minha infância de judoca, mestre Redon zelou por todo o resto.

Em junho, "Raymond" — ele logo me autorizou a chamá-lo assim e a tratá-lo por "você" — me propôs um treinamento de oxigenação nas montanhas. Meus pais autorizaram. Era o ano do exame final do ensino fundamental (Brevet d'Études du Premier Cycle, BEPC), eu podia sumir antes do fim do ano escolar. O mundo exterior se resumia à escola e ao esporte, e este último o tornava maior. A corrida do Dauphiné tinha acabado em uma neve tardia tão abundante que um trator teve de limpar o topo do Galibier a fim de que os corredores pudessem passar.

Para chegar a nosso destino, rumo a Briançon por La Grave e pelo Col du Lautaret, cruzávamos aquelas paragens — eu estava num território familiar. Ficaríamos numa velha casa de pedra da região de Embrun, um pouco mais ao sul. No primeiro ano, pois eu voltaria ali com frequência, Gilles Orenès, um ótimo peso-pesado, fez parte do treinamento. E assim que Raymond nos pediu para levar nosso quimono, ficou evidente que o que faríamos seria de outra natureza. Um treinamento de natureza, justamente, na natureza: passeios, footings, boa comida, brincadeiras. Uma pedagogia de montanha.

Nada na origem de Raymond Redon faria supor que ele iria treinar jovens alunos. Nascido em 1940, nos Hautes-Alpes, de pais arrendatários em Saint-André-d'Embrun — um vilarejo acima do lago de Serre-Ponçon —, o mais velho de nove irmãos e irmãs, não pode estudar. Uma vida de moleiro lhe está garantida no Moulin Céard, na fábrica de moagem de Pont-Neuf, cujos moinhos utilizam a água do riacho que desce do maciço do Parpaillon para se lançar no Durance, um rio com "água violenta, robusto, com muitas quedas d'água", escreverá Jean Giono, um vizinho mais ao sul. Raymond se levanta com as galinhas e carrega fardos de trigo de cem quilos até ficar cxausto — sua coluna vertebral conserva as cicatrizes disso. Ele se pergunta se essa faina vai durar para sempre. Olha ao redor, anseia partir. A saída virá do judô: aos quinze anos, sua corpulência e força pouco comum seduzem os dirigentes locais que lhe dão de presente seu primeiro quimono. Ele tem que caminhar dez quilômetros até o clube de Gervais-Cormier, um desses veteranos do judô "provinciano". Na época, não havia tatames de verdade: uma lona disposta sobre uma área de serragem dava para o gasto.

Dois anos mais tarde, seu pai morre com um tiro de fuzil durante uma caça à camurça, o esporte local. O padre e os colegas não o ajudam. Ele deixa a terra natal. Tão cedo não voltará a ver os caminhos familiares, o pico de Crévoux e seus blocos rochosos, o céu tempestuoso que dava calafrios e as geadas de outubro que anunciavam o inverno e a estação dos cervos. Embarca no encouraçado *Richelieu*, orgulho da marinha nacional. Em Brest, tira sua carteira de motorista de carro, moto, veículo comercial, trator e máquinas diversas, e chega a Casablanca, onde recebe sua faixa marrom. Motorista, dirige para o comandante do cruzador *Colbert* e para o capitão de corveta François Langlet, que, dizem, junto com Pierre Guillaume, inspirou a Pierre Schoendoerffer o personagem do filme *Crabe-tambour*. No dia 29 de fevereiro de 1960, às 23h40, em Agadir, um terremoto de alguns segundos provoca a morte de 15 mil pessoas. Raymond Redon se junta aos socorristas — o que lhe valerá algumas medalhas. Conhece Régine. A ideia de que a vida pode ser maravilhosa se avizinha e, depois de três anos de exército, eles voltam para Saint-Fons, Lyon.

Raymond está na base da pirâmide: ajudante de leiteiro. O gosto pelos outros vem daí, das visitas matinais em que convive com a população. Voltou a treinar judô no Judo Club de Gerland, no "Coq" Valente, figura mítica do judô de Lyon. Obtém a faixa preta em 1962, com golpes de *sode-tsuri-komi-goshi*, seu especial, que pratica em círculo com guarda inversa — não vou entrar em detalhes.

Ele é convidado a se tornar vigia do estádio: funcionário municipal, salário decente, alojamento funcional e um ambiente esportivo, que é aquele de que mais gosta. Em 1966 funda o Judo Club de Saint-Fons, na cara e coragem. A escola de formação lhe concede oficialmente o diploma em 1968. Chego ali em 1973, e passarei a ser um dos professores nos anos 1980.

Raymond estava feliz. Tinha formado dois alunos promissores e os levava para sua terra. Acabara de alugar uma casinha e se sentia como uma criança que volta para casa. Fala sem parar e nos mostra o local, aponta nossas camas improvisadas: espartanas, estaríamos mais bem alojados no bairro Général-Frère, em Lyon, descrito pelos colegas designados para os três dias de serviço militar como a pior coisa do fim da juventude. Não ficamos desestabilizados por muito tempo, tudo o que o mestre queria, o mestre recebia, nossa presença, nossa adesão, nosso respeito.

Só vinte anos de diferença nos separava de Raymond, e mesmo que eu não fosse muito inclinado a considerações de idade, suas 35 primaveras o situavam, é claro, ao lado dos patriarcas — no entanto, 35 anos não era nada. Quando chegamos, ele começou fazendo algumas recomendações pedagógicas solenes: "Vocês são competidores, eu sou responsável por vocês, seus pais confiam em mim etc.", tudo isso para nos mandar para a cama cedo e poder passar a noite fora — era um gato selvagem.

Nós ouvíamos quando ele voltava, tentando, sem sucesso, não fazer barulho. De manhãzinha, não deixava transparecer nada: era o primeiro a acordar, e logo ficava cercado de alguns companheiros de caça que vinham encontrar o amigo de infância. Diante de um café fumegante, entabulavam conversas estrepitosas e não paravam de jogar mora, o jogo de mãos, de dedos e de azar, cuja variante italiana do vale da Maurienne meu colega Laurent me ensinou mais tarde. Em alguns dias, outros homens, com roupas de agricultores, macacões de fábrica, caretas e sotaques inimitáveis, se juntavam a nós, camponeses com os quais Raymond falava um dialeto engraçado, fazendo alusões sexuais desconhecidas do adolescente que eu era, e inclusive piadas e olhares.

Eu não me importava, era o aluno predileto. Adorava aquela alegria, falava de todos os assuntos que me passavam pela cabeça, queria agradar Raymond, mostrar-lhe que, embora de outro vale, eu também era o rei da montanha. Não existe judoca que não tenha uma grande história com seu treinador, atleta cuja carreira não deva *também* a um instrutor: Muhammad Ali e Angelo Dundee, Christine Caron e Suzanne Berlioux, Mireille Mathieu e Johnny Stark. No fim de suas lutas, Teddy Riner se precipita primeiro para a borda do tatame onde Franck Chambily o espera, um ex-peso-leve que ele poderia levantar com um braço e que se tornou um treinador impiedoso. Os abraços deles dizem tudo o que aguentaram juntos e que fica entre eles.

Eu tinha levado alguns livros — fora o esporte, só a leitura me interessava —, mas não abri nenhum. Era melhor aproveitar as últimas neves do que ficar lendo. Todo dia Raymond nos preparava um cardápio de atleta, mas à moda Gabin, Blier e Ventura: presunto, massas, carne, batatas e muitos doces — nenhuma gota de álcool, é claro. "O inverno foi longo, deve ter muitos cogumelos ali", avisou, descrevendo o que nos esperava: sprints na floresta. "A colheita de cogumelos no bosque de montanha", ele fazia questão de se justificar, "é boa para o quadríceps e reforça os apoios!" Estávamos longe do judô. Esquecíamos os *randoris*, os *katas*, as competições. Toda manhã, depois de uma noite ouvindo os texugos circulando em torno da casa, o programa começava com uma longa excursão. A maior era a da cruz, pelo Col de la Tourache. Raymond tinha uma relação particular com esse lugar: seu pai morrera ali. A descida era épica, apostávamos corrida para ver quem chegava primeiro. À noite desabávamos de cansaço, sem qualquer preocupação.

Um dia, quando lhe falei sobre a singularidade de sua relação com o mundo (bem, não formulei assim: eu tinha quinze anos), Raymond me respondeu: "Não somos só imbecis nos Alpes!" (foi assim que ele me disse). Ele tinha a mesma idade dos meus pais, e sempre me perguntava por eles, mas nunca teve atitudes de pai substituto, nem de tio protetor. Era diferente: um amigo, um mestre, como a canção de Lama, que ouvíamos sem parar nos audiocassetes que de repente desenrolavam suas fitas marrons descarrilando no aparelho de som do carro e que era preciso rebobinar com o dedo. Ele nos transportava em um vistoso BMW 2002 vermelho, do qual tinha orgulho — nem é preciso dizer o que dirigir um carro daqueles dizia de seu proprietário, sobretudo no subúrbio. Raymond estava sempre sem grana, sempre endividado, mas vivia como um lorde.

Não havia desfiladeiro, curva, trilha da montanha que escapasse de seu desejo de nos mostrar onde havia crescido, os lugares onde as camurças apareciam, onde as águias voavam. Às vezes ele empinava o carro de lado, parava inexplicavelmente na beira de uma aleia: tinha visto um ninho e queria subir na árvore para observar mais de perto. Jogava e caçava, pior, caçava ilegalmente. À noite, mostrava-nos sua coleção de fuzis. E contava quando não tinha atirado ou tinha errado o tiro. "Somos caçadores ou não somos", afirmava, voltando a falar com o sotaque do sul. Eu não era caçador, nem meu pai (isso se transmite, parece), e nunca me tornei um. Mas a maneira como Raymond falava de sua prática e de sua verdade, e de compreender que era possível se opor a ela, recobria de honra tudo aquilo. Eu não queria saber de mais nada: sempre gostei de quem não tem remorsos. Ex-fumantes são mais intolerantes ao cigarro do que quem nunca deu uma baforada, um pouco como ex-comunistas que não podem mais ouvir uma única nota de "A Internacional", enquanto ela continua sendo "A Internacional".

Quanto a essa questão, percebi que naquele verão a política ocupava meus pensamentos, ainda que tenha feito um *mea culpa* mais acima. Tinha medo de que Raymond fosse um desses "puta reaça" cujas declarações incisivas eram comuns no esporte. Nada disso. Ele tinha a humildade das pessoas de antes, as do campo e dos subúrbios. O judô lhe permitiu escapar da existência à qual estava destinado. Vivíamos numa região onde convivem sensibilidades políticas cristalizadas em torno da dupla Giscard-Chirac e do Programa Comum da esquerda, mas ele mantinha certa reserva sobre isso. Gostava de sua capacidade de não desprezar ninguém, e não contradizia seus deveres de professor.

Era preciso que o parêntese encantado se fechasse, e entramos em Lyon ouvindo Joe Dassin e Jeane Manson, com os joelhos esfolados pelas corridas nos espinheiros e na grama alta. No dia 20 de dezembro de 1975, Raymond me concedeu a faixa marrom. Nada nunca mais nos separou. Muito depois de eu sair do clube, nós nos encontramos bastante em Saint-

-André-d'Embrun e frequentemente ao lado da cruz. Nunca uma palavra mais alta atrapalhou nossas conversas. No fim, depois do judô, ele se tornou educador especializado em cuidar de jovens delinquentes: "Dos bons, do tipo que ficava com a gente durante o dia e à noite voltava para a prisão". Perto de se aposentar, e já com o 6º dan, Raymond se endividou para construir uma casa imensa com vista para o lago. Obrigado a vendê-la, optou por uma construção mais modesta e de acordo com a vida que queria ter: uma horta, a caça, os passeios, as lembranças. O dinheiro sempre fora uma luta, mas ele acabou vencendo: "Grana eu não tenho, mas não devo mais nada". Aos oitenta anos, muitas vezes fica melancólico, mas parece tranquilo, só suas costas o incomodam. Quando o vejo, me dá vontade de fazer o mesmo que ele e meu pai: voltar para minha terra. Não faz muito tempo, quando falava com ele ao telefone — de Buenos Aires, é sempre de longe que pensamos nas pessoas —, me veio a imagem da cruz, esse lugar de peregrinação, esse drama sobre o qual nunca voltamos a falar de verdade. Perguntei, quase com ingenuidade, quem havia posto aquela cruz ali.

"Nós. A família Redon. Porque foi ali que meu pai morreu. Para nos lembrarmos dele."

"Aconteceu ali?"

"Quase. Quisemos que a cruz ficasse no lugar mais alto possível. Em todo caso, era ali que eu ia caçar com ele. Eu era o mais velho, era eu que ele levava."

"E como aconteceu?"

"Foi o que se chama de acidente de caça, sempre teve. Atingiu ele, e me atingiu."

"Te atingiu?"

"Nunca te disse, mas não é tabu: foi da minha arma que o tiro saiu. Por isso fui embora."

Não, ele nunca tinha me dito. Foi preciso um tempo. Em 1975 era cedo demais, eu era muito jovem, ele não poderia dizer, eu não poderia compreender. Anos mais tarde, foi um choque ouvir aquilo, com sua voz ainda trêmula.

Quando essa primeira estadia acabou, eu fui para a casa de minha avó, em Chougnes, passar os meses de julho e agosto. Queria ser veterinário no interior, os de Tullins me empregariam. O verão de 1975 ficou marcado como o fim da infância. Na volta às aulas, fui para o liceu de Vénissieux, onde reencontraria os colegas de sempre. No dia 14 de julho, Eddy Merckx passou com o Tour de France ao lado de Guillestre e do Col d'Izoard, que Raymond tinha acabado de me mostrar e onde as autoridades deixaram os ciclistas pedalarem com meio-dia de antecedência do pelotão. Na beira da estrada, do lado de Arvieux e de Brunissard, vi Bernard Thévenet voar e meu ídolo suportar a hostilidade do público francês. Eddy Merckx não ganhou seu sexto Tour de France. Mas, em novembro, Jean-Luc Rougé tornou-se o primeiro campeão mundial de judô.

A aventura Klein

Num livro de 1954, lemos à página 40: "Uke segurou o judogi de Tori de maneira clássica à direita, dando um grande passo à frente com o pé esquerdo. Tori segurou o judogi de Uke da maneira clássica à direita, dando um grande passo à frente com o pé esquerdo e puxando Uke com a mão direita. Uke e Tori se deslocam em círculo (sempre partindo com o pé esquerdo)". Sempre partindo com o pé esquerdo, então. Os judocas entendem, já os outros, não tenho certeza, mas, continuando: "Tori passa sua perna direita entre as de Uke e o lança erguendo-o com a ajuda da coxa direita contra sua coxa esquerda. Uke cai para a direita e se levanta, depois se volta para Tori e o segura em posição clássica à esquerda. Tori permanece no lugar. Uke-Tori refazem à esquerda os movimentos precedentes". Chegando ao fim: "Uke-Tori voltam a ficar a quatro metros de distância, ajeitam seus judogis dando-se as costas, depois se voltam".

Podemos adivinhar (ou não) que o movimento descrito é o *uchi-mata*, o "especial" de Teddy Riner, aquele que Jean-Luc Rougé fazia em círculo, com as duas mãos na lapela para que o adversário não adivinhasse sua direção (e que, em último caso, ele transformava em *harai-goshi*). No impulso, pode-se adivinhar (ou não) que a execução precisamente descrita vem do *nage-no--kata*, terceiro movimento da série.

Uchi-mata! De *uchi*: interior; e *mata*: coxa, ou melhor, a parte de cima da coxa, virilha. Tradução: "projeção pelo interior da coxa". Uma admirável criação de Jigoro Kano, a captura mais famosa, mais enigmática e mais bonita.

Provavelmente você não ficaria surpreso (ou ficará) se essa fosse a descrição de Henri Courtine ou de Bernard Pariset, que assinaram inúmeras obras sobre as *katas*. Mas ficará ao saber que ela é obra de um artista no mínimo inesperado em um contexto desses: o pintor Yves Klein, que publicou *Les fondements du judo* [Os fundamentos do judô], pela editora Grasset, no mesmo ano em que Marcel Aymé publicou *Quatre vérités* [Quatro verdades] e Paul Morand suas *Chroniques* [Crônicas].

Um artista plástico famoso discorrendo sobre o judô dá o que pensar. Antes, os escritores que se metiam com esporte não eram maioria, mas havia Jack London, Dino Buzzati ou Henry de Montherlant. Raros companheiros os seguiram e, mais recentemente, Philippe Bordas, sobre o ciclismo; Olivier Guez ou David Peace sobre o futebol; Jean Echenoz sobre Emil Zatopek; John Irving sobre a luta; Haruki Murakami sobre a corrida; ou ainda Joyce Carol Oates, Jacques Henric ou Élie Robert-Nicoud sobre o boxe, pois, na literatura, como no cinema, a arte nobre é o esporte rei, embora, quando Thomas McGuane escreve sobre a pesca com isca ou Jérôme Charyn sobre o pingue-pongue, possamos pôr de lado por um tempo *Rope Burns* [A queimadura das cordas], de F.X. Toole, ou o *Night Train* [Trem noturno], de Nick Tosches.

Sobre o judô, infelizmente nenhuma referência compartilhada, nenhuma paixão coletiva, nada de mitologia para além dos tatames, nada de "I Will Survive" cantada em coro nos Champs-Élysées ou alguma "*mano de Dios*" improvisada ao apito final, diante das câmeras do mundo inteiro que haviam filmado a mão de Maradona, já que, justamente, as câmeras do mundo inteiro estavam lá para filmar aquele Argentina versus Inglaterra que o Pibe de Oro transformará em lenda. Há que se concordar com Charyn que o pingue-pongue e o judô cultivam com convicção certa arte do anonimato. E o judô mais ainda: se o escritor nova-iorquino pode, em *Ping-Pong*, evocar Georges Moustaki e o admirável topspin que ele praticava em seu clube do US Métro, é impossível que algum judoca clame que Vladimir Putin conhece perfeitamente as sutilezas do *taïsabaki* sem que seja alvo de gozação.

Entretanto: se os outros esportes têm alguns belos embaixadores, no judô temos Yves Klein, criador do monocromo, mais novo que Marcel Duchamp, mais velho que Andy Warhol. Com um gesto deslumbrante, tal como foi sua breve vida, um homem envia uma arte marcial secreta para seu próprio céu e a mistura com o novo azul que está prestes a criar: o "seu" azul. Tesouro por muito tempo escondido, desconhecido, e até mesmo desaparecido, *Les fondements du judo* é a memória dos tempos de outrora escrita para os tempos futuros. Uma obra de especialista, além de tudo: Klein poderia ter posto seu nome na capa e parar por aí. Só que, longe das fanfarronices de Hemingway, que lutava boxe por procuração nos bares de Ménilmontant, Yves Klein era *realmente* judoca e tinha orgulho de sua assinatura: "Yves Klein, 4º dan do Kodokan".

Um escritor escreve, é seu destino de escritor, até mesmo quando é sobre esporte, mas como um pintor chega a escrever sobre o judô? Sendo judoca. E aquele, o arruaceiro indisciplinado da vanguarda, o homem do imaterial, do vazio — Camus escreveu no livro de presença da exposição "Le vide" [O vazio] a seguinte frase: "Com o vazio, plenos poderes!", o fez porque o judô foi, junto com a arte, a coisa mais importante de sua vida.

Criança do mar azul, Klein nasceu em 1928, em Nice. Filho de artistas, mãe e pai, ele também será um. Mas não imediatamente: há o judô, que ele começa no verão de 1947, no clube do quartel-general da polícia. Ele não sabe que sua passagem na terra será breve, essa não é a razão pela qual tudo será rápido. Será rápido, só isso. Amor à primeira vista por um esporte rigoroso, há a disciplina, que ele detesta, mas há também o início de uma trilha com dois colegas, e isso é bom, ele adora a amizade. Tal qual cães raivosos, eles repartem o universo: Armand Fernandez (o futuro Arman) fica com a terra, Claude Pascal com o ar e Yves Klein escolhe o céu. Um céu que ele enxerga muito azul e sem nada em cima para sombrear o brilho, sequer um pássaro. Sobretudo nenhum pássaro. Azul, azul. Ele escreve: "Comecei a odiar pássaros que voavam aqui e ali, no meu belo céu azul sem nuvens, porque eles tentavam cavar buracos na minha maior e mais bela obra".

Sua vida de artista começa na Côte d'Azur com aquilo de que ela sempre será repleta: monocromos e paredes pintadas impregnadas de rastros de mãos e pés. Ele quer explorar a captura do mundo pelo nada, como a "Symphonie Monoton-Silence", que cria quando tem vinte anos. Existe um vídeo, feito em 1960. A assinatura "Yves Klein" abre o filme. Na primeira imagem, o artista entra pela direita e instala-se em frente a um monocromo. Ele está de smoking e gravata borboleta. Ouvimos como que um ensaio de orquestra. Enquadrado em plano americano, ele encerra as afinações e dá o sinal para uns dez músicos tocarem uma única nota. Nós os vemos em um travelling para trás à medida que Klein caminha na direção deles e, enquanto ouvimos os instrumentos de corda, ele se volta para a segunda parte do aposento. A câmera gira na direção de três mulheres nuas, com os corpos cobertos de tinta azul. Rolando no chão coberto com grandes folhas de papel, elas se transformam em pincéis humanos, imprimindo a tela com suas pernas, braços, nádegas, seios. Essa maravilha, difícil de imaginar hoje, porque será, antes de tudo, considerada exploração do corpo feminino — houve alguns protestos, mas de natureza conservadora e estética —, foi elaborada no fim dos anos 1940 e realizada no início dos anos 1960, cingindo a existência pública de Klein com um gesto duplo definitivo.

Depois de ter visto seu trabalho e ter lido um monte de coisas, gostaria de ir mais longe: a história de Klein é um enigma, quase uma obra em si. Em 1950-1, ele recebe a faixa marrom, decide ir para a Ásia e ter aulas de japonês nos Langues O' [Instituto Nacional de Línguas e Civilizações Orientais]. Em agosto de 1952, depois de ter convivido com os artistas do letrismo em Paris e assistido à estreia do filme de Guy Debord, *Hurlements en faveur de Sade* [Gritos a favor de Sade] (que é, a seu modo, um monocromo cinematográfico), ele embarca no *La Marseillaise* rumo a Yokohama, uma epopeia à la Jigoro Kano com escalas em Port-Saïd, Djibouti, Colombo, Singapura, Saigon, Manilha, Hong Kong.

O Japão será seu alumbramento. Com o quimono a tiracolo, ele recomeça do zero. O cansaço do treino de inverno misturado a uma solidão extrema o despacha para o ápice da radicalidade. Arriscando ser imprudente: "Eu pensava", ele escreve na abertura de *Fondements du judo*, "que era muito melhor arrombar portas do que perder tempo procurando a chave e não conseguir, por falta de calma e sangue-frio, encontrar o buraco da fechadura". Frequentar a Kodokan vai fazer dele um homem diferente: "Precisei de uns bons seis meses de brigas incríveis e exaltadas ao lado dos sábios e eruditos *katas* para um dia parar, sem fôlego, exausto, irritado".

Está disponível na internet (<www.yvesklein.com/fr/films>) o filme que Klein rodou em Tóquio em 1953. Seu título: *Scènes de judo, Japon, c. 1953* [Cenas de judô, Japão, por volta de 1953]. Vemos, a princípio — está escrito assim na cartela — o "*Randori* dos estrangeiros dirigido por Kotani 8º dan, Klein 2º dan, a França, Palmer 3º dan, a Inglaterra", com Yves Klein, que faz sequências de projeções em companhia do inglês que chegará ao 10º dan com idade avançada. Depois, numa segunda parte, "*Kata* dos cinco princípios Kyuzo Mifune 10º dan, Seiichi Shirai 8º dan", dois especialistas fazem alguns movimentos provenientes do *itsutsu-no-kata*. Em um minuto e onze segundos esplendorosos, o filme é o vestígio em película indestrutível da grande estadia fundadora. "Eu via ao meu redor", ele escreve, para se desdizer, "incontáveis quantidades de chaves que pareciam, todas, querer funcionar e abrir sem dano, sem exibição de potência inútil."

Entre as "chaves" há aquela "que [lhe] apresentava, sorrindo com suavidade, um de seus velhos mestres do Kodokan": os *katas*, que ele vai reaprender. Falei dos *katas*, de seu sentido, de seu surgimento, de como Jigoro Kano quis que a especialização técnica que eles exigem se juntasse ao *randori* e ao *shiai* (luta de competição: vitória ou derrota) para que um judoca fosse um praticante completo. Prova do apego de Klein ao pacto do judô, seu livro é um guia de aprendizado: o *nage-no-kata*, claro, mas os outros, *kime-no-kata*, *katame-no-kata*, e sobretudo *ju-no-kata* — este último, por muito tempo considerado o "*kata* das mulheres", era um dos mais puros, um dos mais difíceis, um dos preferidos de Jigoro Kano também.

Há uma coisa que salta aos olhos: a coreografia particular dos *katas*, as convenções que ela exige, o princípio de repetição e de série, a beleza do cerimonial, tudo isso tem a ver com as instalações de Klein. O Japão será uma de suas matrizes e vai operar em seu trabalho o que o judô lhe ensinou: *demonstrações*. O "gesto Klein", quando ele se joga do segundo andar da parede externa de sua casa de Fontenay-aux-Roses para *Le Saut dans le vide* [O salto no vazio], que realizou em 1960, é essa mistura de retenção e de intrepidez aprendida lá: "Para pintar o espaço, devo ir ao espaço", ele assume com malícia. O vínculo entre sua estadia no Japão para aprender judô e sua prática de artista plástico aparece plenamente em suas encenações — sua correspondência o comprova. Ele é a criança que repete as quedas ao infinito, arriscando-se cada vez mais.

Em dezembro de 1953, ele volta a Paris. Estadia inesquecível, hoje um bar de Tóquio tem seu nome, o Café Klein Blue. Ele encontrou o que procurava, viu ali um segredo, como a poeta russa Anna Akhmatova, alguns anos antes: "Teus olhos de lince, Ásia/ Deslindaram algo em mim/ Desafiaram algo escondido/ Nascido do silêncio".

Klein deixa o Japão pelo mar e desembarca em Marselha no início de fevereiro de 1954. Ele tem 25 anos. A federação francesa não reconhece seus diplomas japoneses. Pouco importa, ele parte para ensinar na Espanha, escrever em Madri, expor em galerias. Briga com todo mundo, volta, acaba de escrever. Em dezembro, a Grasset publica *Les Fondements du judo*.

Nesse mesmo mês, lemos: "Não podendo participar dos campeonatos da Europa, em Bruxelas, ele assiste a eles como espectador". Não está claro este "não podendo". Klein foi ao menos selecionado para a equipe da França? Qual era seu verdadeiro nível? Vamos fazer isso direito. Klein é muito bom em *katas*. Os velhos mestres não acolhem qualquer *gaijin*: eles o apoiaram, atribuindo-lhe, segundo disse, o "4º dan da Kodokan".

No plano técnico, Klein é um judoca perfeito. O filme o mostra fazendo com facilidade sequências de *harai-goshis* à direita e de *morote-seoi-nage* à esquerda e, dos quatro lutadores do filme, ele é que tem mais estilo.

Mas ter sua foto na capa de *Science et Vie*, em maio de 1956, para um artigo sobre o judô francês, obter êxito em uma demonstração ou passar por uma fileira de adversários ganhando *ippons* não garante que o atleta seja excepcional — todos nós fizemos isso em um momento ou outro de nossa carreira. Não tem nada a ver com a verdade de uma competição. Como esse "4º dan da Kodokan", cuja prova não existe, diz o historiador Yves Cadot. Os campeões dessa época eram conhecidos, em particular Henri Courtine, que nasceu dois anos depois do pintor e que conquista os títulos nos tatames da França e da Europa. Klein, não. Escolha, imposição, falta de talento ou ausência de treino: ele não seguiu o caminho da competição. Ele não foi "campeão de judô".

Seu vestígio na história está em outra parte, e não é exíguo. Como Jigoro Kano, Yves Klein possui a genialidade dos predecessores: o primeiro criando o judô, o outro a arte contemporânea, o *ato* contemporâneo. Klein, gesto supremo para um pintor, possui sua própria cor: a IKB, a International Klein Blue, uma mistura de azul-marinho químico com uma resina sintética e solventes alcoólicos. O segredo dessa matéria pictórica, uniforme sem o ser totalmente e que ninguém nunca pode elucidar, é registrado no dia 19 de maio de 1960. Na assombrosa beleza do pigmento e na própria afirmação das convicções do artista, três anos antes Klein soltara 1001 balões azuis, ação batizada de *Sculpture aérostatique*. O gesto era o mesmo: a forma (o ato) cria o fundo (a emoção). Até mesmo seu casamento com a artista Rotraut Uecker, em janeiro de 1962, será concebido como uma performance, com recepção no La Coupole e a obrigação de cada convidado beber um coquetel azul!

A felicidade conjugal será total para os jovens noivos, mas eles só ficarão juntos por alguns meses. Dizem que a morte que sentimos se aproximar obriga a uma vida mais intensa. Não no caso de Klein, que não sabia que ela estava à espreita. Ela avança no Festival de Cannes, que lhe inflige uma irreparável ferida: em *Mondo Cane* [Mundo cão], um documentário italiano que participava da competição, os diretores italianos Paolo Cavara e Gualtiero Jacopetti, diante de cujas câmeras ele aceitara *performar* suas *Anthropométries*, o associam à arte trash em tom de deboche. Original daquela região, Klein quis assistir à projeção. A consciência da própria ingenuidade o invade, e também o sentimento de não ter sido respeitado. À noite, tem um ataque cardíaco. Três dias depois, de volta a Paris, seu coração fraqueja mais uma vez. Ele se recupera, visita uma exposição coletiva da qual participa em companhia de Tinguely, César, Arman ou Niki de Saint-Phalle. Está cansado. "Vou entrar no maior ateliê do mundo", diz. "E só farei obras imateriais." No dia 6 de junho de 1962, às seis da tarde, morre de um último ataque cardíaco.

Eu desconhecia tudo de Klein antes de me deparar com sua foto vestido de judoca no cartaz de uma exposição em Florença, que visitei para um festival de cinema francês. Fiquei siderado: então era possível ser intelectual e judoca. Pesquisei, não sem dificuldade, pois os museus faziam pouca menção de sua dupla origem. Em nosso meio, nunca se falava de Yves Klein. Tampouco hoje ele é mencionado no site da Federação Internacional de Judô. As instâncias da federação, por muito tempo dirigida por Charles Palmer, seu companheiro de *kangeiko*, que figura no pequeno filme da Kodokan, fariam bem em tomar a única decisão que vale a pena: que o azul da faixa azul (de criança) e do quimono azul (de lutador) seja o azul de Klein.

Termino com Agnès Varda, que, em 2004, falou de Klein durante a entrega de uma comanda do Museu Nacional de Arte Moderna. Sobre *Anthropométrie de l'époque bleue*, o quadro com as "mulheres-pincel", Varda, que falava das coisas de modo simples, evoca um projeto que "retoma costumes muito antigos, bem antes da civilização, nas cavernas". Ela diz que assim a pintura volta a ser um ato carnal e natural. "Yves, o monocromo", como ele próprio se designava, não transgredia o teatro do mundo, ele o habitava com uma presença irredutível. "Tenho a convicção íntima", ele escrevia em 1961, "de que existe na própria essência do mau gosto uma força capaz de criar coisas que estão situadas bem além do que chamamos tradicionalmente 'obra de arte'."

O cheiro de tinta inalado em altas doses teria triunfado sobre um corpo que resistia a *randoris* exaustivos? Nunca saberemos. Agnès Varda, ainda: "Ele morreu jovem, e evidentemente isso faz dele um herói". Estejam vocês no judô ou nas artes plásticas, não pensarão mais em Yves Klein da mesma maneira — já não pensavam muito nele, tenho certeza. Os judocas que forem visitá-lo no Centre Georges Pompidou ficarão emocionados com o que ele realizou, cometa inatingível na galáxia das artes que nunca renegou o jovem lutador que foi, com o quimono a tiracolo. Os outros, mais numerosos, talvez queiram saber mais sobre esse judô que o teria construído. Falarei de Yves Klein nos votos da federação. Poderei confessar que, quando me queixo de não ter atingido os altos graus a que visava em minha juventude, me consolo pensando nele: "Sou 4º dan. Como Yves Klein".

Faixa preta

Aquele dia não foi como os outros, mas os dias de judô nunca eram dias como os outros. Estávamos no inverno de 1977, fazia um frio do cão. A noite estava calma, sensação familiar depois do treino. No tatame foi selvagem, duas horas ininterruptas de *uchi-komis*, quedas e *randoris*. Os campeonatos haviam começado bem, havíamos ganhado algumas competições, o Judo Club de Saint-Fons não falhava. Alguns dias antes, com Gilles Orenès, havíamos passado nas provas do 1º dan, primeiro grau da faixa preta. Enquanto as pessoas chegavam de fora e os alunos se reuniam em círculo para a saudação final, o mestre nos chamou para o centro do tatame e nos mandou ajoelhar. Num silêncio de catedral, pediu que tirássemos nossa faixa marrom. Eu a deixei escorregar sem um único olhar, como um tecido de infância do qual nos livramos. Raymond Redon, que chegava de sua segunda estadia no Japão, onde participara do *kangeiko* da Universidade de Tenri, tinha ganhado duas "pretas". Ele disse algumas palavras, falou de seu orgulho por nos ter como alunos e mencionou aqueles que ele havia levado até o grau supremo. Depois nos entregou nosso bem. Preto intenso, bordado com belos ideogramas amarelos, meu nome em um dos lados, "Judo Kodokan" do outro. A faixa era tão nova que, por sua rigidez, não podia ser atada com perfeição, o que a circunstância exigia — em vez disso, eu me encontrei diante de todos fazendo um nó achatado. Eu mal podia esperar para usá-la, amolecê-la, conseguir o envelhecimento enrugado que é a marca dos lutadores aguerridos — a Fender Telecaster de Keith Richards, em suma.

A faixa, não apenas como grau, mas como objeto, faz parte do quimono. Sem ela, ele se abre, nos deixa meio despidos. Com a faixa preta, verdadeiro objeto de arte (costurada, pespontada, grossa, larga), nos sentimos bonitos como o astro que pensamos ter nos tornado. Para obter o 1º dan, você tem que comprovar suas qualidades de lutador, disputando *shiai*, e suas qualidades técnicas, executando o *nage-no-kata* diante do júri. O *nage-no* é a quintessência do judô em pé. Ele tem cinco séries de três movimentos executados à direita e depois à esquerda. A primeira expõe as técnicas de braço, a segunda, de quadril, e a terceira, de pernas. Além disso, há duas séries de movimentos de sacrifício, os *sutemis*, maneira sofisticada de se jogar no chão para lançar melhor o adversário por cima de seu próprio corpo — as "pranchetas japonesas". Tudo isso ocorre segundo um cerimonial definido com exatidão, inclusive o ato de vestir o quimono, no modo *Duelo ao sol*, em uma inteligente encenação entre *tori* e *uke*, que simboliza a harmonia entre o "saber projetar" e o "saber cair".

Uma vez encontrado o parceiro ideal, é preciso memorizar, olhar, se inspirar e, ao longo de intermináveis semanas, praticar e recomeçar sem parar. Só as três primeiras séries são necessárias para a obtenção do 1º dan. Quando você estiver pronto, examinadores, todos eles judocas eminentes, julgam sua forma e força. Eles estão ali e olham para você severos, silenciosos como vigias de museu. Por ter estimado que eu estava apto a me tornar seu parceiro, Raymond me ensinou o *nage-no-kata*: "Assim você estará adiantado para suas próprias graduações", ele me disse. Portanto, bem cedo eu soube executar os três *katas* principais, um pouco como os filhos de camponeses que dirigem tratores e caminhões desde os quinze anos nos campos de milho.

Segunda prova: a aptidão para a luta. A faixa preta diz que você passou na competição. A federação organizava "passagens de graus" que, somadas aos campeonatos, pontuavam nossas temporadas. Para o 1º dan, você tem que marcar cem pontos em várias vezes, ou cinquenta pontos de uma só vez; ou seja, ganhar cinco lutas por *ippon* — um *ippon* vale dez pontos. Com 47 pontos, quatro *ippons* e um *waza-ari*, passava-se também. Na época, fazíamos isso do jeito japonês: um grupo de seis lutadores, confrontos acirrados em menos de duas horas. Era preciso enfrentar tudo isso, não perder a concentração. Nada de dramas, nada de acordos. Uma espécie de MMA, de luta integral, sem o ringue e os socos na cara. A primeira vez que ouvi a expressão *"se faire la ligne"** foi lá, assim: uma fileira de lutadores, não uma carreira de cocaína. Passar por ela e vencer todo mundo. De manhã, você era apenas um pouco mais do que o novato em seus primeiros tempos; ao meio-dia, era faixa preta. E era para sempre.

O mestre nos deu um abraço e o presidente Labrune puxou os aplausos. Eu tinha dezesseis anos. O teto do dojo se abriu para as estrelas, o céu ficou maior e, quando subi para a ZUP pela policlínica das Minguettes, enquanto trovejava, lembrei

---

* A expressão significa aqui "lutar sucessivamente contra todos os judocas presentes". Mas pode significar também "fazer uma carreira" (de cocaína). (N.T.)

do momento em que tinha sonhado me tornar um bom judoca. Agora eu era.

A faixa preta é o sinal distintivo mais famoso dos judocas, o mais íntegro também, pois só é obtida por mérito, por talento e por suor — um pouco como o prêmio Nobel de literatura: parece uma loteria, mas começou lá atrás e nunca é fortuito. Você sonhou com a faixa preta desde seus primeiros passos e vai carregá-la a vida toda, ao redor da cintura e em sua mente. Quando isso acontece, você já não é o mesmo. Caminha na rua com a cabeça erguida, ninguém percebe, mas alguma coisa está ali, que você sabe e sente: você é faixa preta. Bem, naquela primeira noite, eu pensava que a cidade inteira estivesse a par, mas podia ver que todos dormiam. A faixa preta é o graal que não é preciso mencionar diante dos principiantes, já que ela aparece, logo de saída, como o objetivo final de qualquer um que um dia vista um quimono. Ela é uma montanha com vales secretos cujo acesso lhe é revelado com parcimônia, em um lento aprendizado feito de incertezas e tormentos. Com a seguinte lição repetida incansavelmente: "Você nunca vai parar de trabalhar, sobretudo quando achar que terminou". No Japão, tudo isso desperta certo fascínio. Em outros lugares é possível achar tais códigos grandiosos ou grotescos, considerá-los algo nobre ou irrisório. Mas com certeza Georges Simenon deve ter escrito isto: a consciência do irrisório já é o começo da nobreza.

Como aluno e como professor, sempre adorei as entregas de prêmios, essas alegrias do tatame restritas a cerimônias quase litúrgicas. Daí meu apetite por todos os prêmios que impulsionam minha profissão: Palmas de Ouro, Oscars, Césares, prêmios Lumière. A mesma alegria de fã me invade quando assisto a uma cerimônia do Festival de San Sebastián, ou ao Cecil B.

DeMille Award dos Globos de Ouro — em 2007, o de Warren Beatty, recebido das mãos de um Tom Hanks que, brincalhão, fez referência às conquistas do homenageado e pediu às mulheres que tinham sido alvo dessas conquistas para levantar a mão (e, entrando na brincadeira, duzentas mulheres levantaram a mão), foi impagável. Um elogio, um troféu, agradecimentos. Algumas pessoas debocham disso, mas não por muito tempo. Quando chega a hora do vamos ver, até os mais refratários ficam com os olhos cheios de lágrimas — Warren Beatty inclusive. Dissemos que no judô o cerimonial conta mais do que tudo. E, no entanto, quanto constrangimento e incômodo infligido a mulheres ou homens petrificados por um elogio. 6os dan irresistíveis no tatame e de repente acanhados, tornando-se ainda mais comoventes.

Obtive minha faixa preta no dia 29 de janeiro de 1977. E a sequência de meus graus nos anos seguintes. Nós não brindamos todas as vezes com champagne, pois são acontecimentos esperados para um competidor. Meu objetivo era o 4º dan — o do meu professor Raymond Redon, o do sr. Verdino, que nossa mudança para Vénissieux afastou de mim. Acabo de reler meu "passaporte", essa carteira de identidade de judoca que a federação concede a seus licenciados. No dia 25 de março de 1979, obtive o 2º dan. Coisa curiosa, o 3º dan veio tardiamente, no dia 26 de abril de 1985. Eu deveria ter ido mais rápido, o que aconteceu? Machuquei o joelho, ruptura dos ligamentos cruzados; tornei-me um aluno estudioso, licenciatura em história-geografia, mestrado e Diplôme d'Études Approfondies, DEA. Quase desisti do tatame. Mas depois do 3º dan logo consegui o 4º dan, no dia 26 de outubro de 1987. Disso eu lembro: chegando aos trinta — contagem que começa a partir dos 21 anos, quando a gente erroneamente se desespera por não ter mais dezoito —, quis encontrar o que me escapava, e essa vida de judoca não ia mais durar. Obtive meu 4º dan em Lyon, passando por uma fileira de lutadores, cinquenta pontos de uma só vez. Um ano mais tarde, no dia 15 de outubro de 1988, eu já tinha marcado vinte pontos para o 5º dan — tinha retomado meu ritmo. Esse grau era então o mais alto que se podia obter por meio da competição e eu tinha que consegui-lo logo. Estava em plena forma, sempre pronto para uma briga e para a corrida matinal. Também tinha alunos e precisava impressioná-los. E conhecia meus *katas* de cor, era uma formalidade para um jovem lutador. Teria me tornado 5º dan antes dos trinta. Hoje, talvez tivesse o 7º dan, como alguns de meus valorosos colegas que não abandonaram o campo de batalha. Parti para outro lugar bem longe. Era solteiro, continuava nas Minguettes, na Rue Georges-Lyvet, um típico resistente lionês. O mundo me chamava. Começaram os anos de viagem e de cinefilia. E de renúncia: nada de 5º dan; eu queria defender minha tese de história antes dos trinta. Também não a terminei. Desertei, deixei para lá, culpa de Welles e Eisenstein.

Sugata Sanshiro

Assim como a adolescência sucede à infância, o cinema chegou depois do judô. E o Presqu'île de Lyon depois das Minguettes de Vénissieux. Por muito tempo, os únicos locais que eu conhecia da cidade grande eram os clubes: os de Gerland ou da Croix-Rousse, o Judo Club du Rhône no bairro árabe da Guillotière ou o Judo Club Lugdunum, em Villerubanne. Um rosário de dojos desenhava a área urbana com um traço mágico, em Décines, Oullins, Brignais, Tassin-la-Demi-Lune ou Corbas. Só progredimos em contato com os outros, e nosso professor nos levou para todo lado para treinos em que a amizade disputava com a rivalidade. Nós nos avaliávamos, nos encarávamos, brigávamos, e quando Saint-Priest, a cidade vizinha, vinha nos desafiar, nós desconfiávamos mais do que nunca: Patrick Nolin, a estrela deles, já flertava com os pódios nacionais e nos incutia um terror saudável — ele era tão forte, tão inesperado, tão talentoso para o esporte.

Depois do judô, a cidade se ofereceu a mim por meio dos cinemas. Pegávamos o ônibus 12, lotado, que, tendo percorrido um interminável trajeto com paradas que não acabavam mais, nos deixava na praça Bellecour. Íamos em bando, todos de acordo quanto ao filme que veríamos, a passos largos pelas ladeiras da Croix-Rousse para entrar no Canut, chegar ao bairro Brotteaux para ir ao Astoria ou ao Fantasio de Villeurbanne, onde meu pai me levara para assistir a *Ringo não perdoa* — lembro de um caubói cego e de poltronas de madeira, de uma sala que estava sempre ali e que desapareceu de repente, destruída em um dia.

Depois me tornei mais cinéfilo que meus amigos, visitava territórios desconhecidos, países estrangeiros, a *nouvelle vague* e o cinema de autor dos anos 1970. Um dia descobri a existência de um filme com um título enigmático: *A saga do judô*, dirigido por Akira Kurosawa. Eu conhecia esse nome, pois tinha visto *Os sete samurais* na televisão. Uma biografia de Paul Newman, que eu adorava, também me ensinou que *Quatro confissões*, de Martin Ritt, era, na realidade, uma adaptação para western de uma obra japonesa, *Rashomon*. Mais uma vez eu me deparava com o nome de Kurosawa. Apaixonado pelo western italiano, descobri que *Por um punhado de dólares*, de Sergio Leone, era uma refilmagem dissimulada de *Yojimbo*, de Kurosawa (de novo ele), com Toshiro Mifune, a estrela de *Rashomon* e de *Os sete samurais*. O mesmo Mifune — que, na tela do Pathé Bellecour, reencontrei em *Sol vermelho*, de Terence Young, ao lado de Alain Delon, Charles Bronson e Ursula Andress — me levou a assistir a filmes como *O anjo embriagado*, *Cão danado* e outros títulos que mais tarde descobrirei em VHS, na coleção de Claude Berri e Jean-François Davy. Esses filmes me remetiam mais uma vez a Kurosawa. Seu nome me era definitivamente familiar: segundo Martin Scorsese, a pessoa se torna cinéfila no dia em que fala de diretores e não mais de atores.

Um mestre japonês explorando as premissas do esporte mais emblemático de seu país, é um pouco como se Pedro Almodóvar tivesse se lançado filmando o flamenco, ou David Lean, o surgimento do futebol. Jigoro Kano no cinema, com que mais eu poderia sonhar? Como sempre estive convencido de que o encontro entre os irmãos Lumière e um jovem cinéfilo de Lyon estava predestinado, e que eu era o felizardo, acreditei por muito tempo ser o espectador francês escolhido pelo destino para apreciar melhor do que ninguém *A saga do judô*.

O problema, que o tornava ainda mais misterioso, é que era impossível ver o filme. Tudo bem, me tornei um especialista: conhecia o roteiro, os atores, o título original, *Sugata Sanshiro*, e, abstratamente, falava dele com maestria.

Precisava vê-lo. Surpresa: em janeiro de 1980, ele se materializou numa pequena sala de filmes de arte de Lyon-Perrache: o Cinématographe, a sala de cinema que ficava em frente à prisão Saint-Paul, da qual Philippe Noiret fala para Nathalie Baye em *Um olhar para a vida*, o filme de Bertrand Tavernier. Eu costumava frequentá-lo com Luc Mathieu, que desde o liceu acompanhava minhas peregrinações ao cinema. Para nosso espanto, éramos os únicos na sala. A ideia extremamente religiosa de que *A saga do judô* tinha me escolhido como seu espectador privilegiado ficou ainda mais acirrada.

Graças a essa projeção, pude impressionar meus interlocutores usando de um expediente testado e aprovado dos cinéfilos: se gabar da força de um filme desconhecido, ampliar seu alcance e sustentar ser praticamente o único a tê-lo visto. O espectador, descobridor e pesquisador Pierre Rissient estava acostumado com isso: quantas vezes arrolou os dez melhores filmes filipinos da história, ranking que ninguém podia comentar, quantas vezes se gabou de um chinês genial que só ele conhecia e cujo talento não havia meio de ser verificado?

Nesse caso, não havia necessidade de superestimar *A saga do judô*: é um filme perturbador. Conta a história de um professor que vai amansar um aluno brilhante e rebelde. O mestre se chama Yano, Shogoro Yano, e seu aluno, Sanshiro Sugata, mesmo nome do título original, à moda japonesa, o sobrenome antecedendo o nome, *Sugata Sanshiro*. Como vocês são atentos, já entenderam: Shogoro Yano é, na verdade, Jigoro Kano; e Sugata Sanshiro, seu discípulo mais famoso, Saigo Shiro (à moda europeia: Shiro Saigo). A primeira vez que ouvi falar deste último foi em *France Judo*, uma revista criada por Claude Fradet em 1969. Saigo foi objeto de um perfil impregnado do lirismo em geral reservado à evocação dos primeiros cristãos. Como eu podia imaginar que o cinema tinha se apoderado dessa história? Saigo foi o judoca mais forte dos tempos pré-históricos depois de Jigoro Kano, inatingível, como Marius Celstier foi um dos primeiros e mais talentosos câmeras cinematográficos depois de Louis Lumière, ele próprio cineasta de primeira linha. Shiro Saigo também tinha inventado *yama-arashi*, uma projeção perigosa com uma tradução eloquente: "tempestade na montanha".

Sugata Sanshiro, o filme, é também a história de um jovem arrogante e selvagem que se rende aos preceitos de um tutor que lhe ensina a beleza da superação de si. História de iniciação e de metamorfose, como também obra de aprendizado, é o primeiro passo de um gigante do cinema. Quando começa a filmagem em 1942, Kurosawa tem 32 anos e está terminando uma carreira de assistente e roteirista. "Se você quer se tornar um diretor, primeiro tem que saber escrever", ele dirá mais tarde. Billy Wilder vai confirmar, não sem fazer uma grosseria com os produtores hollywoodianos a quem "não pedimos que saibam escrever, mas que saibam pelo menos ler". Entusiasmado e determinado, Kurosawa está, como declara em 1986, numa entrevista à BBC, na "encruzilhada da inexperiência e da audácia". É disso que se precisa para se tornar cineasta.

Em 1942, Kurosawa leu a obra ainda inédita de Tsuneo Tomita, cujo pai, Tsunejiro Tomita, havia sido aluno de Jigoro Kano no início do século (falo dele no capítulo 7). Fascinado com a história, pressiona o estúdio Toho para adquirir os direitos. Kurosawa, que muitas vezes recorre a roteiristas (Shinobu Hashimoto, em particular, morto em 2018, aos cem anos, que também assinará *Harakiri* para Masaki Kobayashi, entre outras obras-primas), escreve o roteiro sozinho, de uma assentada. Os ingredientes estão ali: o retrato de Jigoro Kano e sua defesa da Kodokan; o judô emergente diante do Japão tradicional; a solidão dos grandes pioneiros e a inconsciência da juventude; o preço do engajamento e o remorso do ato. Tudo numa dimensão visual condizente com a época que decide pintar.

Quando é contratado pelo estúdio Toho — ao qual permanecerá fiel por muito tempo, chegando a rodar para eles sua obra-prima *Dersu Uzala*, em 1975 —, Kurosawa sabe que ainda tem tudo a provar. Como o projeto é muito *japonês*, o comitê de censura o autoriza a fazer o filme, mas acabará declarando que o produto final é "anglo-americano" demais e exigirá cortes, para ira de Kurosawa. Mas Yasuhiro Ozu, o autor de *Era uma vez em Tóquio*, o protege. Sua primeira experiência será um golpe de mestre e, se em 1950 *Rashomon*, seu segundo filme, vai fazer sua reputação, essa primeira investida é um gesto de cineasta.

No cerne dos filmes de esporte há sempre a cena do "grande momento libertador". Nós a encontramos no confronto entre Sugata Sanshiro, que se tornou o melhor judoca da Kodokan, e o "Demônio da escola de Tokuza" — bem, os muito fortes eram sempre chamados de "demônios". Tendo aprendido as lições do mestre que o treinou em uma prova memorável (a penitência nas águas geladas e purificadoras de uma minúscula lagoa que fica ao lado da casa), Sanshiro, pequeno mas esperto, não se deixa impressionar por seu adversário. Quando o colosso consegue desequilibrá-lo, assistimos à inversão das certezas, a derrota do forte contra o fraco que usa sua velocidade para vencer. Vitória da intcligência sobre a bestialidade, da reflexão sobre a ferocidade: Jigoro Kano havia estabelecido com precisão os fundamentos de sua disciplina, pensando-a como uma maneira de viver.

Era o nirvana, apropriar-se de um filme desses. Nem mesmo Tavernier — que conheci naqueles anos, e que dificilmente comete um erro filmográfico, como Roger Federer dificilmente erra em um tiebreaker em Wimbledon — o conhecia. Passada a surpresa de descobrir sua existência, o filme poderia se resumir a uma linha na filmografia de um cineasta, por mais estimado que ele fosse, e fosse ela a primeira. Como prever uma obra tão forte? Já tão ao "estilo Kurosawa", esse ritmo pontuado de coisas repentinas e silêncios, de ação, de meditação. Os primeiros filmes costumam anunciar os futuros motivos da obra: aqui, o diálogo malicioso entre as gerações, a encenação clássica, refinada, fulgurante, em que a extravagância do cotidiano anda junto com a reflexão sobre a condição humana, a história misturando-se com os destinos individuais. E também um cuidado com a fotografia quase expressionista, de um branco e preto de grande beleza plástica. Apaixonado pelo cinema mudo, ele prova ter um sentido infinito do espaço, do tempo e da montagem e a inserção de um rosto enquadrado.

Todos os grandes cineastas começaram falando da juventude. Sugata Sanshiro é o arquétipo do jovem que só conhece a revolta. Na hora do grande combate, ele não sabe mais nada, apenas que o aprendizado da derrota será o da existência. Ainda hoje, aqueles que praticarem judô no espírito de suas origens vão se parecer com ele.

O judô triunfa sobre o jujutsu, pois a moralidade afirma sua superioridade sobre todas as coisas. A obra de Kurosawa sempre repetirá isso. Detalhista, ele reconstitui perfeitamente a execução dos movimentos, os protocolos, a luta pelo *kumi-kata*, os deslocamentos, a aparência dos lutadores e o interior dos dojos. Multiplica os ambientes noturnos, desenha as silhuetas no escuro, como na cena em que "Kano" aterroriza vários adversários sob o olhar admirado de seu futuro aluno, que compreende que cada luta é uma questão de vida e morte.

A saga do judô nunca deixa de ser uma ficção e se recusa a ser apenas um "filme de judô", como *Touro indomável* não é apenas um "filme de boxe". Um desafio, pois é raro o esporte no cinema fazer coincidir, dentro de uma mesma história, ambição romanesca, conhecimento técnico e credibilidade visual.

Por exemplo: o adversário que Sanshiro tem que enfrentar, além de ser o mais temido especialista de jujutsu da cidade, é também, dilema supremo, o pai de sua amada. E o olhar sobre o "mau" é impregnado de humanidade. Kurosawa sempre afirmou sua dívida com John Ford, mas aposto que ele também se inspirou em *O ídolo do público*, de Raoul Walsh, lançado um ano antes, e na última cena entre Errol Flynn e Ward Bond. E se não for o caso, porque na verdade não sei de nada, ainda assim é mais edificante. Trata-se ali dos primeiros anos da nobre arte enfim codificada, da arte marcial enfim apaziguada, e da ideia compartilhada do respeito pelo adversário, na comovente sequência de paz dos valentes que fecha os dois filmes.

Na estreia, *A saga do judô* teve sucesso e o estúdio encomendou uma continuação. Dois anos depois, o jovem cineasta reconhecido pelos produtores mais influentes de Tóquio, para quem, nesse meio-tempo, ele dirigiu um filme nacionalista de encomenda (*A mais bela*, em 1944), obedece. *A saga do judô 2*, que estende o confronto inicial com o jujutsu ao caratê e ao boxe, não acrescenta nada ao original, é pena, e o próprio Kurosawa não lhe dará importância.

Com um corte de quinze minutos da montagem original, que se perdeu para sempre, *A saga do judô* terá uma passagem efêmera pelas salas japonesas depois da guerra e cairá no esquecimento, como os filmes de juventude de Kurosawa, levados pela corrente de obras-primas de uma das carreiras mais desmedidas da história do cinema.

Nos anos 1990, graças a Jean-Pierre Jackson, um distribuidor-escritor-roteirista apaixonado pelo cinema japonês que encontramos frequentemente no Instituto Lumière e que comprou uma bela cópia 35 mm, que só alguns iniciados sabem onde está hoje, o filme voltou a ser visível. Em 1993, em Cannes, tive a oportunidade de me aproximar de Kurosawa durante a projeção de *Madadayo*, sua última obra. Com o coração na mão, partido por seu adeus ao mundo naquela noite (ele morreria em 1998), decidi estudá-lo subindo o curso do rio. Esses últimos anos, os filmes ficaram disponíveis, das obras mestras (*Viver, A fortaleza escondida, Céu e inferno*) aos esplêndidos inéditos (*Não lamento minha juventude, Um domingo maravilhoso, Os homens que pisaram na cauda do tigre*). Os japoneses restauraram todos os Kurosawas. Quase todos. Ainda falta *A saga do judô*. Quando um filme é maldito, é maldito. Nesse início de século 21, o segredo ainda não se espalhou: Akira Kurosawa realizou um filme sobre judô.

Brigar

Desenrolando o fio da meada das lembranças, não disse o bastante o quanto uma vida de judoca também está ligada ao medo: medo de executar um movimento diante dos colegas, de ter que se confrontar com o julgamento do mestre, de demonstrar um *kata*. Medo de enfrentar adversários em público, medo de perder, medo de ganhar, medo do próprio medo. Muitos pequenos judocas aposentaram o *judogi* devido a uma derrota precoce, a uma inocência desfeita pela brutalidade de um aspirante a campeão encorajado aos berros pela família, e pelo pavor das tardes de sábado, quando entrar no tatame podia ser um pesadelo. Quantos meninos eu vi ficarem abatidos, com a cabeça escondida entre as mãos, o espanto desfigurando um rosto lívido? Começar a competir muito cedo pode desencorajar para sempre.

Ninguém é poupado do medo e há sempre alguma coisa para se tirar da derrota. O lutador mais feroz tem dor de estômago por medo, e por isso mesmo é lutador, até mesmo Teddy Riner não consegue evitar, sobretudo Teddy Riner, que, na próxima luta — ele completou, em 2020, uma série de 154 vitórias consecutivas —, vai primeiro se lembrar de ter perdido a última.

Ainda é preciso apreender o que está em jogo em uma competição, separar a prova do resultado, o que não é um costume da época, que confunde qualidade com sucesso, no esporte, na arte, na vida. Voltamos à mesma questão metafísica: o objetivo ou a viagem. A competição conduz a outra existência, na qual reinam o caráter, a vontade e a força. Ela também revela as falhas, a pusilanimidade e as deficiências. Interroga sua presença no mundo e sua capacidade de ser intrépido e corajoso. Obriga à vulnerabilidade e ao confronto com a hostilidade do real.

Numa tarde, no tempo de quatro lutas, todos experimentam, angustiados, zonas cinzentas desconhecidas. Eu tinha, como os outros, uma determinação de fachada, mas nada me aterrorizava mais do que as semanas de competição. E aquilo serviu para alguma coisa: não tenho mais medo da derrota, nem que ela possa ser um problema — e isso bem antes de ter lido os filósofos gregos. A derrota não tem necessariamente um gosto amargo, ela também é um alívio, um passo para o esquecimento e desaparecimento. Que eu lembre, éramos esquisitos e selvagens, avaliávamos a brutalidade dos impulsos, a autopreservação, o uso da força e a imensidão das dores. Pois, no tatame, a solidão corrói, transforma e impede de trapacear. E o livra da arrogância juvenil.

Participei de muitas competições. A volta aos treinos começava em setembro, a temporada das lutas em outubro, e os campeonatos federais aconteciam em janeiro, o que obrigava a redobrar esforços quando o Natal se aproximava. Mas nada de banquetes de fim de ano, de peru recheado da vovó e de doces. O judô é disputado por categorias de peso, um lutador passa a metade da temporada subindo na balança e entrando em pânico, como um modelo antes de um desfile. E o resto do tempo tentando não comer. A ficar com fome antes, a ser guloso depois. A se olhar e a se desesperar. Isso deixa marcas de uma indisciplina alimentar permanente e impõe à nossa morfologia uma sensação penosa de ioiô.

No clube, não se distingue muito o nível, pois alguns escondem o jogo. A competição muda tudo. Amigos muito bons no treino se apagam noutros lugares. Judocas comuns se afirmam na ferocidade das conquistas. Sob uma aparência afável, e às vezes engraçada, alguns escondem uma técnica terrível e um abate inesperado.

Eu gostava e ao mesmo tempo detestava a competição. Era um bom atleta, cercado de elogios dos treinadores e colegas de *randori*. Não me transformei numa lenda familiar. Meus pais tinham mais o que fazer e eu não procurava chamar atenção deles. Eles não iam ao dojo. Esse território era meu. Meu pai raramente assistia às competições — entretanto, todas as vezes que ele foi, eu ganhei. Mas eu não queria saber de pais metidos nas arquibancadas chocando a cria a ponto de viver suas esperanças por procuração. Aquele mundo era meu, meus pais tinham o deles. Em casa não havia campeão que durasse. Um dia, depois de uma bela vitória, meu pai me advertiu: "Nada de se gabar na escola, hein?". Fiquei surpreso, pois eu não falava da minha vida por aí e era ele quem tinha me educado. Mas nunca se sabe o que as pessoas, até mesmo seus pais, conhecem sobre você, e fico feliz por ele ter dito aquilo.

Os eventos regionais eram fáceis, já "subir até Paris", nem tanto. A derrota nos campeonatos da França, categoria sub 15, suscitara um daqueles ecos da infância que antecedem aos traumas das desilusões futuras. Temos nossas quimeras, nos preparamos, achamos que estamos prontos e vem a derrota. Então nos sentamos na arquibancada e constatamos que o pódio exigia mais. Nos campeonatos da França, eu vivia o que tinha infligido aos outros em Lyon. Faltava alguma coisa, que eu não estava procurando, como se estivesse escrito nas estrelas. Sem conhecer o vasto mundo, achava que era invencível. Em meu vilarejo. Não em Paris, longe do pequeno ginásio de Gerland. Ficava atordoado ao chegar a Coubertin, e aceitava isso. Só o talento não basta — não sabemos o que teria sido de Presley sem o coronel Parker. A técnica, sim, a mente também, mas sem musculação e treino apropriado, o corpo não acompanhava; quanto à vontade, eu logo abracei outros sonhos. Hoje, quando me deparo com alguns momentos intimidadores na profissão (e acompanhar Martin Scorsese diante de 2 mil pessoas para homenagear Billy Wilder em meu segundo ano em Cannes me deu mais medo do que a final nacional universitária), digo cá comigo que uma performance nacional logo na infância me teria aberto outro futuro. Que não tive.

"Fique tranquilo, os lioneses sempre viajaram mal", me disse um dia Raymond Redon. Lembro que no outono de 1974, Serge Chiesa, o brilhante número 8 do Olympique Lyonnais, tinha fugido da concentração da seleção francesa. "Detesto ficar longe da família", ele se justificou. Ao voltar para Lyon à noite, levou uma multa e foi excluído dos onze da França, mesmo tendo arrebatado durante anos as arquibancadas de Gerland, formando, com Fleury Di Nallo e Bernard Lacombe, um trio brilhante e ímpar. Ficar em casa, era isso que ele queria. Aquilo me surpreendeu. Talvez numa imitação inconsciente, eu me contentaria com as competições locais que venceria em todas as categorias de idade. Campeão em casa, ora. Faria muitas passagens esplêndidas de graus, dificilmente seria vencido em minha terra, mas logo as competições de Lyon seriam uma faina para mim. Um sentimento idêntico me atravessou quando Gilles Jacob me chamou para ficar a seu lado no Festival de Cannes. Por muito tempo hesitei em me afastar da Rue du Premier-Film, e só o fiz mantendo um pé no Instituto Lumière.

Em uma época em que o local tinha a força que hoje tem o planetário, ser o rei do bairro me bastava. Pois só dois níveis contavam: os amigos, o clube e o correspondente do *Progrès de Lyon*, por um lado; e a seleção francesa e Coubertin, do outro. De certo modo, uma vitória em Lyon ou no torneio de Tbilissi, o mais difícil depois dos de Tóquio e Paris, era a mesma coisa. Quanto ao resto, todos nós praticávamos judô do mesmo jeito, e a competição era apenas um momento. A pedagogia, a formação, as responsabilidades da federação me interessavam mais. E Raymond Redon me encorajava. Ele próprio não era um treinador-bruxo berrando da arquibancada: "Levante a mão, bloqueie o braço, cuidado com a perna direita". Falava pouco, seu ensinamento bastava. Como Clint Eastwood, que não dá orientações a seus atores: "Escolhi vocês, atuem como sabem". Além disso, Raymond gostava do lado bom da vida, era uma maneira de lutar contra sua tristeza de fundo. Ele se entretinha com corridas, galope, trote atrelado, gostava disso tudo: "Tínhamos três cavalos na fazenda, é por isso". Ele só era apostador. Um dia em que precisei esperar mais de uma hora antes do final de uma prova, ele desapareceu de repente e voltou dez minutos antes do gongo, radiante: "Acabei de ganhar 2 mil mangos em um cavalo, agora é com você!". Ganhei a luta, a alegria foi geral. Há treinadores mais ortodoxos.

Foi ele que me fez entender que se podia viver o judô ensinando-o. E que me tranquilizou: "Eu não tive a oportunidade de estudar. Você tem". É verdade que eu tinha feito disso meu equilíbrio: na escola, pensava no judô e, no judô, sabia que tinha a escola. Lembro ter sempre um pé em cada campo. Como explica Bertrand Tavernier: "Defender Delmer Davez na *Cahiers du cinema* e Samuel Fuller na *Positif*". Os benefícios de uma vida dupla. Quando uma me cansava, a outra me socorria. O cinema chegou como apoio, depois virou prioridade. Por vir de um meio politizado, eu me destacava. Certo dia meu pai foi preso numa manifestação e o delegado que cuidou da investigação foi o sr. Mayoud, um dos responsáveis pelo Judo Club Croix--Roussien. Ele foi formidável comigo, entendeu a mistura de incômodo e orgulho que senti ao ver meu pai sendo levado pelos policiais. Eu tinha parceiros, terrores no tatame, que me admiravam por estudar. Lembro de um período no Centre de Ressources, d'Expertise et de Performance Sportive, CREPS, de Macon, formávamos um grupo, víamos vagamente televisão depois do jantar. Chegou a hora do filme da noite: *As duas inglesas e o amor*, de Truffaut, que me encantou, mas meus amigos não gostaram nada de uma obra romântica em que os atores falavam com sotaques bizarros. Enquanto escapavam em levas, logo fiquei sozinho vendo Jean-Pierre Léaud e as duas garotas. "Ele sentia o corpo delas como uma indiscrição...", o filme me transportou. Já sabia que aquilo seria minha vida, o cinema.

Uma vida pública

Estas serão as últimas imagens: alguns minutos de película em preto e branco, com riscos, feridas e mordidas do tempo, sem a afetação digital de uma época que quer modernizar, limpar, colorir o que não tem cor, sonorizar o que é mudo, como se nossos olhos não soubessem mais ver a fulgurância atrás da fragilidade dos fotogramas — por que, já que começamos, não acrescentar alguns palavrões contemporâneos a *Em busca do tempo perdido*, para atualizar Proust? Trata-se, portanto, de um filme curto em que Jigoro Kano aparece, uma ocorrência antropológica espantosa, impensável antes da internet. Por que isso não existia no passado, quando corríamos desesperados atrás das raridades de Bob Dylan nas lojas de Greenwich Village, enquanto hoje não sabemos mais como classificar suas inúmeras *Bootlegs Series*?

Estamos com Jigoro Kano na beira do tatame. Ele faz uma demonstração. Primeiro a execução de *uki-goshi*, movimento cuja tradução é "quadril flutuante", uma projeção que não exige que se carregue o adversário, só que se faça com que ele deslize em círculo em torno do quadril. Kano veste um quimono preto, não um *judogi*, mas um *hakama*, a saia-calça folgada dos lutadores de aikido. Ele dá aula. Seus deslocamentos, ao mesmo tempo calculados e naturais, confirmam que praticava um ótimo judô. Com um braço firme, leva o parceiro com elegância, tanto à direita como à esquerda, insistindo com trações eficazes na importância do desequilíbrio. Todas as posições estão ali: *shizentaï, jigotaï, taï-sabaki, tsugi-ashi*.

Corta para outra cena. As imagens continuam belas, estáveis, bem enquadradas. Em um cenário mais solene, Kano faz a demonstração do *ju-no-kata*, que imaginou bem cedo, desde 1887. Ele aparece tão pequeno, tão técnico e tão plenamente consciente do que é. Embora não existam imagens em movimento de sua juventude, do momento em que ele e seus alunos tomaram o bairro de Eishoji, em Tóquio — o cinematógrafo Lumière só chega ao Japão quinze anos mais tarde —, essa figura deslumbrante do esporte moderno tornou-se imortal graças às fotografias e a essas frágeis imagens em movimento. Estas últimas seriam do início dos anos 1930, filmadas para a celebração do cinquentenário da Kodokan, em 1934, quando a escola se instala em Suidobashi. Jigoro Kano tem então 74 anos. Dentro de quatro anos, ele morrerá.

Ele passou quarenta anos desenvolvendo o judô. Estamos longe do espírito das catacumbas dos primórdios. A Kodokan abriu sucursais na ilha. Os tatames não ficam vazios. Tudo fica maior. Um quê religioso está sempre associando o judô a um pensamento tanto esportivo quanto teológico. Em 1911, Kano decide que os instrutores precisam ser devidamente habilitados. Até então, os lutadores da Kodokan é que transmitiam espontaneamente seu saber conforme as turnês e as visitas. É uma explosão, no Japão e no estrangeiro — além de Kawaishi, na França, muitos partem para além-mar e carregam o *judogi* como cartão de visitas. Em 1905, Mitsuyo Maéda exporta o judô para o Brasil, depois de fazer uma demonstração diante de Theodore Roosevelt em West Point, na companhia de Tsunejiro Tomita, que passa um período nos Estados Unidos. Antes do início da Primeira Guerra Mundial, o judô se espalha globo afora. "No futuro", escreve Kano, "o Japão poderá não apenas participar da evolução cultural do mundo pela primeira vez em sua história, mas também contribuir para sua influência internacional. Aqueles que tiverem estudado judô terão um papel preponderante."

Kano vibra com um anseio pedagógico que nunca o abandona. Pensa o judô como uma arte total. Ao sair da universidade, escolhe a vida de professor no Japão de Meiji, cuja marca é a educação. O sucesso do judô acompanha o seu. O sábio Kano aprende a ousar e, ao penetrar nas esferas do poder, critica os imobilismos. Resiste ao sr. Miura, um general nacionalista que dirige a escola Gakushuin, destino final da nobreza de Tóquio, e cujas concepções educativas elitistas Kano contesta. Kano não é apenas um teórico, ele encara a real, como não se dizia então. Naqueles anos, concebe um sistema de mérito, encarrega-se de 8 mil estudantes chineses, dedica-se a melhorar o sistema educativo do país, compreendendo bem cedo que tudo passa por aí. Esse homem que escreve muito parece silencioso, mas sua tenacidade está sempre presente, não só na execução perfeita de um *sasae*, como também no estabelecimento teórico de um *gokyo* que se torna mais refinado. As tempestades do século se levantam, mas nada o deixa submisso, nada o atordoa. Para ele só existe a devoção aos outros e a felicidade de viver, intensificada por seu casamento com Sumako Takezoe, que lhe dá cinco filhas e um filho. A vida pedagógica a serviço de uma arte que você mesmo criou: quantos podem se gabar de ter escolhido seu destino e vê-lo tomar forma diante dos próprios olhos?

Em 1922, Kano se torna senador, entra no debate público, escreve em revistas que fundou, tenta pensar o judô e o mundo. Seus artigos — "Resposta a várias perguntas relativas à prosperidade mútua" ou "Do judô e de sua ajuda para lutar contra os abusos da época" — são lidos. Moderno e ágil, ele fortalece o futuro do judô ao associá-lo à história das disciplinas de luta chinesas e japonesas. Em maio de 1926, o acontecimento não é pequeno, o nome "judô" substitui o do "jujutsu" no jornal oficial.

Para Kano, a educação para todos não é um slogan. Esse "todos" significa as mulheres também. Em novembro de 1922, ele abre um setor feminino na Kodokan. Um justificado retorno ao passado: um dia de 1893, Tsunejiro Tomita, o primeiro aluno, desembarcou no Kodokan com uma amiga. Kano acolheu Sueko Ashiya, era esse seu nome, de braços abertos. Em 1904, ele aceitará ser o professor pessoal de Noriko Yasuda, outra recém-chegada. As mulheres não são assunto do esporte, nem do país, que resiste às reformas, mas serão assunto de Kano, embora a competição feminina deva esperar o pós-guerra — quem diz que Kano, ainda vivo, não a favoreceu mais cedo? Em janeiro de 1933, uma terceira pioneira, Ozaki Kaneko, recebe a primeira faixa preta. Centenas de mulheres se inscrevem na Kodokan.

Técnicas, *katas*, *randoris*, não falta nada. Só a competição, inescapável: o *shiai* era praticado como prova interna, agora é preciso dizer quem são os melhores lutadores do país. Oficializam-se regras de arbitragem e os torneios saem dos dojos para se instalar nos ginásios de esportes. Em 1930 iniciam-se os primeiros campeonatos do Japão. Momento fundamental, mas questão existencial: o princípio da vitória ou o do judô? Ambos, para respeitar seu espírito: não haverá nenhuma categoria de peso, os grandes e os pequenos juntos, e que vença o melhor — que nem sempre é o mais pesado. Por muito tempo esse campeonato reservado aos japoneses será a competição mais importante para os judocas, a que o peso-médio Isao Okano ganhou e que Shozo Fujii nunca venceu. Ele é o Everest, a etapa do Alpe d'Huez, a final de Wimbledon, os 100 metros dos Jogos Olímpicos.

Cito de propósito. Em 1909, Kano integra o Comitê Olímpico Internacional (COI), é o primeiro asiático a fazê-lo. Trata-se do projeto esportivo mundial com o qual ele sonhava, a terceira aventura de sua vida, junto com o judô e a educação. Ele estuda o que acontece em outros lugares, o Tour de France ciclista que um maluco chamado Henri Desgrange, um homem de sua geração, como Coubertin, lançou no início do século, o baseball americano, que organiza competições há tanto tempo, ou o futebol europeu desconhecido no Japão, para o qual o francês Jules Rimet fundou a federação internacional, nas barbas dos ingleses, com o objetivo de organizar uma Copa do Mundo. Em 1911, Jigoro Kano cria e se torna primeiro presidente do Comitê Olímpico Japonês; um ano depois, vai aos Jogos Olímpicos de Estocolmo. Em 1915, na Escola Normal Superior de Tóquio, que ele ainda dirige, funda o Departamento de Educação Física. Em 1922, ele teoriza o *seiryoku-zenyo* em um texto impressionante que preconiza o emprego da energia e uma determinada maneira de misturar emoção e potência. Agir corretamente, no momento certo, com um controle perfeito da própria energia, devolvendo a força c a intenção do adversário contra ele mesmo — o judô como um segredo.

Em junho de 1920, ele está nos Jogos Olímpicos de Anvers; perde os seguintes, em Paris, mas não os de 1928, em Amsterdam, no qual o Japão ganha suas primeiras medalhas de ouro. Em Gênova, participa de reuniões na Liga das Nações ainda ativa e se envolve com a diplomacia esportiva internacional — o *soft power* do judô. Em 1932, desfila nos Jogos de Los Angeles com a delegação de seu país. É encarregado de encaminhar a candidatura do Japão para 1940. No dia 31 de julho de 1936, às vésperas da abertura dos Jogos Olímpicos de Berlim, o COI designa Tóquio para as competições de verão, e Sapporo para as competições de inverno em 1940. É uma vitória pessoal de Kano.

Como sabemos, eles só ocorreram vinte anos depois da Segunda Guerra Mundial, pois estamos num momento delicado. Endeusado pela história e sacralizado pelo entusiasmo de seus fiéis, entre eles este seu servo, Kano atravessa soberanamente as duas primeiras décadas do século 20. Mas, e os anos 1930? A tomada de poder pelos militares em Tóquio, a invasão da Manchúria pelo Japão em 1931, a saída da Liga das Nações em 1933 e depois, em 1936, o Pacto Anticomintern com a Alemanha nazista e, em 1937, com a Itália mussolinista, esse ciclo de violências entre os povos, as conquistas imperialistas e as guerras selvagens? Paisagem política sombria para as nações, engajamento pessoal sinuoso para os homens públicos. Acrescentemos, para Kano, em 1933, um pretenso encontro com Hitler, do qual não existe nenhum vestígio — trata-se, na verdade, de um encontro oficial com membros do governo —, e a foto de grupo de uma delegação mundial aos Jogos de Berlim, com o chanceler alemão na frente e Kano, pequenininho, bem atrás. Hitler não se interessava por esporte, não sabia nadar nem dirigir e, cúmulo do infortúnio para um militar de então, mal sabia cavalgar. Em *Minha luta*, ele só escreve duas linhas sobre esporte, sobre o boxe e... sobre o jujutsu, daí a presença de muitos clubes na Alemanha nazista. Hitler entrega o setor a Heydrich, bom esgrimista. Quando herda os Jogos de Berlim (atribuídos à Alemanha em 1931, sob Weimar), não quer ouvir falar dessa "invenção dos judeus e dos francos-maçons". Goebbels, farejando o instrumento de propaganda, saberá fazê-lo mudar de opinião.

Um observador dissimulado do século 21 — totalmente voltado à prontidão triunfante de seu tempo para desconhecer, julgar e misturar tudo — faria despreocupadamente o resumo acerca de Kano: "Nascido no Japão no século 19, Jigoro Kano cresceu em uma 'democratura' imperial. Preconizando a educação, a disciplina e o autocontrole, ele desenvolve ideais esportivos que eram compatíveis com as classes dominantes no início do século 20. Atravessou o período entre as duas guerras sem danos, o que levanta questões". Tal descrição bastaria para fazer dele um conservador vil, cúmplice dos piores crimes de seu século.

Para mim, o criador do judô era totalmente o oposto. Será que descrevi um Kano mais próximo da imagem ideal que, quando criança, eu tinha dele? Não, embora seja verdade que é preciso analisar com prudência o percurso político das pessoas de então. Mas prefiro a seguinte hipótese: "Defendendo a pedagogia, os pobres e os estudantes, Jigoro Kano cria um esporte que se tornou universal e que permite aos fracos se impor aos mais fortes. Tentando construir uma educação coletiva, ele adere ao pensamento universal — e feminista — do inglês John Stuart Mill e também às opiniões sobre a educação para todos, de Octave Gréard, além de conviver com Ferdinand Buisson, um 'francês republicano, franco-maçom, dreyfusiano, adepto da laicidade'. Corresponde-se com Rabindranath Tagore, poeta humanista e reformador social que levou o judô à Índia. Abraça um universalismo real, feito de encontros e trocas, e se opõe ao militarismo dos anos 1930 ao recusar que seu esporte fosse resgatado pelo poder imperial".

Não dou o braço a torcer. Jigoro Kano parte de um desejo individual e produz um gesto coletivo: "A educação de uma geração se estende a cem gerações", escreve, lírico. Ele começa com projeções, estrangulamentos e chaves de braço para ir em direção a uma lição de vida e um sonho comum, formando judocas que almejam a mesma realização: perceber a si mesmos para se dedicar. Todos nós tentamos, algumas manhãs. Sua herança é infinita. Há uma visão do mundo ali, e em 1932 ele vai expô-la, minuciosamente, em uma conferência na University of Northern California: "O judô proporciona emoção e beleza. Todos conhecemos a sensação agradável de nos sentirmos fortes e musculosos, e também a de nos sentirmos hábeis. Por vezes sentimos prazer durante a luta, com um sentimento de superioridade. Mas há outro prazer que vem das belas atitudes que o judô nos oferece, desses movimentos que têm graça, os seus e os dos outros. Um treino físico que se mescla ao prazer estético desses movimentos que simbolizam várias ideias, é isso que constitui o que chamo de emoção e beleza do judô".

Em 1937, a guerra sino-japonesa é feroz, o Japão sai da Liga das Nações, e até mesmo nos escalões imperiais se duvida da oportunidade de praticar o esporte quando os militares querem recorrer à bala. A Inglaterra e a Finlândia clamam pela anulação da candidatura japonesa. O Japão pede a Kano, respeitado por seus pares, para pleitear sua causa na Assembleia Geral do COI, no Cairo, em março de 1938. A despeito da saúde frágil, Kano aceita. Em fevereiro, ele deixa Yokohama rumo ao Egito. Será sua última viagem.

Mestres e alunos (tornar-se professor)

Depois de um vestibular preparado às pressas no Liceu Marcel-Sembat (um deputado socialista), em Vénissieux, não sem antes ter tentado tomar bomba para não abandonar meus amigos repetentes, entrei na Faculdade de Ciências de Lyon-1, no campus de Villeurbanne, no início do ano universitário de 1978-9. Logo fiquei entediado, a biologia não me seduzia nem um pouco, ao passo que em minha mesinha de cabeceira havia pilhas de revistas de cinema, ensaios sobre o expressionismo alemão e enciclopédias de western. O primeiro trimestre terminou com um espetacular 4,26 de média geral e um veredito implacável: eu não havia sido feito para aquilo.

A partir de janeiro e sem que meus pais soubessem, mudei o plano: cinema de dia e judô à noite. Em setembro, encontrei Alain Lherbette, que havia voltado a estudar e frequentava os bancos da universidade com o mesmo desencanto. Ele também era judoca e eu o conhecia pouco. Mais velho, gabava-se de um passado prestigioso de competidor e seus títulos nacionais me impressionavam tanto quanto a atitude nobre que ele demonstrava em qualquer circunstância. Recém-saído dos juniores, eu nunca o havia enfrentado. Alain praticava um judô muito puro, buscando o *ippon* a cada luta, e sua fome de vitória era ainda maior quando estava com os judocas de Givors, seu clube de origem. Um lugar especial, Givors, afastado de tudo, imprensado entre o vale do Ródano e a estrada do monte Pilat, sem a reputação das comunas vizinhas de Ampuis e Saint-Cyr-sur-Rhône, onde as vinhas de Côte-Rôtie se espalham sobre as encostas íngremes que podem ser vistas da rodovia Sul. Apenas uma cidadezinha operária, a periferia da periferia de Lyon. "Até mesmo Saint-Étienne é mais bonita", dizíamos quando queríamos irritá-los, pois em Givors havia sobretudo os judocas de Givors, briguentos, ambiciosos, trapaceiros quanto às regras — agrupavam-se na pesagem para aliviar o peso de um colega erguendo-o pela cintura a fim de que ficasse mais leve, encorajavam-se de um modo meio malandro, influenciando os árbitros e importunando os outros lutadores. A paixão deles era contagiante. Com exceção de Alain Lherbette, que tinha um estilo fora de série, nem sempre o clube apresentava o "belo judô", mas compensava suas deficiências com um senso de competição, de treino, de dieta e com tanta força coletiva que eles poderiam fazer um cavalo de arado ganhar corridas de galope. Foi em Givors que cresceu Djamel Bouras, medalha de ouro olímpico em Atlanta em 1996, na categoria -78 quilos, um garoto desengonçado que se tornou um grande judoca, o que não era possível intuir no início: "Não mesmo, ele era de Givors", as pessoas diziam para caçoar.

Alain Lherbette seria muito importante para mim naquele ano. Pouco eloquente, tudo o que ele dizia tinha peso e sua afeição não era fingimento. Às vezes dizia: "Se você tiver a inteligência da luta, vai entender o resto", frase que faz um bem incrível. Para aliviar a culpa por termos desertado os anfiteatros, decidimos treinar juntos. Chegávamos à faculdade de manhã para marcar presença, mas logo saíamos e corríamos até o parque de

Parilly, que eu conhecia na palma da mão. Alain ainda usava alguns métodos empíricos do judô à moda antiga, técnicas que nos faziam agarrar um ao outro na frente dos transeuntes perplexos, e deixavam a camiseta térmica molhada com o suor do próprio quimono escondido pelos grossos casacos de lã, ao fazermos sem parar os *uchi-komis* para melhorar a velocidade e as capturas de *kumi-kata* para fortalecer os dedos. Nunca tinha treinado tanto na vida. Um programa centrado apenas no judô: a musculação era para os tolos, nós tínhamos a ciência nos braços, o método na cabeça e o estilo no sangue — nem sempre a obsessão pelo gesto bonito dá bons resultados, mas preferíamos assim.

Alain e eu não nos separávamos mais. Ainda matriculados na faculdade, não tínhamos a intenção de fazer nenhuma prova. Em compensação, decidimos disputar as competições universitárias: seria um modo de honrar nossa carteirinha de estudante. Pela primeira vez, nos enfrentamos na mesma categoria. Não sem sucesso: nos eventos regionais intermediários, nos classificamos em primeiro e segundo lugares, depois que Alain salvou meu dia perdendo de propósito uma luta, pois bastaria um passo em falso em meu próprio quadro e eu poderia ser eliminado — o gesto me deixou siderado, vindo de alguém tão ambicioso como ele. Nossos treinos às escondidas valiam a pena, estávamos qualificados para continuar, representantes de uma universidade que já não se lembrava de nós.

Os campeonatos da França eram disputados em Montpellier. Eu, que ficava atordoado fora de Lyon, logo senti que era um bom dia para mim, graças a Alain, que me incentivava. Ele colecionava vitórias, e eu fiz o mesmo até a final, que nos pôs frente a frente. Ele ganhou, era melhor do que eu. Foi uma honra estar a seu lado no pódio. Minha vida científica acabou com um título de vice-campeão da França universitária, belo parêntesis encantado, como se tirasse um peso das costas: não eram as competições federais, mas era um pódio nacional. Voltamos muito bem-humorados. Os dois piores estudantes da faculdade tornaram-se, por um momento, os mais famosos, dois burros que não incomodavam as fileiras dos anfiteatros com sua presença, mas tinham levantado a bandeira da Universidade Lyon-1 mais alto do que seriam capazes os primeiros da classe, que nos humilhavam todos os dias com seu prestígio e inteligência.

Essas explosões de autossatisfação não bastavam, varridas pelo retorno ao estudo e pela necessidade de encarar a vida. Alain se virava ensinando judô. Sua liberdade era um sonho. Alguns meses depois dos campeonatos da França, uma lesão no joelho me obrigou a desistir das competições por vários anos. Decidi me tornar professor: em Saint-Fons, Raymond Redon me fazia de *uke* e me passava o aquecimento dos competidores, meus primeiros passos no centro do tatame, sem fingimentos, nem vaidade. Eu também dirigia alguns cursos nos quais demonstrava para faixas pretas minhas sequências favoritas ou alguma série do *nage-no-kata*. No fim da temporada 1978-9, ele me avisou que Chaponnay, um pequeno vilarejo do sul de Lyon, estava procurando um substituto para Joseph Carrel-Billard, um militar que desistira de viver como um exilado e decidira voltar para sua região de origem. Ele havia fundado um pequeno dojo e queria passar o ponto. Eu me apressei em aceitar. Em setembro de 1979, cheguei com minha bolsa ao subsolo de uma sala de casamentos, um lugar sem vestiários, sem chuveiros e com grades nas janelas. Eu precisava obter meus diplomas.

Na França também existem tesouros vivos, como é o caso, no Japão, dos artesãos cujo saber insubstituível faz com que os mais jovens os respeitem e a nação os reconheça. Conheci muitos judocas na vida, mas Georges Baudot ocupa um lugar especial: ele fez com que eu me tornasse professor. Dono da escola de formação de Lyon, cuidava com zelo de uns dez alunos que reunia todos os sábados num ambiente de estudo e recolhimento. Era um dos altos graduados do judô francês, mas não deixava transparecer nada: na cidade, com o cabelo repartido de lado, o bigode e seus óculos finos, parecia um representante da Manufrance — digo isso porque ele era de Saint-Étienne. No tatame, era um imperador, um desses daimiôs do século 16 que vemos nos filmes japoneses. Baudot falava do judô como se ele o tivesse descoberto, e era verdade, de certa forma. Dizíamos que ele havia conhecido Jigoro Kano, pois tinha ido muito cedo para a Kodokan, perpetuando com suas várias estadias no Império do Sol-Nascente a pureza das origens e uma simplicidade no rigor — ou o contrário. Seus ex-alunos o idolatravam, como eu também o idolatraria. Sua pedagogia utilizava umas poucas palavras ditas com suavidade, um olhar severo e alguns gestos: ele tinha uma forma de corpo perfeita que um leve excesso de peso devido à idade não alterava em nada. Eu lia *A estranha derrota*, de Marc Bloch, livro que me ensinou, como Baudot, a distinção entre o adestramento (infligido) e a disciplina (assumida). Foi assim que, durante dez meses, aqueles da passagem para os anos 1980, esse mestre dos mestres que tinha sido o de Raymond Redon tornou-se minha terceira fonte de inspiração e me levou até o diploma de professor de judô.

Em setembro de 1979, comecei a viver sozinho na ZUP. Meus pais voltaram para Dauphiné, eu não saí das Minguettes. Depois do desastroso primeiro ano universitário, fui facilmente admitido na L'Unité d'Enseignement et Recherche d'Éducation Physique et Sportive, UEREPS, de Estrasburgo, no departamento de judô, mas desisti — aquilo me afastaria de Lyon. Como o Institut des Hautes Études Cinématographiques, IDHEC, era um sonho inacessível, fui para a Universidade de Lyon-2 para fazer o curso de cinema de Jacques Aumont e Jean-Louis Leutrat. Não sabia nada da profissão de historiador, e menos ainda que aquilo me encaminharia a pesquisas de pós-graduação e a conhecer Yves Bongarçon, com quem iria parar no curso de semiologia. Era o momento de glória dessa disciplina maçante, da qual eu não entendia nada e que tampouco gostava de mim. Havia até mesmo algumas mais bicudas: a *narratologia*, que fazia Bernard Chardère, que estava se instalando no Instituto Lumière, gargalhar: "Então todos os cursos começam por 'Era uma vez'?". Tínhamos que rir um pouco. Hoje eu me pego relendo com volúpia os textos brilhantes de Christian Metz, cujos seguidores sinistros e frios eu não suportava por me afastarem do sabor dos filmes de Scola e de Lumet.

Instalada em um campus moderno ao lado do parque de Parilly, onde, um ano antes, eu corria com Alain Lherbette, a faculdade de Bron tinha uma biblioteca que ficava aberta até a meia-noite e um amplo anfiteatro onde eram exibidos filmes todos os dias na hora do almoço. Eu estudava muito, gostava da vida literária, devorava Chandler e Fitzgerald e me sentia o tal lendo *A náusea*, desaparecendo por fins de semana inteiros, imitando a solidão de Antoine Roquentin com longos passeios noturnos com Changa, uma cadela preta, bela e perdida que Jorge Burgos tinha batizado com o apelido que se dá às moças em San Miguel de Tucuman. Eu estava sozinho, mas era livre. Com frequência ocioso, praticava muito judô e vivia apenas para o lançamento da Radio Canut, cujos transmissores foram secretamente instalados nas Minguettes e em Croix-Rousse, colinas distantes da prefeitura que permitiam ganhar tempo sobre a polícia, que se opunha com todas as forças a essas rádios ilegais e cheias de brio. Luc Mathieu e eu tínhamos um programa de cinema, certamente ingênuo, que começava por "Le Chant des Canuts" ("Mas nosso reino chegará quando seu reino acabar...") e terminava com uma pincelada de Higelin, "Demain, ça s'ra vachement mieux" [Amanhã será bem melhor].

Na escola de formação, o ingresso era mais difícil do que aqueles para as boates às margens do Saône, em Lyon, que de todo modo nós não frequentávamos. Fui admitido ao mesmo tempo que Lionel Girard, Alain Abello e Philippe Darroux, que eu conhecia desde criança. Não foi coincidência, tínhamos os mesmos desejos: renovar nosso judô ensinando-o, longe da rivalidade dos jovens lutadores exaltados, não se enfrentar mais, sossegar dando aulas e dirigir clubes em nosso bairro. Durante um ano, formaríamos um quarteto de primeira.

O método Baudot soava incontornável e ameaçador: "Se você trabalhar, chega lá". Era esse o contrato. Ele recorria a cadernos com classificações cuidadosas de como fazer com que cada aluno fosse o melhor dos *senseis*. *Katas*, *tewaza*, *katame-waza*, teoria, biologia, mecânica muscular, ácido lático, vigor, resistência, arbitragem, segurança: o programa era extenso. Nós tínhamos aulas de medicina, de direito, eles nos ensinavam as condições para o exercício da legítima defesa e seus limites legais com base na proporcionalidade — isso se perdeu, no policiamento das manifestações.

Tínhamos percorrido os tatames da região, éramos competentes, mas retomávamos o judô do zero. E eu diria mais: foi então que aprendi a me expressar em público. Eu gostava das palavras, tinha estado em colônias de férias, na rádio, e meus heróis no cinema eram os que falavam sem parar — Richard

Dreyfuss, Louis Jouvet ou Sacha Guitry, aos quais eu assistia muito. "Articulem!", gritava Georges Baudot quando nos empurrava para o centro do tatame, exigindo que de imediato mostrássemos todas as possibilidades de sequências no *ô-uchi-gari*. "Ninguém está ouvindo vocês!", provocava os tímidos incapazes de falar mais alto. Era preciso se jogar no vazio, improvisar, impostar a voz. Desde então, minha profissão com frequência me dá a oportunidade de tomar a palavra e, se acharem que tenho algumas qualidades nessa área, foi na escola de formação que as adquiri.

Em determinados dias, como o mestre Baudot apontava impiedosamente nossas falhas, devíamos aguentar firme e enfrentar reprimendas mordazes. Nós nos acostumamos: a escola de formação era a École Normal Supérieur e misturada com a Sciences-Po. De modo que, no final da temporada, estávamos novos em folha, com a teoria da educação aprendida, gestual repensado, motor revisado na quintessência dos compromissos que tínhamos assumido quando criança em relação ao judô. Longe da competição, enquanto Thierry Rey, que acompanhei com admiração, tornava-se campeão do mundo, a repetição das técnicas, incessantemente reinterpretadas sob a batuta do mestre, nos levava de volta ao essencial: aprender e transmitir.

Depois de um ano de muito estudo, em que eu testava, em Chaponnay, as formas pedagógicas descobertas na escola, em junho de 1980 nos reencontramos para passar dois dias no CREPS de Boulouris, em Saint-Raphaël, onde seria realizado o exame. As horas na estrada da longa expedição de carro não esgotaram nossas conversas sobre esporte, política e todas essas aventuras que nossos vinte anos sabiam ter em cada esquina. Eu gostava de ter a última palavra, às vezes a ponto de brigar. Também era ingênuo, um verdadeiro provinciano, mas a consciência do que me aguardava, ou não, não me impedia de avaliar sua viabilidade com sensatez: ser professor de judô, por exemplo, futura profissão para a qual eu me sentia ter sido feito. Os dirigentes de Chaponnay tinham me garantido que, com ou sem diploma, me manteriam no cargo. Uma confiança que aumentou a minha. A descida para o calor do Sul, animada pelo encontro com duas meninas que pediram carona, e muitas paradas nos postos de gasolina, foi ritmada por música: Philippe Darroux, que tocava violão, só queria saber de Brassens; Alain Abello, surfista, só de Dire Straits; e eu fazia com que escutassem sem parar "Quand t'es dans le désert" [Quando você está no deserto] porque estava me preparando para atravessar a Argélia e chegar a Abidjan em um velho Ford Transit.

Aos olhos dos examinadores federais, os alunos do professor Baudot se diferenciavam dos outros. Nenhum favoritismo, mas havia certo respeito, certa expectativa. Às margens do Mediterrâneo, nosso inverno de estudos valeu a pena, tendo Philippe executado um *nage-no-kata* antológico: nós quatro passamos com louvor. Voltamos a Lyon como se estivéssemos erguendo a taça da França, aclamados da varanda da prefeitura, na Place des Terreaux, pela multidão de judocas da cidade.

Dirigir oficialmente um clube com certificado pendurado na parede remete à primeira vez em que vestimos um *judogi*, uma mistura de medo e excitação, quando nos sentimos invadidos por uma sensação de impostura. Para ser um bom professor, algumas virtudes são necessárias: gostar das crianças como se fossem seus filhos (nada fácil, sempre nos deparamos com alguns pirralhos insuportáveis, os mesmos cuja ausência sentimos no ano seguinte, ao sabermos que se mudaram); expressar-se com eloquência, explicar com perseverança e corrigir com benevolência — sempre poderá acrescentar seu próprio estilo, como Raymond Goethals, o treinador belga do Olympique de Marselha, que não sabia pronunciar os nomes de seus jogadores sem deturpá-los, ou Philippe Lucas, o extravagante treinador de Laure Manaudou, que gritava com a campeã olímpica como se ela fosse uma principiante na piscina. E mais: ser um judoca respeitado por seus pares, coroado com alguns títulos de glória e não esmorecer mesmo diante dos alunos mais talentosos. E no entanto compreendemos rapidamente que o status de campeão serve apenas para impressionar as mães: a vida real deixa sua marca no lutador, mas não é preciso chegar a fazer como Raymond Redon, que ostenta no antebraço uma tatuagem misteriosa, numa época em que só presidiários e marinheiros se tatuavam. Último requisito: possuir um quimono com *história*; que tenha uma proveniência rara e uma aparência única, inacessível aos demais. Assim, até mesmo a queda mais violenta não afetará sua elegância. Quanto ao resto, um professor de judô devidamente formado dispõe de um protocolo preciso para levar à conquista da faixa preta qualquer um que tenha um mínimo de vontade, como para cuidar com indulgência dos pouco dotados — eles também existem.

A cada setembro, mas agora como professor, eu ia para o dojo. Ensinar judô era uma nova maneira de praticá-lo. Na solidão e no dever, adorava ser o primeiro a chegar à sala para prepará-la e torná-la acolhedora, e também gostava de ficar depois das aulas, atrasar o momento de apagar as luzes. Era a minha vez de proceder à saudação coletiva: "Atitude... *Rei!*". Eu respeitava as tradições e inovava com aquecimentos acompanhados de música, com sequências de futebol e concursos de quedas que faziam uma confusão dos diabos, e até provocavam gargalhadas.

Gostava da independência de espírito que o judô permitia, da democracia e do protocolo secreto que enfeitiçava tanto os virtuosos quanto os esforçados. Nos treinos de adultos ficavam lado a lado o operário e o empresário, o sindicalista e o velho reaça, o alto funcionário e o estudante, o engenheiro e o comerciante, o francês e o imigrado — dizíamos "imigrado". Cada um tinha experimentado se sentir ao mesmo tempo ridículo e grande, e tinha entendido seus limites. Vi judocas serem os reis de sua profissão e desejarem o simples anonimato do tatame, do aprendizado e da humilde condição de *uke*, para cair e cair mais uma vez.

As famílias não entravam no dojo, a época deixava seus filhos inventarem para si uma vida própria e protegia os educadores. Nenhum parente para criticar o mestre, contestar uma derrota, recusar os códigos e os golpes, pedir mais carinho e menos severidade. O esporte forma para o tangível e para uma vida diferente, exige consentimento ao desconhecido, de Yannick Noah, que chega dos Camarões com onze anos, até Mike Tyson, que, com a mesma idade, se depara com Cus d'Amato, que o levará ao título mundial. Meus alunos se chamavam Sophie, Bruno, Sylvie, Nathalie, Franck, Sylvana, Guy ou Antony, e, depois de um dia nos arquivos, ficava ansioso por reencontrá-los. Para aumentar as fileiras do clube, cheguei a recrutar os amigos da ZUP, e alguns deles, pouco talentosos, chegaram à faixa amarela. "E, ainda assim, por recomendação!", me lembra Luc Mathieu, meu colega de projeções.

Toda a minha existência girava em torno do judô, convicção indestrutível e paixão sólida como um refúgio no alto da montanha que nenhuma tempestade pode debilitar. Nos fins de semana, partíamos para torneios, cursos de capacitação e, durante as férias, reuniões em Chamonix, onde nos abastecíamos de ar puro até o resto da temporada. Quando me dava vontade de lutar, juntava as classes para impressionar os alunos e me convencer, de uma vez por todas, que, se tivesse querido, eu teria podido, e que eu não era um campeão perdido.

Ser professor de judô ou se dedicar à pesquisa era uma maneira de ter um peso no mundo, mesmo se isso se reduzisse a um vilarejo, a um tema de tese. Era se envolver em ações públicas com os professores e os dirigentes de clube, mulheres e homens da França real. Eu, o filho de pais fiéis a lutas de toda ordem, encontrei meu próprio engajamento no encargo educativo de duzentos alunos que contavam comigo para lhes dizer tudo sobre *uchimata* e sobre uma federação de judô de 500 mil licenciados que cuidava de tudo isso. Todos os dias eu abria às cinco da tarde e fechava às nove e meia. Durante esse tempo, três aulas: pequenos, médios e grandes. Antes e depois, ia (raramente) à faculdade e (muitas vezes) ao cinema — as sessões das dez e meia no centro comercial de La Part-Dieu vazio eram as minhas favoritas. Eu vivia ao ritmo das temporadas esportivas e dos inícios de anos letivos, e quaisquer que fossem meus dias, ao longo de todos aqueles anos eu tinha uma certeza: à noite, praticarei judô.

Aos vinte anos, não prolonguei artificialmente a juventude, ao contrário, construí um clube entendendo o que vinha se tornando o mais importante: a beleza de transmitir. Entrava na vida. A cinefilia me apresentaria outra, que eu aprenderia ser também eterna. E também uma questão de entrega. Se não tivesse sido sugado para outro lugar, não teria feito outra escolha e teria continuado a trabalhar na cinemateca da Rue du Premier-Film. Para os camponeses, as coisas permaneciam no mesmo lugar e para sempre. Não se falava de decréscimo, mas de não crescimento. Medir o que se tem. Você fará o mesmo que os seus. E havia muito a ser feito. Em meados dos anos 1980, Raymond Redon me pediu para ficar encarregado dos faixas pretas em Saint-Fons. Na ocasião, não pude avaliar o que significava dirigir o clube onde cresci — hoje posso fazer isso. Depois Bernard Chardère me pediu para sucedê-lo no Instituto

Lumière e Gilles Jacob no Festival de Cannes. Léo Ferré mandou muito bem quando reescreveu "La Marseillaise", em "Il n'y a plus rien": "Nós iniciaremos uma carreira quando tivermos quebrado a cara de nossos irmãos mais velhos", mas isso não era para nós. Nós éramos uma geração de caçulas. Queríamos ser levados pelo vento, sem sermos brutos com ninguém, deixando um leve rastro.

Jigoro Kano morreu

"O professor Kano está de volta à Kodokan, mas não está bem", escreveu Sarah Mayer, no dia 12 de setembro de 1934. Essa jovem loura, cuja apresentação requer algumas linhas, é a filha de atores ingleses que a vida de artista e a alta sociedade vitoriana não aquietam, uma bola de energia com rosto de anjo que se inscreve no Budokwai, de Londres. O judô se torna o centro de sua existência, como ocorreu com todos aqui mencionados. Casar-se com um comerciante de madeira, o sr. Sills Gibbons, e depois com um advogado, Robert Mayer, cujo papel temos dificuldade de compreender — provavelmente o de lhe dar liberdade —, não a impede de ir ao Tibete, à China e ao Japão; aporta em Kobé, de uma embarcação comercial da qual é a única passageira. Estamos no início dos anos 1930. Emancipada, com ideias bem concatenadas, ela retoma o judô no Butokuden, clube frequentado por muitos policiais que a olham estupefatos.

Sarah estuda o idioma, aprende a fazer ikebana, multiplica os banhos quentes alternados por jatos de água gelada. De modos aristocráticos, ela endurece: "Mestre Yamamoto não me trata mais como se eu fosse uma delicada peça de porcelana", escreve a Gunji Koizumi, seu professor na Grã-Bretanha, em 27 de junho de 1934. "Tenho a impressão de estar nas patas de um elefante traquinas! Ele pareceu surpreso por eu não me recusar a cair no chão: eu lhe disse que não me via tendo relações sexuais ao praticar judô! Mas me arrependo de minha temeridade, pois ele não tem a menor comiseração." Aprende a soltar o *kiai*, esse grito que mata e libera, mas ela fica com "uma dor de garganta muito forte", enquanto de seu peito sai apenas "o latido de um cachorrinho". Ela sofre, machuca a mão, o tornozelo, quebra a clavícula e cuida de suas equimoses e escoriações. "Às vezes gostaria de estar a milhas de distância, mas não sou tão frágil como pensava", se tranquiliza.

Ela visita o arquipélago de trem, mergulha nos lagos do monte Fuji e nas fontes de água quente de Atami, cidade vizinha. Em Kyoto, junta-se a um círculo de ex-alunos da Kodokan; em Osaka, enfrenta um tufão. Chega a Tóquio em setembro de 1934. Em cada destino, ela se certifica de que poderá praticar judô. "Como marinheiros que têm uma mulher em cada porto, eu tenho um *judogi* em cada dojo", continua. "Felizmente, só custa alguns ienes." Conhece dois futuros 10º dan: Hajime Isogaï, que a "põe com ternura no tatame", e Kyuzo Mifune, aquele que vai receber Yves Klein e que a leva ao tatame como se fosse "uma bola de borracha indiana". É convidada para festas regadas a saquê, escreve artigos, um dos quais, discreto, sobre o judô feminino: "As moças são educadas demais umas com as outras". Só existem vestiários masculinos, ela desconfia de qualquer sedução, de tentativas de beijos e não se deixa enganar pela misoginia prevalecente. Acaba treinando na Kodokan e conhece Jigoro Kano, cujo retrato, numa carta do dia 30 de setembro de 1934, ela traça: "Sua presença impressiona a todos, e eu mesma fiquei nervosa. Esperava conhecer uma pessoa distante, mas encontrei um velho senhor encantador, com modos europeus. Ele me ofereceu uma recepção calorosa e fez com que eu me sentisse totalmente em casa. Aconselhou-me a praticar onde eu quisesse, com qualquer pessoa que tivesse um diploma". A correspondência de Sarah Mayer deveria ser publicada.

Sobre Jigoro Kano, ela continua: "Ele insistiu na importância dos *katas* e disse que estava à disposição para explorar as questões de ética. Respondi que me interessava tanto pelo lado filosófico quanto pela prática real. Ele gostou disso". No dia 23 de fevereiro de 1935 (ou 27, as fontes divergem), ela é a primeira mulher não japonesa a obter o grau supremo. "Uma estrangeira se torna faixa preta", é a manchete no *Japanese Times*.

Alguns meses antes, ela escrevera: "O professor Kano está de volta à Kodokan, mas não está bem. Está com pedras nos rins. As pessoas cogitam que não viverá por muito tempo".

Jigoro Kano não se poupa. Não há cidade estrangeira cujos sistemas de educação não estude ou na qual não dê palestras: Copenhague, Praga, Amsterdam, Shanghai, Genebra para a Liga das Nações, Paris para um encontro com Pierre de Coubertin e uma exibição na École des Arts et Métiers de seus filmes sobre o *randori* e os *katas*. Em Londres, é recebido no Budokwai: os clubes do mundo inteiro querem que ele se apresente. Em 1933, chega à Europa de trem, via China e União Soviética; no ano seguinte, de barco, partindo de Yokohama, com escala em Atenas, e nas capitais, uma após a outra. No verão de 1936, depois da estadia em Berlim para a 11ª Olimpíada, vai à Polônia, à Romênia e ao Reino Unido. Retorna a Tóquio apenas em novembro, depois de uma passagem pelos Estados Unidos.

No Japão, ele é um deus vivo; nas fotos, parece um soberano, e por toda parte é tratado como embaixador. Normal: esse homem tão alto quanto um jóquei, como escreve Jean Echenoz sobre Maurice Ravel, *inventou um esporte*. Não são muitos que o fizeram na história mundial. Seu caráter faz o resto: cortês, pacífico, responsável, um quê de estranheza dissimulada sob um comportamento impassível. Um judoca. Quando tira o traje tradicional ou o terno ocidental (e às vezes os dois: com um chapéu sobre um quimono), é para vestir o *judogi*. Só gosta de imaginar o futuro, projetar-se no que vem depois do judô. Naquele mês de fevereiro de 1938, porém, quando volta ao mar mais uma vez, está exausto. Ser Jigoro Kano é um fardo.

No entanto, ele deve convencer o COI a não desistir dos 12º Jogos prometidos para Tóquio. Será mais uma travessia, tempo úmido, nuvens enormes e alto-mar. Ele sai de Yokohama na tarde do dia 21 de fevereiro de 1938. "Ele estava na balaustrada", escreve Yokoyama Kendo, um ex-aluno. "Esboçava um sorriso. Foi esta a última impressão que guardei do mestre em seu país." Em breve Jigoro Kano terá 78 anos.

É sua 12ª longa estadia fora do Japão. Ao escrever para suas cinco filhas e seus dois filhos (o mais velho, Rishin, morrera em 1934), ele começa a imaginar o dia em que essa existência vai terminar, em que retomará seriamente o estudo da caligrafia, essa outra maleabilidade da mente e das mãos, esse outro caminho, outra meditação. Caminhando no convés superior, enquanto o arquipélago se afasta no horizonte, relembra a celebração do cinquentenário da Kodokan, quando todo o governo do imperador compareceu, a cena com seu velho companheiro Yoshitsugu Yamashita, cuja voz rouca, conta Sarah Mayer, tanto emocionou. Morto pouco depois, Yamashita integrava o clã dos "quatro guardiões da Kodokan", com Tsunejiro Tomita, o primeiro faixa preta, Sakujiro Yokohama, o monstro, careca e bigode com pontas enroladas, e Shiro Saigo, o sétimo aluno, o mais esperto, o mais talentoso. Todos morreram antes dele. Foi com eles que Kano conheceu os *dojo yaburi*, batalhas que desafiavam uma escola inteira, que brotavam em Tóquio para "quebrar o dojo", humilhar os recém-chegados, como os judocas da Kodokan. O judô tinha inimigos. Nos confrontos brutais que podiam terminar na rua, flertava-se com certo "Vem se você for homem", ao qual se acrescentava um "Vem se você for japonês", de tanto que a visão do futuro de Kano o empurrava para o campo dos traidores da história da nação. As brigas começavam com insultos e acabavam em violência, os homens se perseguindo como bichos e os perdedores carregados em macas. O método Kano se impôs, o Kodokan causou inveja, mas sempre ganhou e se espalhou por todo o país.

O desafio mais famoso foi lançado pela escola Yoshin-ryu e seu diretor, Hikosuke Totsuka, em meados dos anos 1880. A competição ocorreu no santuário Yayoi, em Shiba Park. Yoshitsugu Yamashita tinha *hiza-guruma*, "roda em torno do joelho"; Sakujiro Yokohama se livrava dos adversários estrangulando-os; Tsunejiro Tomita os jogava contra a parede com um *sutemi* eficaz. Shiro Saigo era invencível, as crianças cantavam sua glória nas ruas, ninguém fez tanto para impor a superioridade do judô, sobretudo quando venceu Matsugoro Okuda, que era três vezes mais pesado e do qual ele se livrou com facilidade, gato selvagem que era. Admitindo a derrota de seu clã, Totsuka declarou: "A palavra 'gênio' foi criada para Shiro Saigo". Kano se lembra de seu caráter obstinado e indomável, que o fez sair da Kodokan jovem e cheio de glória. Fazia quinze anos que morrera. Poder lhe conceder o 6º dan postumamente reconfortou o velho mestre.

Kano atraca em Singapura. Lá estavam os primeiros aviões comerciais: ele decola para Alexandria, de lá vai para o Cairo. Dois anos depois da concessão dos Jogos de 1940 ao Japão, muitos pensam que a pacífica Helsinque seria uma escolha melhor do que a belicista Tóquio. Num discurso com tom de fim do mundo e a autoridade de quem conhece os segredos de *taï-otoshi* em círculo, Kano lança, diante dos membros do COI, um apelo a favor da Ásia e ressalta o efeito pacífico que o olimpismo teria naquela parte do mundo. Ele vence: Tóquio sediará os Jogos Olímpicos. No dia 20 de março de 1938, do Cairo, pelo rádio, Kano transmite a informação a seus compatriotas. É uma vitória internacional para o Japão e um triunfo pessoal para ele. Nas fotos, está sorrindo.

Depois da Assembleia Geral, ele vai para o outro lado do oceano. Atenas celebra Pierre Coubertin, que acaba de morrer — decididamente, é todo um mundo que desaba. Último desejo do refundador das Olimpíadas: que seu coração fique enterrado numa lápide perto da Academia Olímpica, no sítio arqueológico de Olímpia, a 300 quilômetros de Atenas — aquela diante da qual, a partir de 1948, o primeiro portador da tocha olímpica faz uma parada. Estamos no dia 26 de março de 1938 e Kano, apaixonado pela Antiguidade, fica encantado em seu retorno à Grécia. No dia seguinte está em Paris para anunciar a criação de uma federação internacional de judô, se encontra com o embaixador do Japão, Sugimura Yotaro — seus ex-alunos estão em toda parte. A história do judô será feita de uma fraternidade que Kano havia teorizado num princípio: *"Jita yuwa kyoei"* (Prosperidade mútua e harmonia para si e para os outros). Não há um treinador que se esqueça: a harmonia de um grupo surge da ajuda mútua e de concessões recíprocas. Melhor: não se progride se os outros não progredirem também. Parece simples. Os esportes coletivos reivindicam tal valor; dos judocas, sabe-se menos — como quanto às festas: Kano não era festeiro, mas não importa, os judocas também vão varar a noite até de manhãzinha, antes de se infligir uma corrida intensa pelas ruas das cidades. *Jita yuwa kyoei* funciona para a vida em equipe: o judô era mais do que uma arte marcial e mais do que um esporte, liderado por esses novos mestres dos dojos que são todos seus filhos. A respeito dos escritores, o ensaísta francês Philippe Murray escreve: "São pedagogos engraçados". E continua: "São docentes incompreensíveis, professores sem cadeira de história comparada das religiões contemporâneas. É por intermédio deles que vemos a sucessão de figuras do sagrado moderno...". Se soubesse como são os judocas, ele teria dito isso a respeito deles. É o que eu faço agora.

Em Paris, no tatame, Kano pragueja contra o que não pode mais fazer — o *kumi-kata* que já não é firme, as combinações que já não fluem —, enquanto as formas de seu corpo continuam perfeitas. Ensina novas técnicas ao judô francês reunido no Jujutsu Club de France, que apadrinhou: Kawaishi e Feldenkrais, os fundadores do judô francês, é claro; talvez o pintor Foujita, que era judoca, como o Nobel de química Frédéric Joliot-Curie ou Jean Zay, o ministro da Educação e futuro cofundador do Festival de Cannes, que se interessa pela prática. Num canto do tatame há um jovem lutador impetuoso, Jean De Herdt, que receberá uma faixa preta e será o primeiro dos franceses. Naquela noite é ele que serve de parceiro para o velho mestre que toda Paris vem admirar.

Depois da França, Jigoro Kano embarca para a América. No dia 17 de abril de 1938 ele está no tatame do New York Dojo, concedendo graus. Pega o voo United Airlines DC-3 para Chicago, onde janta com membros do Yudanshakai, o clube local, no restaurante de Ken Gyokko, um desses japoneses da América que ainda não são considerados inimigos de Estado, mas dos quais Hollywood já faz a caricatura despreocupadamente

— Clint Eastwood, certo dia, acabará com tudo isso em *Cartas de Iwo Jima*. Em Seattle e Vancouver, Kano conhece o cônsul e também alguns judocas: "Sob o chapéu, era mesmo o homem cuja foto decora a parede dos clubes do mundo inteiro", contará Frank Moritsugu, do Kido-kan Dojo.

Cinco dias mais tarde, ele retorna ao Japão a bordo do transatlântico *La Reine du Pacifique*, o NYK *Hikawa Maru* de bela estética art déco que ligava o norte da Costa Oeste e Yokohama, imortalizado por Chaplin quando ele deu a volta ao mundo em 1932, depois da estreia de *Luzes da cidade*. A travessia dura cerca de vinte dias. Kano escreve para Shimomura Hiroshi, que lhe sucedeu como presidente da Associação dos Esportes do Japão. Não esconde sua inquietação: será que não estamos enganados pensando que o Japão pode organizar os Jogos? O país está em guerra, quem vai se interessar por eventos esportivos? Ele entendeu na Europa, de uma vez por todas: a rivalidade das nações e os projetos de Hitler farão uma combinação sinistra, até no céu do Pacífico, onde nuvens escuras prometem uma tempestade trágica sobre a Ásia.

Quando sai de sua cabine, seus compatriotas o reconhecem, quem circula pelo navio nota a deferência com que o tratam. Ele janta na mesa dos oficiais. Mas a exaustão o espreita. Fica muito tempo na cabine. Mais silencioso do que nunca, ele se despede do mar, pelo qual sempre foi apaixonado. Sua longa viagem terminou.

No dia 1º de maio de 1938, na sala do capitão, as pessoas ficam surpresas com sua ausência. Sua comitiva fala de grande palidez, de um desconforto intestinal. No dia seguinte, ele não pode sair. O médico o atende, aplica em sua barriga uma preparação à base de ervas. No dia 3 de maio, o capitão pede a seu intendente para não abandonar a porta do quarto de Kano. À noite, sua condição piora. Algumas horas mais tarde, Kano morre. De uma inflamação no peito, ou de um problema no estômago, não se sabe. Não há provas, vestígios ou arquivos. Oficialmente: uma pneumonia. Dizem também que seu triunfo incomodava, que seu retorno coroado de glória seria complicado para os militares japoneses cuja política ele contestava, que outros opositores foram assassinados, que ele havia sido envenenado. Dizem.

A morte de Jigoro Kano é anunciada no rádio pelo capitão, no dia 4 de maio, às 5h35, horário de Tóquio. "O mestre não voltará da imensidão azul de ondas flamejantes do profundo oceano", escreverá Yokoyama Kendo, com um lirismo digno de John Goodman prestando homenagem a Steve Buscemi em *O grande Lebowski*, enquanto o vento leva suas cinzas para a barba de Jeff Bridges. Kano não verá a baía de Yokohama, onde 3 mil pessoas vão expressar seu luto. Não ficará sabendo que o Japão anulará sua candidatura dois meses mais tarde, mergulhará no horror e esperará 1964 para ser o primeiro país asiático a receber os Jogos. Não saberá que, em 2021, o judô conta quinze milhões de praticantes no mundo.

Ele morre na primavera, quando as cerejeiras em flor embelezam o país. É enterrado na manhã do dia 9 de maio de 1938, na simplicidade do xintoísmo.

Quebra-cabeça chinês para o judoca

Deixamos Jigoro Kano e ele deixa este livro, no qual eu não o via tendo um lugar desses. A primeira vez que falei desse projeto foi no Café Max, na Avenue de la Motte-Picquet, em Paris. O editor, que não é um judoca, foi compreensivo; eu mesmo, a despeito da segurança que tentava mostrar, não tinha certeza se valeria a pena dedicar centenas de páginas ao assunto — eu tentava convencê-lo, mas será que sempre temos certeza das coisas? Para dar a ele a oportunidade de me dizer não, eu havia arrolado os temas que seriam abordados, assuntos cujo exotismo hermético tinha o mérito da franqueza, em um tudo ou nada que lhe deixava a possibilidade de dar meia-volta. "Então, isso não me assusta", ele me respondeu.

Agora que o fim do livro está próximo, ele se impacienta: "Está tudo aí. É hora de pensar em pôr um ponto final". E me devolve a lista anotada. Essa enumeração, que não passava de um esqueleto de projeto, torna-se uma última revisão, para o autor — e para o leitor.

Queda para frente, queda para trás
Formar um aluno que pode vencer você

Jigoro Kano
Amizade e prosperidade mútua
Judogi
Uke *e* tori
Acalmar os impacientes, excitar os tímidos
Akira Kurosawa e A saga do judô
Corrida e camiseta térmica
O judô é uma linguagem
Os CREPS
Uchi-komi
"Louvado sejam nossos senhores": os mestres
Uma biblioteca de judô
Raymond Redon
Campeonatos da Europa Lyon 1975
Pesar
Faixa vermelha ou branca
Ernest Verdino
Uchi-mata
Grapping
Shiai *e* Randori
Judô e cinema
Jean-Luc Rougé, campeão mundial
Katas
Kawaishi e os pequenos franceses
A invenção do golden score
O judô é de direita ou de esquerda?
Os "antigos"
Thierry Rey
As falsas feridas, os curativos e a intoxicação
Kumi-kata
Moshe Feldenkrais
Teddy Riner

Utilizar a força do outro
Yves Klein

Muitas questões continuam não resolvidas: o judô é de direita ou de esquerda? Debate da mesma natureza agita os italianos a respeito do creme Nutella. E quem era, o que eram, as solas de chumbo de Isao Okano, a influência do sambo no humor dos lutadores soviéticos dos anos 1980, Anton Geesink e os quimonos coloridos ou Shozo Fujii, o gatilho mais rápido que o judô já conheceu e que dizia: "O judô é vida ou morte". Também queria falar da amizade no esporte, das derrotas de companheiros que sentimos como nossas. Os livros são longos demais e a vida curta demais.

Mas gostaria sobretudo de estabelecer uma filmografia, começando pelo filme do cineasta de Hong Kong, Johnnie To, *Último duelo*, cujo título francês é simplesmente *Judo*, uma história de juventude que nos escapa; queria lembrar que Louis de Funès vestiu o quimono em *Os gozadores*, um filme de esquetes realizado por Georges Lautner; e que Michel Piccoli fez, em *A pequena mais sabida de Paris*, um movimento infeliz em Martine Carol, que se recusou a ter uma dublê e machucou as costas, o que acabou por interromper a filmagem. Gostaria de falar mais de *O inferno de Tóquio*, de Stuart Heisler, que, tendo ao fundo o Japão do pós-guerra, começa com a reconciliação de um americano (Humphrey Bogart) e um japonês (Teru Shimada) em um *randori* belíssimo (e cheio de falsos-*raccords*); de *Atrás do sol nascente*, de Edward Dmytryk, rodado em 1943, no qual Robert Ryan prova diante de seus colegas exaltados que o boxe é superior ao judô, para se vingar da afronta de Pearl Harbor; ou ainda de Frank Lloyd, diretor, em 1944, de *Sangue sobre o sol*, lançado na primavera de 1945, no qual James Cagney aterroriza um japonês gordo e mal interpretado pelo ator John Halloran, que era... australiano e cuja altura valoriza sua valentia de pequeno. Nada de japonês nesse filme, a não ser a maquiagem e os detestáveis *yellow faces* que salpicavam o cinema americano. O filme tampouco resiste ao escalpo da análise das responsabilidades mútuas do homem e da obra: é inaceitável ideologicamente e seu antijaponismo é patente. Mas é crível no plano do judô. Normal: Cagney e Halloran eram judocas. Sim, James Cagney, o herói de *Fúria sanguinária*, de Raoul Walsh, era faixa preta. As projeções, muito bem filmadas num espaço fechado difícil de iluminar, mesclam graça e tecnicidade, em belas figuras de estilo, mesmo que, ao final, os dois homens troquem, sem nunca rasgar seus uniformes, uns bons tabefes e acabe com Cagney bombardeando classicamente seu adversário com 51 socos — eu contei.

Enfim, e não sem convidar todo mundo para assistir a *Pode a dialética quebrar tijolos?*, um filme paródia-homenagem do situacionista René Viénet, com a voz de Patrick Dewaere, tenho que lembrar essas poucas linhas de *O último samurai*, de Edward Zwick, quando o velho sábio diz a Tom Cruise: "Você está tendo pesadelos... Quem dorme mal é quem tem vergonha de seus atos". Ao que Cruise responde: "Você não tem ideia do que eu faço".

E concluo dizendo que, em 1965, Akira Kurosawa produziu uma nova versão de *Sugata Sanshiro/A saga do judô*, cuja realização ele confiou a Seiichiro Uchikawa, que fez um majestoso *chambara* — um filme de sabre — com Toshiro Mifune encarnando um Jigoro Kano imperial. Cúmulo da ironia para Kurosawa, que critica Sergio Leone por ter realizado *Por um punhado de dólares* sem pagar os direitos de adaptação de seu *Yojimbo*, essa nova versão parece uma homenagem a Leone, até na música de Masaru Satô, que lembra Ennio Morricone.

✳

Nas histórias em quadrinhos de nossa infância, havia um médico 6º dan, *Docteur Justice*, cujos episódios eram publicados na *Pif Gadget*. Em 1975, fizeram um filme da série com Nathalie Delon, mas sem seu ex-marido Alain, que, dizem, havia inspirado os criadores, Jean Olivier e Raffaele Carlo Marcello (e, na mesma ocasião, Jean Giraud presenteava a série *Blueberry* tomando emprestado o rosto de Belmondo). O diretor, Christian-Jaque, que vinha do cinema francês clássico, o das palavras de autor e dos atores de personagens, não era o homem adequado para encarar essa tarefa perdida de antemão, até mesmo para os fãs. E o filme também não se salva pela presença de Gert Froebe, que monopolizou, junto com Hardy Kruger, os papéis de alemães no cinema mundial entre 1945 e 1980 — eu queria citá-los.

Também gostaria de falar de Dick Francis e de uma *série noire*, *À la cravache* [Com o chicote], lida num hotel em Ouagadougou, em 1981, em que "o jovem e magro Chico (um judoca, portanto), com um sorriso infantil, era capaz de jogar por cima dos ombros um cara de cem quilos com uma facilidade desconcertante". No outro extremo do espectro literário, temos Angelo Rinaldi, ele próprio faixa preta, que fez a palavra "judô" entrar para a Academia Francesa, pronunciada por Jean-François Deniau em seu discurso de posse, no dia 14 de novembro de 2002 — será que isso já tinha acontecido em tão nobre cenáculo?

Não me esqueço dos stakhanovistas da espionagem, como Jean-Pierre Conty, autor de 150 aventuras de um personagem chamado Monsieur Suzuki, ou de Adam Saint-Moore e sua heroína Rosto de Anjo que um dos episódios leva ao Japão, em *Face d'Ange froisse le kimono* [Rosto de Anjo amassa o quimono]. O exotismo, quando os aviões ainda não haviam despejado seu petróleo turístico em céus mais longínquos, funcionava por imaginação e a Ásia era a fábrica de fantasias. Os passeios mais belos se aninhavam num livro de bolso, nunca com mais de 220 páginas, capa ilustrada de Michel Gourdon. Hoje, costumamos encontrá-los nos sebos.

Adam Saint-Moore parece mesmo um pseudônimo. No início, Frédéric Dard escrevia com o nome de Frédéric Charles. É mais do que parecido: são seus dois primeiros nomes — provavelmente ele queria que soubéssemos quem era. Simenon, que assinou quatrocentas obras e 84 protagonizadas pelo comissário *Maigret*, era o general desse exército que contava tantos belos soldados anônimos. Em sua juventude, ele quis se instalar em uma jaula de vidro para provar que era capaz de escrever um romance em três dias — uma mentalidade de esportista. Outros tinham, desde o pós-guerra, uma vida mais pacífica, como Léo Malet, que Francis Lacassin e eu íamos visitar: modesto apartamento parisiense, máquina de escrever com carbono e uma entrega por mês. Todos eram os dignos sucessores dos folhetinistas do século 20, autores de *Fantômas*, ou de Gustave le Rouge, o pai do *Mystérieux docteur Cornélius* [O misterioso doutor Cornélius], o homem com 320 títulos secretamente celebrado por Blaise Cendrars. Não sei mais qual deles dizia: "O essencial é não se reler".

Principalmente, e prometo que termino, é impossível não mencionar essa série de romances de espionagem cujo herói é "o Judoca". Um título de filme chamou minha atenção nos arquivos do Instituto Lumière: *O quebra-cabeça chinês* [*Casse-tête chinois pour le judoka*]. Intrigado, verifiquei alguns elementos dos créditos: direção de Maurice Labro, diretor do *Tampon du capiston* [O tampão do pistão] e de *Le Gorille a mordu l'archevêque* [O gorila mordeu o arcebispo], que era da mesma geração de Christian-Jaque e, como ele, se contentava com alguns trabalhos menores para continuar a trabalhar; filmagem em 1967;

produção dos filmes Corona, que mostravam certa elasticidade artística, entre *A grande escapada* e *O exército das sombras*.

Na Alemanha, o título do filme *Die Sieben Masken des Judoka* [As sete máscaras do judoca], na Itália, *Ore violente* [A hora violenta] e, na Grécia, *Judoka, o megalos paranomos* [Judoca, o grande fora da lei]. Na França: *Casse-tête chinois pour le judoka* [Quebra-cabeça chinês para o judoca] — não se sabe o nome do gênio que pensou nesse título enigmático e engraçado, gosto de pensar que foi Claude Chabrol, que adorava imaginar títulos bem bizarros. *O quebra-cabeça chinês* foi lançado em Paris em fevereiro de 1968, em pleno caso Langlois, o diretor da Cinemateca francesa demitido por Malraux, tão afastado dos cinemas de bairro que programavam esses filmes de gênero — mas os dois mundos tinham o mesmo destino funesto do desaparecimento, no triste fim de uma era dourada comum. Só que, se não nos esquecemos de Langlois, cujos adoradores têm uma longa memória, falamos bem menos de *O quebra-cabeça chinês*. Isso merece, para terminar, algumas linhas.

Os créditos que fazem as pranchas de desenho animado se sucederem nos ensinam que o filme é adaptado de um romance de espionagem: *Le Judoka dans l'enfer* [O judoca no inferno], de Ernie Clerk, cujo nome, com consonância holandesa, não revela que, na realidade, ele se chamava Pierre Caillet e tinha sido vendedor de doces, margarina e máquinas de costura. Ao se tornar escritor, ele assina, entre outros, dezenove *Judoka*, de *Staccato pour le judoka* [Staccato para o judoca], o primeiro em 1960, até o último, *Le judoka et les Sabras* [O judoca e os sabras], em 1971. Publicados na *Fleuve Noir*, e depois pela editora Albin Michel, na Coleção Ernie Clerk, os *Judoka* vendiam as capas para o perspicaz marketing asiático, logotipo representando um samurai astuto, trajado a caráter e com o sabre na mão, com a palavra "espionagem" riscando um desenho evocativo do designer de cartazes O'Key, em que geralmente aparecia uma moça bonita, um *Mirage IV*, um navio de guerra, alguns rostos de bandidos e um belo homem sem camisa.

Consegui uma cópia de *O quebra-cabeça chinês* e um dossiê de imprensa: "Em Tóquio, Marc Saint-Clair ganha uma medalha de kendo que dá de presente a seu amigo americano Clyde. Piloto de avião, Clyde tem de sobrevoar a China para investigar um bombardeiro supersônico. Marc tem um caso com Jennifer, a noiva de Clyde, quando fica sabendo do desaparecimento do avião. Com remorso, parte em busca do amigo. Ele terá que enfrentar a poderosa seita dos Dragões Negros". O filme começa com a bandeira japonesa e depois continua, principalmente, em... Hong Kong, daí o quebra-cabeça *chinês*. Acompanhado pela italiana Marilù Tolo, que interpreta com convicção e estardalhaço as meio-espiãs um pouco desajeitadas, o herói tem traços do ator quebequense Marc Briand. O filme não é desinteressante e não se leva a sério, mas já era hora de De Broca e *O magnífico* — e mais tarde, nos anos 2010, Michel Hazanavicius e seus *OSS* — fazerem uma homenagem paródica a um gênero moribundo, aos "peões" da literatura que são negligenciados e aos diálogos que não ousamos mais escrever, como a conversa, em Acapulco, na qual Jacqueline Bisset, super-heroína sexy, diz a Belmondo, que acaba de desfilar diante de um exército de manequins bebendo grenadine: "As mulheres gostam de você?"; e ele responde com modéstia, "Ah, não sei".

O quebra-cabeça chinês dura 1h44 e a primeira cena de judô acontece... à 1h27. E é a única. Mas a espera vale a pena. O personagem do "Judoka", de quimono e faixa vermelha e branca, se encontra cara a cara com um fortão que o impede de ir libertar seu amigo drogado pelos chineses, comandados por um ex-nazista que trama a revanche do Terceiro Reich. Não riam. O fortão é interpretado por uma lenda das lutas de catch mundial, André le Géant, apelidado a Oitava Maravilha do Mundo ou, ainda, o Grand Ferré, em homenagem a um herói camponês da Guerra dos Cem Anos que trucidava os ingleses a machadadas. Na vida real, o nome de André le Géant era André René Roussimoff, filho da Bulgária, nascido em Coulommiers, e era um cara legal.

O roteiro obriga o lutador a mostrar os limites de seu potencial para que o judoca possa fazer o seu brilhar. E efetivamente nós o vemos executar a sequência dos *morote-seoi-nage* e *ô-goshis* e fazer um pouco de *ne-waza* com tentativas de imobilização e estrangulamento sob tensão. As sucessões também integram alguns *sutemis*, várias quedas para a frente, e oferecem uma raridade: *kani-basami*, um movimento de sacrifício que era chamado "garra de caranguejo" ou "garra de lagosta", proibido nas competições por sua alta periculosidade. E adivinhem: no fim, o judoca vence. Depois reencontros com amigos e créditos.

Antes de Maurice Labro, Pierre Zimmer, um ator esquecido que atuou nos primeiros filmes de Lelouch e em *Os profissionais do crime* (seu primeiro filme, um desastre comercial, chamava-se *Donnez-moi dix hommes désespérés* [Mostre-me dez homens desesperados]: "Título azarento", brinca Bertrand Tavernier, "nenhum espectador quis estar entre os dez!") já tinha se arriscado a realizar um *Judoka: Le Judoka, agent secret* [Judoca, o agente secreto], lançado no dia 24 de julho de 1967, na França e em cerca de dez países. Mas paro por aqui. Isso nos levaria longe demais e acrescentaria umas cinquenta páginas.

A viagem chega ao fim, devemos saber terminar os filmes, as greves e os jardins japoneses. Sobretudo depois de ter conseguido falar de *O quebra-cabeça chinês*.

Dancemos na chuva (*quando anoitecer*)

Nós não fomos crianças, não fomos adolescentes, fomos judocas. Ficamos adultos sem perceber. Nós, os de 1957-63, pouco contamos de nossa vida. Tampouco nos pediram para fazê-lo. Com certeza, não havia nada a dizer e menos ainda de que se vangloriar. Jovens demais para o passado, velhos demais para o futuro. "Existir é um plágio", escreveu Cioran, que eu lia muito. Nós admirávamos aqueles que nos precediam, causavam-nos tanta impressão, e ficávamos surpresos por aqueles que vinham depois de nós. Qual era nosso lugar? É o que ainda me pergunto. Mas cada geração deve pensar o mesmo, além de, como disse Albert Camus, atribuir a si a tarefa de "refazer o mundo". E ele acrescentava: "e de impedir que o mundo se desfaça".

Um dia, aquela vida, aquela vida de judoca, acabou. Em 10 de maio de 1981, um presidente de esquerda chegou com os braços cheios de esperança. Na exaltação espontânea que se apoderou do país naquela noite, não sabíamos que os anos 1970 acabavam de congelar. E que nada sairia como previsto. No verão seguinte, a rebelião das Minguettes deu início ao fim do "estado de graça". Fotografadas de todos os ângulos por jornalistas que foram encorajar o que era tudo menos uma diversão de julho, as acrobacias pirotécnicas dos Petits Frères no Boulevard Lénine faziam a alegria da mídia, cuja lenta deliquescência para a informação-espetáculo ia contribuir para a notabilização de um político histriônico, facistoide e cego de um olho, que só mostrava o rosto durante as eleições, quando um laborioso 3% com um dos olhos tapado o reduziam a um objeto de zombaria: "Votem Le Pen, vocês verão com mais clareza!". Logo paramos com a brincadeira.

"Os anos 80 começam", cantava Michel Jonasz — não sabíamos que eles seriam pálidos, mortais e arautos do que havia de pior no século 21. As coisas começavam a ficar feias. A década passou rápido como uma estrela negra. Teve seus belos momentos, mas nunca foi a nossa. Ela se apaixonou pela pressa, nós, pela lentidão. Fomos logo descartados e ficamos de lado. Não queríamos o Exército francês, o que vinha a calhar, pois ele tampouco nos quis: para escapar de doze meses de Alemanha (muitos lioneses partiam para lá), nossa geração foi retirada à força. Meus amigos se valeram de estratégias médicas espertas para ir à emergência do hospital militar de Lyon-Desgenettes e serem classificados como P4: psiquiatria tipo 4. Quanto a mim, uma desagradável lesão no joelho em um *morote-seoi-nage* mal negociado com um meio-peso que me esmagou os ligamentos cruzados do joelho direito me fez ganhar um I4, deficiência no membro inferior de tipo 4. "Em caso de guerra, fique em casa e espere ser chamado", nos diziam quando nos dispensavam. O judô até me permitiu evitar o serviço militar.

Éramos os herdeiros de uma cultura de protesto, mas já não havia revolução no horizonte, a não ser atrasar o momento em que integraríamos a vida ativa, sem refletir no que ela seria de fato. Nossa maneira de nos livrarmos das convenções em nada ajudavam. Não entrar na linha se resumia a viver de um modo diferente, tipo sete garotos num grande apartamento. E continuar morando nas Minguettes. Enquanto parte de nossa geração imitava a anterior para tomar seu lugar, nós íamos viajar. A paixão dos homens pelo mar e pela montanha existe porque ali não tem homens. Éramos os reis das macarronadas com tomate e das escapulidas num Ford Transit pelas ruas que não levavam a lugar nenhum, para Tamanrasset e para as montanhas do Assekrem ou para Mendoza, ao pé da cordilheira andina, onde Umberto Furtado, um ex-piloto de pista que conhecemos num barco, decidiu nos ensinar a beber.

Fazíamos com que aquilo durasse, convencidos de que íamos voltar para a estrada. Contávamos piadas idiotas e cantávamos canções "cabeça": dava para sentir que tudo desmoronava; aqui, a religião que entrava na ZUP; ali, a embriaguez do consumo sem culpa do mais irrisório ou ainda o surgimento das televisões comerciais que tentavam nos convencer de que a publicidade era uma arte para fazer esquecer que ela era, antes de tudo, publicidade. As utopias políticas haviam desaparecido, todos tinham ocupado seu lugar na sociedade mercantil. Nós continuávamos surpresos, ignorando que não nos surpreenderíamos com mais nada. Cada um fazia o que podia para não se deixar engolir. Na faculdade, eu pensava numa história social do cinema que não existia (preparando 2 mil páginas de uma tese sobre "Como as pessoas do século 20 foram ao cinema"), depois de ter cogitado me debruçar sobre "Os judocas franceses no Japão nos anos 1950" — sim, haviam sobrado alguns sobreviventes. Eu virava as costas às tentações da época, lia os grandes historiadores franceses, passava o tempo assistindo a filmes e construindo os estúdios da Radio Canut de Croix-Rousse — uma revolta um pouco rasa.

Solteiros, pobres, o culto da amizade a tiracolo, não sabíamos o que fazer de nossas existências, embora meus dois clubes de Chaponnay e Saint-Fons e os tatames continuassem preenchendo a minha. Quando o futuro ficava nublado, nós o iluminávamos organizando um concerto de Nino Ferrer na Sala Rameau para alguns raros espectadores que não tinham se esquecido totalmente que ele compusera "C'est irréparable"; entrevistando Bernard Lavilliers durante horas e indo admirar os Rolling Stones nos velhos estádios de Gerland. Era também tempo das "galas" no ginásio de esportes de Lyon e de exibições de judô, de caratê, de aikido e de kendo que terminavam com gigantescos espetáculos reencenando *Os sete samurais* para 8 mil pessoas que nos tomavam por Ariane Mnouchkine com dezenas de figurantes maquiados, fogos de artifício, cavalos atrelados e participação da multidão. Organizávamos eventos, lances populares, noites de caridade. Normal: Jigoro Kano falara da importância da devoção aos outros, havia no que nos inspirarmos. Mais de um judoca foi marcado pela *bondade* que reina nos dojos. Um dia, de modo tão violento quanto um *passing-shot* de Ivan Lendl, a modernidade afirmou que ter bons sentimentos era algo errado, e para estar na moda era preciso ridicularizar, zombar e rejeitar. Preferir a estreiteza das seitas dominantes autoproclamadas minoritárias à grandeza do coletivo, cujo sentido definhava. Não conseguia me acostumar com aquilo. Haviam nos ensinado o contrário, a ser gentis de verdade e só gostar dos vilões no cinema. E sabíamos que a maleficência dos artistas valia mais do que o convencionalismo dos editorialistas.

Ao longo de toda a década de 1980, minha existência girou em torno dos clubes. Eu ensinava com muita seriedade — aquilo não era uma "profissão de verdade", mas eram minhas noites. Meus alunos progrediam, obtinham a faixa preta, passávamos *katas* de modo brilhante. Frequentemente, pouco antes do *"Rei!"* da saudação, eu terminava as aulas pedindo que todos fechassem os olhos por longos minutos e fizessem silêncio. Gostava dessa meditação coletiva, desse isolamento com todo mundo junto, desses momentos de solidão como um santuário de si mesmo. Depois voltava para a ZUP, onde nada podia me acontecer. "Ninguém se cura de sua infância", cantava Ferrat.

O judô me levou até o início dos anos 1990. Um dia ele começou a trazer mais perguntas do que soluções. Meu romantismo de subúrbio se desfez lentamente diante da contagem regressiva que se acelerava. Era preciso aprender a viver. Meu sacerdócio voluntário no Instituto Lumière — classificação de arquivos, conservação de pôsteres raros e pesquisas de livros antigos orientadas pelo historiador Raymond Chirat — exigia uma energia que eu produzia sem esforço. Enquanto uma vida escrevendo teses mergulha a pessoa numa intensa solidão, eu usufruía de outra utilidade social diferente do judô, a garantia de uma vida ao ar livre e a presença em cinematecas europeias. Era o rapaz que surpreendia por conviver tanto com velhos entusiastas, e o rei do transporte de cópias 35 mm — o Ford Transit, sempre.

Bertrand Tavernier, cujo trabalho eu admirava, fora eleito presidente dessa cinemateca balbuciante: "Cineasta, cinéfilo e lionês", diziam dele com orgulho local. Eu o encontrava cada vez mais nos corredores do Château Lumière, até o dia em que, em 1988-9, ele me convidou para a filmagem de *A vida e nada mais*, em Haute-Marne. Eu o observei fazendo seu filme, rodando uma cena difícil num túnel, dando instruções tonitruantes aos técnicos, e, num tom suave, a Sabine Azéma e Philipe Noiret, para, depois do "Corta!", iniciar uma conversa sobre direitos autorais, se irritar com a colorização de obras, citar Budd Boetticher, Gilles Grangier ou Mario Monicelli — seu temperamento político ofensivo e malicioso aliado à sua agilidade cinéfila antiaristocrática eram irresistíveis.

Graças a Yves Lequin, meu professor em Lyon-2, eu havia escrito minha dissertação de mestrado em história sobre a revista *Positif*, criada em Lyon por Bernard Chardère. É verdade que eu tinha me tornado cinéfilo ao devorar a *Cahiers du cinéma*, mas a reflexão circular e seu gosto imoderado pela própria lenda tinham ficado cansativos. Quando enfim comecei a redação da tese, Tavernier me arrastou para seu turbilhão ao me chamar oficialmente para ficar ao lado dele e de Bernard Chardère, que, trinta anos depois de *Positif*, se tornara o primeiro diretor do Instituto Lumière. Chardère me disse isso solenemente durante um inesquecível almoço no La Véranda, o restaurante de Monplaisir onde, em *Por volta da meia-noite*, François Cluzet conhece Christine Pascal. Um talento colossal, uma promessa imensa, um destino não realizado: Bernard Chardère personificava uma França cinéfila anarcoprovinciana vivida intelectualmente longe de Paris. Ouvi-lo contar de sua amizade com Prévert, e de como ele redescobriu Jean Vigo nos anos 1950, ou a recusa das boas maneiras com os outros críticos influenciou o marujo cinéfilo que eu era, como também sua maneira de falar tanto de Faulkner quanto do ator-violoncelista Maurice Baquet, ou ainda de George Bernard Shaw, de cuja boutade, já um pouco obsoleta, ele gostava: "Eu não penso só nisso, mas, quando acontece de eu pensar, é nisso que penso".

O DEA me conduziria ao Centro de História Contemporânea Pierre-Léon, do Centre National de la Recherche Scientifique, CNRS, em Lyon. Pesquisador, judoca e cinéfilo, isso esboçava algo de uma liberdade de corpo e mente. Ainda não ousava acalentar o sonho de que o Instituto Lumière fosse me contratar, depois de anos trabalhando de graça. Tive meu primeiro emprego aos trinta anos, logo depois de tê-los festejado, como Robert De Niro e James Wood comemorando o fim da Lei Seca em *Era uma vez na América*: de maneira grandiosa, quimérica e triste. Até então eu tinha resistido. E não precisei redigir um currículo. Já não lembro do cargo, não tinha cartão de visita, não negociei nem salário nem sala. "Minha juventude penetrando em minha velhice", como escreveu Chateaubriand, eu tinha capturado a presa, podia soltar a sombra. Não sabia onde essa nova vida me levaria. Desde a infância, sabia onde havia passado meu tempo: nos tatames. A emancipação chegou definitivamente pelo cinema. Era hora de saudar o passado.

O judô desapareceu. Já não ocupava meus pensamentos, e tampouco a tese, cuja utopia me resignei a abandonar. O amor pelo cinema justificava todos os compromissos: tínhamos conseguido, com inconsciência e sem dinheiro, alçar o Instituto Lumière ao patamar que lhe era próprio, um "lugar-mundo" que os grandes cineastas iam visitar, fascinados em descobrir que a arte a que se dedicavam tinha uma origem. O cultíssimo Wim Wenders abriu o baile em 1991: a modernidade em pessoa, o cineasta de *No decurso do tempo* (que ainda é um de meus filmes preferidos: três horas em cinemascope preto e branco, longa errância de dois nômades num caminhão ao longo da fronteira leste-alemã) era o que então se fazia de melhor. Depois de *Paris, Texas* e *Asas do desejo*, ele veio apresentar um pré-lançamento de *Até o fim do mundo*... e se perdeu, não encontrando mais os ápices aos quais a crítica o havia alçado — o cinema é, mais do que outras, uma disciplina de onde os artistas caem. Depois vieram Joseph Mankiewicz e Allen Ginsberg, que passava por ali e me pediu para ler seus poemas em público. Elia Kazan ficou uma semana em Lyon. Depois do treino, eu ia jantar com ele no hotel La Tour Rose. Ainda praticava um pouco de judô, lembro, Kazan ficou surpreso e eu o levei às Minguettes, ele fazia questão de ver onde eu vivia — os cineastas, como os escritores, são grandes curiosos. Graças a Tavernier, convidamos também André de Toth, o "quarto cego de um olho de Hollywood", o diretor do western pró-indígena *Um passo da morte* e da obra-prima desconhecida *Quadrilha maldita*. Foi amor à primeira vista e uma nova lição de vida, aquela que era seu lema: *"Don't be careful, have fun"* ["Não se poupe, divirta-se"].

O pequeno planeta Lumière recomeçava a rodar. Eu gostava de fazer a programação, de dar aulas e resgatar uma reputação que Lyon nunca teve. Chegou a temporada 1994-5, a do centenário do cinematógrafo Lumière. E anunciava grandes tempestades a serem atravessadas. Em meus clubes, transmiti a tocha a Bruno Blanchard, um jovem peso-leve promissor e muito bom *uke* de *kata*. Aluno fiel do velho *sensei* que eu então havia me tornado — a aposentadoria dos atletas é sempre uma pequena morte —, ele me substituiu em cima da hora sem protestar. Eu nunca teria acreditado que seria possível não vestir o quimono toda noite. Para onde estava indo, as sutilezas de *uchi-mata* e de *juji-gatame* não me seriam de nenhuma utilidade. O judô entrou para um mundo interior e secreto, seguro de sua presença. O que ele havia me ensinado da existência continuava em ação, mas eu não praticava mais. Renunciava à minha vida de antes sem remorso nem dor. Eles apareceram mais tarde. Um dia de janeiro de 1992, em uma estrada que nos conduzia a Aix--en-Provence, Serge Daney tinha falado demoradamente sobre as diferenças entre a nostalgia e a melancolia, que ele preferia, sendo moderno e um homem que sabia que ia morrer. A falta ou o vazio. Nos anos seguintes, foi um atrás do outro.

Em outubro de 1994, as festividades do centenário do cinema começaram em Lyon, exatamente um século depois que, no outono de 1894, Louis e Auguste Lumière iniciaram suas pesquisas sobre as imagens animadas. A organização ficou por minha conta, e eu era o único que sabia da consequência disso: seria meu afastamento definitivo dos tatames. Eu só tinha praticado judô e nada mais; eu só ia fazer o meu trabalho, nada mais.

Para aquela noite, por meio de faxes atraí Stanley Donen me valendo do respeito que ele tinha por Bertrand Tavernier. Muhammad Ali continuava impressionando desde o primeiro round, Eddy Merckx arrasava logo na saída do Tour de France, vencendo o prólogo, e nós iríamos arrasar projetando um dos filmes mais bonitos do mundo, *Cantando na chuva*, obra-prima que ele tinha realizado com Gene Kelly em 1952 — o que o cinema tem de alegre, de mágico e de popular. Com elegância, Donen trazia consigo toda a mitologia americana; Tavernier fez um elogio antológico e as poltronas tremeram sob intermináveis aplausos.

Por uma conjunção de circunstâncias que vieram selar meu destino em definitivo, outro evento encerrou a sequência: no dia seguinte a essa noite, em 11 de outubro de 1994, conjuntos residenciais das Minguettes ruíram com a deflagração e explosão de dinamites habilmente dispostas na base dos edifícios. O tempo havia passado, a ZUP envelhecera. Em alguns segundos, prédios do "Quartier Démocratie" contíguos àquele onde eu havia crescido desapareceram na fumaça, trinta anos depois de terem sido construídos. As pessoas se reuniram para ver o espetáculo, celebrar sua história, seu bairro, suas vidas. Na alegria das lembranças do início, na dor e nas lágrimas no fim. E em um mar de perguntas para as quais ninguém nunca deu a mais ínfima resposta.

Será que essa coincidência foi fortuita? Eu estava do outro lado da cidade celebrando o cinema, longe da ZUP onde bananas de dinamite eliminaram dez de suas torres, longe de meus dojos de Saint-Fons e de Chaponnay, nos quais eu nunca mais entraria. Minha juventude também voava pelos ares. Eu disse adeus às Minguettes, disse adeus ao judô.

∗

Voltei algumas vezes ao tatame nos anos seguintes e só saí de fato de Vénissieux em 2003, mas entendi que a vida é feita dessas rupturas e dessas alegrias desaparecidas no dia 11 de outubro de 1994, quando minha irmã Marie-Pierre me contou como chorou ao ver as torres desabarem. Na véspera, depois da projeção de *Cantando na chuva*, Stanley Donen, que iniciou sua carreira como dançarino na Broadway, havia esboçado alguns passos de sapateado no palco do Palais des Congrès de Lyon. Era sua maneira de se sentir digno dos Lumière. E ele disse: "Tive a sorte de fazer cinema em Hollywood, quando a neve tinha acabado de cair. Ela ainda estava fresca e pude deixar minha marca". Essa síntese brilhante da história do cinema, mesmo tendo sido feita no calor da emoção, me parecia refletir a infinita tristeza de um artista a rememorar seus anos dourados. Ela me intrigava, pois me remeteu ao judô e às lembranças a que ele já estava reduzido. Durante o jantar, Donen me contou que, ao celebrar o cinema no lugar de sua origem, ele se deu conta da extensão de seu próprio caminho. "Mas eu falo por mim, sou um homem velho. Você tem tempo." E diante de minha perplexidade, me tranquilizou: "A neve volta todos os anos, você sabe".

A última queda

Uma gota de água matinal, que brilha sobre a lâmina
Fina do barbeador — será a isso
Que se resume uma vida? Estranho
Eu continuo vivendo, por quê? O mesmo olhar
Que aquele que contempla o mar todos os dias
Sob o céu nublado, vivi mais da metade de minha vida.

Hoje pela manhã encontrei esse poema de Tarô Kitamura. Quando criança, eu havia elaborado por conta própria uma cartilha em japonês. Um país distante me aceitava, tive vontade de conhecer tudo sobre ele, a ponto de tentar aprender sua língua. Pronunciem essas palavras em voz alta, foneticamente: *tsubamégaéshi, utsurigoshi, sotomakikomi, udehishigijujigatamé*, e terão uma ideia da volúpia que se apoderava de nós, jovens judocas. Acabo de contar minha própria "saga do judô", meu passado de *"petit scarabée"** atraído pelo futuro radiante pro-

---

* *"Petit scarabée"* [pequeno besouro] era o apelido, na versão francesa do seriado *Kung Fu*, de um discípulo, interpretado por David Carradine. A expressão se tornou popular na França e designa, de modo afetuoso, jovens aprendizes. No Brasil, a tradução conhecida é "pequeno gafanhoto". (N.T.)

metido a quem quer aprender, como David Carradine, em *Kung Fu*. Ultimamente, quanto mais eu avançava neste texto, mais eu sentia seu peso diminuir. Com as lembranças a alegria voltava — mesmo tendo descoberto que o sr. Verdino morreu há alguns anos. E mesmo adotando a primeira pessoa para evocar uma disciplina cuja dimensão moral é calcada nos moldes do coletivo, o que me empenhei em ressaltar. Não foi fácil, mas eu não podia fazer de outra maneira. O judô, que entrelaça inevitavelmente uma relação com os outros, sobre a qual repousa a marcha da existência, construiu a pessoa que me tornei. Um homem a quem foi ensinado que a sabedoria chegará depois de todas as coisas.

Foi no tatame que entendi que a cultura salvará o mundo. Praticar um esporte desconhecido me preparou para a obscuridade das paixões cinéfilas, para a admiração por artistas esquecidos e para a recusa da moda — a solidão na infância sempre protegerá a criança da histeria da maioria. Ser judoca ensina o que é minoria. Minha leitura da história do judô antecipava a do cinema. É preciso estar preparado para a paixão. Histórias que os lutadores se contavam entre eles nunca foram contadas. Quis contá-las falando do *meu* judô, feito de ruínas e vestígios; outros falaram dos seus, em tempos mais contemporâneos — será preciso que falem, as judocas, sobretudo, essas novas princesas dos tatames, outras gerações, outros subúrbios, um livro inteiro não seria suficiente. Tentei juntar nossas vidas pela lembrança, fragmentos dispersos que só a escrita pode exumar. Salvar o que existiu, de mim e de todos os outros, se isso puder servir. Embora não se deve esquecer a parte de brincadeira no que está em questão. O que aconteceu na cerimônia dos votos, ponto de partida deste livro e seu ponto final, acaba de me provar isso.

Estou no trem que me leva a Lyon. Tento achar uma posição confortável. Uma espécie de exaustão toma conta de mim e estou sem fôlego. Olho atordoado as últimas luzes que vão escasseando. À medida que Paris fica para trás, a névoa se mistura com o fim do dia. O vidro do TGV vira um espelho: um gesto a mais e desabo. Pareço esperto. O *Kagami-biraki*, a cerimônia dos votos da federação, foi um sucesso, e fiquei feliz em vestir o quimono mais uma vez. Tão feliz que não bastou: eu quis praticar judô de novo. Me dei mal.

Como de costume, fui de manhã a meu apartamento, em frente à Gare de Lyon, pegar minha bicicleta para ir ao Instituto de Judô, a "Kodokan francesa", que fica do outro lado de Paris, na Porte de Châtillon. Fiz um desvio para comprar uma faixa, pois um corte poderia rasgar a minha. No final eu não a usei, ela teria parecido um corpo estranho. Quando pisei no tatame, os judocas de Lyon me receberam calorosamente. "Você continua o mesmo!", disse Michel Charrier, sem deboche (pois achei que estivesse debochando). Ele, com mais de oitenta anos, não tinha mudado. Mas ele não havia desertado anos antes. Meu sentimento de apóstata desapareceu na hora, e me senti melhor. "Seu discurso está pronto?", eles me provocaram. Todos falavam e se mexiam para se aquecer, movimentando apenas os joelhos, os pulsos ou os ombros.

A federação estava em peso ali — Fred Lecanu, aposentado dos tatames de competição de alto nível que atua nos grandes encontros da federação, e também Gévrise Émane, ao microfone do canal L'Équipe. Enquanto os altos graduados se reuniam no tatame, Thierry Rey apareceu com seu belo porte de 8º dan, mas um tanto cauteloso, com uma séria lesão que o impedia de correr algum risco. Eu deveria ter me inspirado nele.

Depois de um ruidoso rufar de *taïkos* — os tambores tradicionais japoneses que uma mistura de cerimonial e de energia transforma em arte marcial musical —, a cerimônia começou às 14h33, com a saudação ordenada por Jean-Pierre Tripet, um ex-lutador da equipe da França. Ajoelhado, com as nádegas sobre os pés cruzados um sobre o outro, envolto no belo quimono que Teddy Riner me dera de presente e que eu havia preparado com o mesmo cuidado que tratava meu smoking de Cannes, estava rodeado de autoridades, único "faixa preta" no meio dos "vermelha e branca", próximo a Maxime Nouchy, que cuidava de mim como de um irmão, depois de ter me enchido de recomendações nos dias anteriores. A festa de gala começou com demonstrações de caratê, de aikido e de taekwondo. Senti, exatamente como há trinta anos, o desejo inconfesso do gesto meticuloso e inspirado de nossos primos, essa rivalidade jamais resolvida entre nós, em que cada praticante admira as outras disciplinas, mas está convencido da superioridade da sua. O caratê, por exemplo: você toca em mim, me atinge, mas, se eu o agarrar, eu o projeto. Quem é o mais forte? Não saberemos, não tentaremos saber.

Quando chegou a hora das entregas de graus, entendi que minha vez se aproximava e, como previsto, às 16h43 (estou relendo a programação, talvez fosse 16h45), Fred Lecanu me chamou para o meio do tatame. Eu me aproximei e li ao microfone o texto que, no TGV, eu havia melhorado uma última vez — eu costumo improvisar, mas a circunstância era especial. Acho que aprovaram, mas como reinava um silêncio de catedral, vai saber, no judô nunca se peca por excesso de cumprimentos. Senti alguns olhares favoráveis: de Camille de Casabianca, a cineasta-judoca, ela mesma faixa preta; e também de Vincent Lindon, que eu tinha convidado porque ele, quando menino, no Racing Clube de France, tinha tido como professor Serge Feist, que a cerimônia homenageava na companhia de Guy Dupuis, Patrick Vial e Jean-Paul Coche. O protocolo os pusera no fim da programação, pois eram o ponto alto: estavam recebendo o 9º dan. Um grande dirigente e três campeões da era moderna estavam em pé, em silêncio como principiantes fazendo a prova da faixa amarela, a mesma timidez, a mesma humildade, era comovente — Bob Dylan entronizado no Rock'n'Roll Hall of Fame.

Imagens voltavam: Patrick Vial, a graça em pessoa, que ganhou o bronze olímpico em Montreal com golpes de *sutemi*; Serge Feist, o rei dos pesos-leves que se tornou treinador de peso; Jean-Paul Coche, com um físico de deus grego, explodindo seus adversários com golpes de *utsuri-goshi* no Cristal Palace de Londres. Ele era daqueles que detestava perder. Eu tinha feito um "curso de lutadores" sob sua direção no CREPS de Aix-en--Provence; sua intransigência nos deixava exaustos, mas toda noite eu o importunava com perguntas: "Você será jornalista!", ele previu. Com uma elegância suprema, ele pediu a seu maior rival, Guy Auffray, um lutador com um estilo de primeira, que lhe entregasse seu grau, gesto nobre, prova de amizade, senso de história. Foi aí que Jean-Luc Rougé disse ao microfone: "Por que não aproveitar a oportunidade de tê-los conosco e praticar um pouco de judô?". "Praticar um pouco de judô!" Gostei logo daquilo — infelizmente, visto o que aconteceu.

Devo dizer que a situação era singular: fazia duas horas que estávamos no tatame. De quimono, sem nos mexer, quietos. Estava rodeado de gente que praticava todo dia, enquanto eu vivia frustrado há anos por não praticar. Passei rapidamente os olhos pela sala: *meu* judô estava ali, rostos conhecidos da infância, pontos de apoio da travessia das lembranças. "O dever da memória é o contrário de um fardo: é um bálsamo", escreveu Régis Debray.

Por um instante voltei a ser adolescente. Podíamos lutar com os velhos mestres. Enfim, "velhos", eu não queria por nada no mundo enfrentar Coche, e nada de "se eu tivesse dez anos a menos" — eles tinham quinze anos a mais e pareciam ter um vigor eterno. Rougé insistiu: "Falta alguém para Patrick Vial". Ninguém se mexia. "Então? Quem se habilita para Patrick Vial?" "Eu!", gritei. Não sei o que deu em mim. Ou melhor, sei, sim: sou assim, vou para a linha de frente, assumo minhas responsabilidades e me jogo de cabeça. Abraço minha oportunidade, como Claude Miller gostava de dizer. O que o judô ensina. Mais tarde, quando Maxime Nouchy me deitou no chão para verificar se nada sério tinha acontecido, Thierry Rey continuava rindo: "Eu quis te segurar, mas foi impossível, você saiu muito rápido. Que maluquice, um *randori* sem aquecimento, sem preparação, sem nada". Eu devia ter respondido para ele: "E sem ter praticado judô por vinte anos". Mas mal tinha forças para falar. "Bem, eu entendo tanto isso", ele acrescentou, melancolicamente.

Era para servir de *uke*, para se deixar ser projetado, sem contra por réplica, um exercício que não teria causado o menor problema nos meus anos de judô. Nada tinha desaparecido de minhas sensações, pelo menos era o que eu achava; também sentia necessidade, idiota, pois ninguém me pediu, de justificar minha presença, de *trabalhar* um pouco. Fazer meu discurso não bastava. Todos os que entram no tatame de competição o fazem com seriedade, todos os que fizeram isso fizeram até o fim de suas forças, de seu fôlego, de sua vida, até desmaiar nos braços do adversário, para não ter arrependimentos, assumindo sofrer fisicamente durante vários dias, como Muhammad Ali depois da luta de vida e morte com Joe Frazier, em Manilha, em 1975. Com imprudência, com impudência, eu me misturei àqueles lutadores aguerridos.

"*Hajimé!*" gritou Jean-Pierre Tripet. Diante de Patrick Vial, eu brinquei: "Vamos começar com *tomoe-nage*?". *Tomoe-nage* é o *sutemi* mais terrível — a "prancheta japonesa" —, e eu lembrava que ele era o "especial" de Patrick Vial. Por seu aceno com a cabeça, percebi que ele não estava brincando. Tomamos a guarda, demos alguns passos e ele se jogou de costas — *tomoe-nage* se baseia no princípio do sacrifício —, pôs o pé na parte de baixo de minha barriga (mais exatamente na virilha) e me lançou por cima dele: não dá para imaginar um sol mais bonito, e nem, por conseguinte, uma queda para frente mais bonita. Eu estava preparado para isso, mas, ao bater no chão, quando meu cérebro desavisado tinha, ainda assim, registrado que as coisas estavam voltando, senti uma descarga elétrica nas costas. Uma dor fulgurante, milhares de watts inervando cada pedacinho do meu corpo. Levantei e continuei a demonstração, não sem tentar escamotear uma ou duas quedas, para os pares, e apertando os dentes. Estava exausto e me sentia bem, as duas coisas juntas. Depois, Jean-Luc Rougé, que também havia participado, pôs fim às festividades. Eu me juntei à saudação final com alguma dificuldade. Ou melhor: estava zonzo. Maxime Nouchyse precipitou em minha direção e, como fisioterapeuta, não demorou para concluir: "Vi sua primeira queda, foi nela que aconteceu. Você estava frio, seu corpo não estava pronto de jeito nenhum e, com um reflexo, seus músculos das costas protegeram milagrosamente sua coluna vertebral. Só que eles tinham perdido a memória daquilo tudo. Você os submeteu a um baita estresse. Não sei como conseguiu continuar o *randori*". "Porque eu tinha ficado quente." "Bem, você tem uma bela contratura. Provavelmente na dorsal." Tive a impressão de que ele estava querendo me tranquilizar. "Não se preocupe, poderia ter sido mais dramático. Pode esperar muita dor nos próximos dias. Mas é melhor isso do que quebrar as vértebras."

Senti uma aflição repentina. Como eu ia pegar o trem? A semana ia correr normalmente? Preocupações desse tipo nos invadem nesses momentos. E então as gozações dos colegas vieram em meu socorro: "Não me façam rir, está doendo", reclamei, antes de rir também. Um deles chegou a me dizer: "Ah, que bênção ter se machucado! Na sua idade. Isso prova que você não trapaceou". Eu teria preferido trapacear a sentir aquilo. Contrariado, precisei deixá-los; pulei o coquetel e peguei minha bicicleta rumo ao último TGV. Na longa avenida que leva a Denfert-Rochereau, cada mudança de posição era um suplício, eu virava perigosamente o guidão. Como não aguentava mais aqueles ziguezagues, parei numa farmácia perto de Alésia e lá um rapaz preocupado me levou até a sala dos fundos para colar um adesivo quente na minha lombar. Fiquei com raiva de mim mesmo por tê-lo agradecido pouco, mas eu ainda estava sentindo dor quando falava. Ele também me deu comprimidos anti-inflamatórios e fui embora, mal podendo pedalar corretamente. Consegui me içar para dentro do trem.

Existe uma palavra comum ao cinema e ao judô: *projeção*. Só percebo isso ao final deste texto. Projetar um filme, projetar um adversário. E a projeção vem de uma tomada (captura), como em um set, como em um tatame. Thomas Edison, o rival de Lumière, não queria saber disso. Ele não acreditava no raio luminoso que envia uma imagem para uma tela grande. No entanto, era disso que as pessoas precisavam — e cujo advento, em 1895, elas celebraram —, dessa projeção coletiva que continua a fazer do cinema algo singular, na vertiginosa potência das novas telas individuais. Era de um raio luminoso desses que eu precisava para esse retorno à minha terra natal. De uma bela projeção. Na tela, ela faz o filme viver. No tatame, permite a queda. Tanto no cinema quanto no judô, ela existe no belo, no verdadeiro e no secreto.

Um simples *sutemi* me enviou à minha condição de judoca mortal. Sem dúvida aquilo fazia parte da viagem e ela não podia terminar de outra forma. Como todos os atletas, eu me orgulho de um passado glorioso e, honestamente, estou convencido de que ele foi. Na verdade, devo confessar que só tenho um corpo de atleta nas fantasias que também me deixam sonhar que posso retomar o peso quando bem entender. Ora: não. Durante um de meus últimos treinos, enquanto lutava com um júnior em plena forma, quando nada mais em mim respondia como antes, eu disse cá comigo: "É de fato um esporte selvagem", entre a autodecepção e a ternura por aquilo que ele tinha me dado. Fazer *randori* depois dos cinquenta, 55, e cair de novo é um milagre. Cair não é fracassar, eu dizia no início deste livro. Voltamos sempre ao "é uma alegria e é um sofrimento", de Truffaut. Retornar à infância é uma alegria e um sofrimento, se lembrar da lembrança é uma alegria e um sofrimento, pensar no futuro é uma alegria e um sofrimento. Concordo que é menos glorioso, mas o que experimento na solidão desse retorno de trem é uma alegria e um sofrimento. No entanto, não poderia sonhar com conclusão mais dolorosamente deliciosa: continuo tendo o judô em minha vida.

Projetar significa também: ter uma intenção, planejar. Seguir mais uma vez os passos de Jigoro Kano me fez gostar de estudar. Uma juventude usando quimono conta o que o judô faz para aqueles que se obstinam: faz bem. Foi simplesmente isso o que eu quis dizer. Como a vida, ele se aprende e se reaprende. Recomeçando do início e com aquilo que as crianças fazem. Com uma queda.

EPÍLOGO

Jigoro Kano, para registro

Para registro e para amanhã, Jigoro Kano nos ensina:

As virtudes a serem desenvolvidas vis-à-vis aos outros:
- ter um caráter nobre
- detestar o luxo
- dar importância à justiça
- não repugnar as adversidades da vida e se propor a rejeitar uma vida fácil
- nunca ficar perturbado e ser sempre benevolente
- ser justo
- respeitar a educação e a humildade
- ser sincero

As virtudes a serem desenvolvidas vis-à-vis a si mesmo:
- cuidar do corpo
- evitar sentimentos prejudiciais
- ter hábitos que permitam perseverar nas adversidades
- reforçar a perseverança
- aumentar a coragem
- estabelecer a relação entre o ensino recebido e as próprias pesquisas

- estar sempre pronto
- ter um juízo rápido
- agir com determinação
- ir em frente e tomar as medidas convenientes
- olhar à volta
- ter calma e deixar a dúvida para o parceiro
- ter autocontrole
- saber quando parar

JIGORO KANO
Relations entre la pratique du judo et l'éducation morale
[Relações entre a prática do judô e a educação moral]

Agradecimentos

Esta aventura deve muito ao acompanhamento das lutadoras e lutadores do Judo Club de Stock: Benoît Heimermann, Émilie Pointereau, Solveig de Plunkett, Charlotte Brossier, orientados pelo *sensei* Manuel Carcassonne.

Meus agradecimentos a Sophie Artzner, Jacques Gerber e Luc Mathieu por terem lido bem cedo este texto que lhes foi entregue em partes esparsas e que lhes deve muito; a Sabine Azéma, que logo se interessou por ele, assim como a outro s*uke*: Gérard Camy, Anthony Diao e Lionel Lacour, que organiza *mâchons* com judocas, já que não pode fazer sequências de *uchi-komis* tão rápidas quanto em sua juventude.

Agradeço também às pessoas do Festival Sport, Littérature et Cinéma: Maelle Arnaud, Christelle Bardet, Olivier Blanc, Samuel Blumenfeld, Adrien Bosc, Thierry Braillard, Philippe Brunel, Bernard Chambaz, Thierry Cheleman, Vincent Duluc, Ada Hegeberg, Laurent Gerra, Olivier Guez, Emmanuel Hubert, Vincent Lindon, Eddy Merckx, Sarah Ourahmoune, Leslie Pichot, Christian Prudhomme, Thierry Rey, Xavier Rivoire, Margriet Spikman, Philippe Sudres, Pierre-Yves Thouault.

Obrigado, por todos esses anos de judô, a Alain Abello, Antoine Alarcon, Évelyne Argoud, Sophie Artzner, Jean-Louis Barnouin, Sylvie Bernard, Pierre Blanc, Bruno Blanchard, Philippe Bony, Frédéric Caillaud, Sylvana Cavalucci, Gérard Chaize, Michel Charrier, Philippe Darroux, Gabriel Debard, Guy Delvingt, Patrick Descaillot, Miguel e Mario Exposito, Michel Filleul, Loulou Garcia-Véro, Lionel Girard, Bernard Girerd, Marc Labrune, Lionel Lacour, Alain Lherbette, Jean-Louis Millon, Eric Muller, René Nazareth, Patrick Nolin, Maxime Nouchy, Daniel Olivès, Gilles Orénès, Romain Pacalier, Marc Pérard, Edmond Petit, Guy Savy, Corinne Simon, Laurence Thomas, Claude Trinh, Vincent Valente, Lionel Valette, Bernard Zamarini, como também a Freddy Aguerra, Jean-François Guérin e Frédéric Cessin.

Obrigado aos que moram nas Minguettes: Mohamed Bakir, Franck Bernetière, Yvon Charbonnière, Hervé Estival, Paquito Exposito, Michel Marchand, Luc Mathieu, Denis Rotival, Guy Savy, Philippe Vitry e Maurice Veysseyre.

Sempre admirei as crônicas do historiador Yves Cadot em *L'Esprit du Judo* e a qualidade da escrita com a qual ele acompanha seu pensamento sobre o judô. Cadot aceitou reler o manuscrito e passá-lo pelo filtro de sua erudição. E lhe agradeço calorosamente por isso — e estamos esperando todos os livros que ele carrega dentro de si.

Uma primeira versão do capítulo *A saga do judô* foi publicada na revista *Desports*. O título do capítulo "Jigoro Kano morreu" é inspirado no título de um filme misterioso que nunca foi realizado: *Jacques Tourneur est mort* [Jacques Tourneur morreu], de Pierre Rissient, que já não está mais aqui, mas está aqui. Também sou grato a Dominique Païni, que forneceu a citação de Louise Bourgeois; a Pierre Lescure, o DVD de *O quebra-cabeça chinês*; e a Philippe Jacquier, a correspondência de Gabriel Veyre.

Enfim, o livro foi escrito para Victor e Jules, que não são judocas, mas são bons filhos. E se ele é dedicado a Raymond Redon, também o é à memória de Ernest Verdino e de Yves Bongarçon, que teve tempo de ler os primeiros capítulos e me dizer: "Se não tivesse câncer, eu quase teria tido vontade de me inscrever no judô".

Índice remissivo

25/11: O dia em que Mishima escolheu seu destino (Wakamatsu), 73

Abe, Ichiro, 97
Abello, Alain, 204, 206
Agostini, Giacomo, 135
aikido, 76, 191, 232, 242
Ajax, Amsterdamsche Football Club, 129
Akhmatova, Anna, 166
Albin Michel, editora, 226
Alekseiev, Vassili, 133
Allen, Woody, 87
Allwrigh, Graeme, 132
Almodóvar, Pedro, 177
Amano, Genjiro, 56
Analectos (Confúcio), 29
Andersson, Harriet, 128
Ando, Tadao, 83
Andress, Ursula, 177
anjo embriagado, O (Kurosawa), 177
Année du football, L' [O ano do futebol] (Thibert), 128
anos, Os (Ernaux), 129
Anquetil, Jacques, 134
Anthropométrie de l'époque bleue (Klein), 169
Anthropométries (Klein), 168

Argoud, Émile, 113
Arima, Noribumi, 56
Armstrong, Neil, 69
Arts et Métiers de Cluny, 39
Asas do desejo (Wenders), 235
Ashiya, Sueko, 193
Assayas, Olivier, 24
Associação dos Esportes do Japão, 218
Assunto de família (Kore-eda), 54
ASVEL Lyon-Villeurbanne, 47
Até o fim do mundo... (Wenders), 235
Atom Heart Mother (Pink Floyd), 66
Atrás do sol nascente (Dmytryk), 222
Aubervilliers (Lotar/Prévert), 109
Audiard, Michel, 149
Auffray, Guy, 243
Augendre, Jacques, 149
Augert, Jean-Noël, 36
Aulas, Jean-Michel, 20
Aumont, Jacques, 203
Aventure du judo français, Albertini, Auffray, Brondani, Coche, Mounier, Vial, L' [A aventura do judô francês] (Quidet), 137
Aymé, Marcel, 161
Azéma, Sabine, 233
Aznavour, Charles, 132

Baileye, John, 70
Ballesteros, Severiano, 90
Banco Bilbao, manifestações diante do, 130
Baquet, Maurice, 234
Bathenay, Dominique, 131
Baton, Magali, 113
Baudot, Georges, 23, 202, 205-6; método, 204
Baudrillard, Jean, 110
Baye, Nathalie, 178
Bayern de Munique, 129
Beatty, Warren, 174
Beckenbauer, Franz, 123
Belmondo, Jean-Paul, 26, 119, 144, 224, 227
Bergman, Ingmar, 128
Berlioux, Suzanne, 155
Berri, Claude, 177
Best, George, 124
Bisset, Jacqueline, 227
Blanc, Pierre/Pierrot, 100, 112, 150
Blanchard, Bruno, 236
Blier, Bernard, 155
Bloch, Marc, 202
Blondin, Antoine, 134
Blondinao, Antoine, 61
Blueberry (Charlier/Giraud), 138, 224
Boetticher, Budd, 233
Bogart, Humphrey, 90, 222
Bond, Ward, 182
Bongarçon, Yves, 203
Bonnardel, Didier, 143, 150
Bootlegs Series (Dylan), 190
Bordas, Philippe, 161
Borg, Björn, 43
Borsalino (Deray), 119
Bouras, Djamel, 199
Bourgeois, Louise, 15
Brassens, Georges, 132, 206
Brecht, Bertolt, 73
Brel, Jacques, 132
Brevet d'Études du Premier Cycle (BEPC), 152
Briand, Marc, 227

Bridges, Jeff, 219
Bronson, Charles, 177
Brousse, Michel, 80
Brunel, Philippe, 135
Budo, editora francesa, 44
Budokwai, clube de artes marciais, 32, 211, 213
Buisson, Ferdinand, 88, 196
Burgos, Jorge, 203
busca do tempo perdido, Em (Proust), 190
Buscemi, Steve, 219
Bush, George W., 100
Bushido, código de conduta, 41, 71
Butokuden, clube, 211
Buzzati, Dino, 161

Caan, James, 99
Cachin, Marcel, 110
Cadot, Yves, 59, 87, 167
Café Klein Blue (bar em Tóquio), 166
Cagne, Jean, 110
Cagney, James, 223
Cahiers du cinema (revista), 188, 234
Caillet, Pierre, 226
Calédonien (navio), 85, 87
Campagnolo, catálogos, 128
Camus, Albert, 135, 163, 229
Cannes, festival de, 30, 37, 53-4, 73, 94, 137, 140-1, 183, 187
Cantando na chuva (Kelly/Donen), 237-8
Cão danado (Kurosawa), 177
Capote, Truman, 109
caratê, 58, 183, 232, 242
Carol, Martine, 222
Caron, Christine, 155
Carradine, David, 239-40
Carrel-Billard, Joseph, 201
Cartas de Iwo Jima (Eastwood), 218
Casabianca, Camille de, 242
Casse-tête chinois pour le judoka [Quebra-cabeça chinês para o judoca] (Labro), 226
Casta, Laetitia, 32

Cavara, Paolo, 168
Cecil B. DeMille Award, 173-4
Celstier, Marius, 179
Cendrars, Blaise, 20, 225
Centre de Ressources, d'Expertise et de Performance Sportive (CREPS), 189; *ver também* CREPS
Centre Georges Pompidou, 169
Centre National de la Recherche Scientifique (CNRS), 234
Centro de História Contemporânea Pierre-Léon, 234
Cerdan, Marcel, 131
"C'est irréparable" (Ferrer), 232
Céu e inferno (Kurosawa), 183
Chabrol, Claude, 226
Chambily, Frank, 155
Chandler, Raymond, 203
"Chant des partisans, Le" (Grange), 39
Chany, Pierre, 135
Chaplin, Charles, 86, 218
Chaponnay, dojo de, 231, 237
Char, René, 100
Chardère, Bernard, 203, 209, 234
Charrier, Michel, 151, 241
Charyn, Jêrome, 161-2
Château Lumière, 233
Chateaubriand, François-René de, 148, 235
chave de braço, 91, 94; controle e, 95
Che Guevara, Ernesto, 69
Chiesa, Serge, 187
Chingempin (poeta chinês), 44
Chirac, Jacques, 157
Chirat, Raymond, 138, 233
Christian-Jaque, 224-5
Chroniques [Crônicas] (Morand), 161
ciclismo, 148, 161
Cinématographe, sala de cinema, 178
Cioran, Emil, 229
Cités, *ver* ZUP
Clerk, Ernie, 226
Clooney, George, 12
Cluzet, François, 234
Coche, Jean-Paul, 147, 151, 243-4

Cohn, Harry, 142
Coleção Ernie Clerk, 226
Colégio dos Faixas Pretas, 82
Coluche, 111, 134
Comitê Olímpico Internacional (COI), Assembleia geral do, 197
competição/competições, *passim*: em Cannes ou no judô, 78; feminina, 193; participação do autor em, 103-4, 185-7, 200; universitárias, 200
Concerto pour la main gauche (Ravel), 142
conde de Monte Cristo, O (Dumas), 98
Confederação Geral do Trabalho (CGT), 63
Confúcio, 50; aforismos de, 29, 30
Connors, Mike, 144
Conrad, Joseph, 132
Constituição pacifista de 1947, 72
Contos da lua vaga depois da chuva (Mizoguchi), 22
Conty, Jean-Pierre, 224
Copa da Europa de 1976, 131
Coppola, Francis, 70, 140
Cottreau, Maurice, 82
Coubertin, Pierre de, 46, 105, 187-8, 194, 213, 216
Courtine, Henri, 48, 161, 167
"Cours plus vite Charlie" (Hallyday), 132
Crabe-tambour (Schoendoerffer), 153
CREPS, 221; de Aix-en-Provence, 243; de Boulouris, 205; de Macon, 189
Cristal Palace de Londres, 243
Cruise, Tom, 223
Cruyff, Johan, 128
Cuarón, Alfonso, 12

D'Amato, Cus, 208
D'Estaing, Giscard, 108
Daney, Serge, 134, 236
Dantes, Edmond (personagem de *O conde de Monte Cristo*), 98

Dard, Frédéric, 225
Darroux, Philippe, 204, 206
Dassin, Joe, 157
Dauphiné, corrida do, 152
Davez, Delmer, 188
Davi, Jean-François, 177
De Broca, Philippe, 227
De Gaulle, Charles, 63
De Herdt, Jean, 217
De Niro, Robert, 234
Debord, Guy, 164
Debray, Régis, 243
Deleuze, Gilles, 24
Delon, Alain, 119, 177, 224
Delon, Nathalie, 224
Delpech, Michel, 124
demônio das onze horas, O (Godard), 26
Dempsey, Jack, 81
Deniau, Jean-François, 224
Deray, Jaques, 61
Dersu Uzala (Kurosawa), 180
Desgrange, Henri, 46, 194
Devos, Raymond, 26
Dewaere, Patrick, 223
Di Nallo, Fleury, 187
DiCaprio, Leonardo, 143
Dictionnaire de pédagogie et d'instruction primaire [Dicionário de pedagogia e de ensino fundamental], 88
Die Sieben Masken des Judoka [As sete máscaras do judoca], 226
Diplôme d'Études Approfondies (DEA), 174, 234
Dire Straits, 206
Djamel (assistente de Verdino), 49
Dmytryk, Edward, 222
Docteur Justice (Ollivier), 224
Dodes Kaden (Kurosawa), 144
domingo maravilhoso, Um (Kurosawa), 183
Donen, Stanley, 237-8
Donnell, Jeff, 90

Donnez-moi dix hommes désespérés [Mostre-me dez homens desesperados] (Zimmer), 228
Douchet, Jean, 22
Douillet, David, 124
dragão chinês, O (Lo Wei), 145
Dreyer, Carl, 83, 134
Dreyfuss, Richard, 204-5
duas inglesas e o amor, As (Truffaut), 189
Duchamp, Marcel, 162
Duelo ao sol (Vidor/Dieterle), 171
Duluc, Vincent, 135
Dundee, Angelo, 155
Dupuis, Guy, 37, 243
Dylan, Bob, 190, 243

...E o vento levou (Fleming), 38
E Street Band, banda, 149
Eastwood, Clint, 188, 218
Echenoz, Jean, 161, 213
École des Arts et Métiers, 213
École Normal Supérieur, 205
École Polytechnique, 18
Eden, Martin, 74
EDF, *ver* Electricité de France
Edison, Thomas, 22, 44, 62, 246
Edo, era, 41, 73
educação: obrigatória, 61; no ensino de Kano, 87, 95, 192-6, 213, 248; para Mutsujito, 27-8; popular, 81
Eisenstein, Serguei, 175
Electricité de France (EDF), 34, 47, 63, 109
Ellington, Duke, 49
Émane, Gévrise, 241
Emilfork, Daniel, 123
Empress of India (navio), 86
Endo, Shusaku, 28
Era uma vez em Tóquio (Ozu), 180
Era uma vez em... Hollywood (Tarantino), 139, 142-4
Era uma vez na América (Leone), 234
Ernaux, Annie, 129
Escola Normal Superior de Tóquio, 194

Esprit du judô, L' (revista), 59
estrangulamento (*shime-waza*), 91,
 94-5, 228
estranha derrota, A (Bloch), 202
exército das sombras, O (Christian-
 -Jaque), 226
Exército vermelho unido
 (Wakamatsu), 73
Exposito, Paquito, 130

F.I.S.T. (Stallone), 129
Face d'Ange froisse le kimono [Rosto
 de Anjo amassa o quimono] (Saint-
 -More), 224
Faculdade de Ciências de Lyon-1, 198
Faema, equipe, 149
Fantômas, 225
Faulkner, William, 234
Federação de Judô de Londres, 32
Federação Francesa de Judô, 17, 103,
 112
Federação Internacional de Judô, 168
Federer, Roger, 18, 181
Feira de Lyon, 35
Feist, Serge, 242-3
Feldenkrais, Moshe, 81-2, 217
Fellini, Federico, 144
Fernandez, Armand (Arman), 163, 168
Ferrat, Jean, 128, 233
Ferré, Leo, 132, 210
Ferrer, Nino, 232
Ferry, Jules, 88
Festival de Cannes, 19, 59, 78, 100, 168,
 187, 210, 217
Festival de San Sebastián, 173
Festival de Veneza, 22
Fischer, Gail, 144
Fitzgerald, Scott, 24, 203
Fleuve Noir (revista), 226
Flynn, Errol, 182
fondements du judô, Les [Os
 fundamentos do judô] (Klein),
 161-2, 164, 166
Font, Patrick, 132
Ford, John, 37, 132, 182

fortaleza escondida, A (Kurosawa),
 183
Foucault, Michel, 62
Foujita, Tsuguharu, 217
Fradet, Claude, 179
France Judo (revista), 60, 150, 179
Francis, Dick, 224
Franco, Francisco, 130
Frazier, Joe, 96, 136, 244
Froebe, Gert, 224
Fujii, Shozo, 21, 147, 194, 222
Fukuda, Hachinosuke, 42, 46
Fuller, Samuel, 188
Funès, Louis de, 222
fúria do dragão, A (Lo Wei), 145
Fúria sanguinária (Walsh), 223
Furtado, Umberto, 231

Gabin, Jean, 24, 149, 155
Gaga Corporation, 53
Gagarin, Iuri, 111
Gakushuin, escola, 55, 192
Gallavardin, Régis, 150
Garcia-Véro, Loulou, 151
Geesink, Anton, 147-8, 222
Gerland, *passim*: escola de formação,
 23; ginásio de esportes de, 103,
 105-6, 150-1, 187; Judo Club de,
 154, 176
Gertrud (Dreyer), 134
Gerulaitis, Vitas, 125
Gibbons, Sills, 211
Gilles, Alain, 24, 47
Gimondi, Felice, 136
Ginsberg, Allen, 235
Giono, Jean, 153
Girard, Lionel, 204
Giraud, Jean, 224
Giscard D'Estaing, Valéry, 157
Givors, clube, 199
Globo de Ouro, 144
Godard, Jean-Luc, 26, 61, 73, 132, 134
Godefroot, Walter, 149
Goebbels, Joseph, 195
Goethals, Raymond, 207

gokyo (cinco ensinamentos), 93, 192
Goldwyn, Samuel, 102
Goodman, John, 219
Gorille a mordu l'archevêque, Le [O gorila mordeu o arcebispo] (Labro), 225
goshin-jitsu, 151
Gotlib, Marcel, 132
Gourdon, Michel, 225
gozadores, Os (Lautner), 222
Graf, Steffi, 96
Grand Prix da França, 102-6
grande escapada, A (Christian-Jaque), 226
grande Lebowski, O (Ethan e Joel Coen), 219
Grange, Dominique, 39
Grangier, Gilles, 233
Grant, Ulysses, 42
Grasset, editora, 161, 166
Grauman's Chinese Theatre, 142
Gravidade (Cuarón), 12
Gréard, Octave, 196
Guattari, Félix, 24
Guérin, Jean-François, 105
Guerra nas estrelas (Lucas), 54
Guez, Olivier, 161
Guichard, Pierre, 105
Guide Marabout du judô, Le (Robert), 137
Guillaume, Pierre, 153
Guitry, Sacha, 205
Gyokko, Ken, 217

Haby, reforma, 129
Hagen, Tom (personagem de *O poderoso chefão*), 99
Halloran, John, 223
Hallyday, Johnny, 132
Hammett, Dashiell, 140
Hanks, Tom, 174
harai-goshi(s), 161, 167
Harakiri (Kobayashi), 180
Harrison, Jim, 24
Hazanavicius, Michel, 227

Heisler, Stuart, 222
Hemingway, Ernest, 162
Henric, Jacques, 161
Hergé, 82
Heydrich, Reinhard, 195
hidari-shizentaï, 97
Higuchi, Naruyasu, 56
Hinault, Bernard, 90
Hitler, Adolf, 195, 218
homem das novidades, O (Keaton), 105
homens que pisaram na cauda do tigre, Os (Kurosawa), 183
Hrubesch, Horst, 123
Hugo, Victor, 148
Hurlements en faveur de Sade [Gritos a favor de Sade] (Debord), 164

"I Will Survive" (Gaynor), 162
ídolo do público, O (Walsh), 182
"Il n'y a plus rien" (Ferré), 210
Imamura, Shohei, 120
imobilização (*osaekomi-waza*), 91, 94, 228
Império do Sol-Nascente, 27, 202
império dos sentidos, O (Oshima), 75
incompreendidos, Os (Truffaut), 128
inferno de Tóquio, O (Heisler), 222
Institut des Hautes Études Cinématographiques (IDHEC), 203
Instituto do Judô Francês, 126
Instituto Lumière, 19, 183, 187, 203, 209-10, 225, 233-5
Instituto Nacional de Ciências Aplicadas, 132
Instituto Nacional de Esporte, Perícia e Desempenho (Institut National du Sport, de l'Expertise et de la Performance, INSEP), 33
"Internacional, A" (De Geyter), 157
International Klein Blue (IKB), 167
ippon, 51, 91, 95, 98, 148, 150, 172, 199
Irving, John, 161
Ishibashi, Michinori, 147-8
Ishioka, Eiko, 70

Isogaï, Hajime, 212
itsutsu-no-kata, 165

Jackson, Jean-Pierre, 183
Jacob, Gilles, 187, 210
Jacopetti, Gualtiero, 168
Jagger, Mick, 32
Japanese Times, 213
Jeune, Christian, 54
"Jeune garde, La" (Grange), 39
Jeuniau, Marc, 149
"Jeux interdits" (Giraud), 78
Jigoro Kano (Mazac), 44
jigotaï, 98, 151, 191
Jita yuwa kyoei (Prosperidade mútua e harmonia para si e para os outros), 216-7
Jogos Olímpicos, 36, 46, 69, 137, 194-5, 216
Joliot-Curie, Frédéric, 217
Jonasz, Michel, 230
Joubert, Jean-Marc, 150
Jouvet, Louis, 205
Judo Club, 81, 150; Croix-Roussien, 104, 189; de Saint-Fons, 17, 23, 107, 113, 127, 154, 170, 201, 209, 231, 237; du Rhône, 104; Lugdunum, 104, 176
judô francês, 17, 48, 80-2, 151, 167, 202, 217
judogi (trajes de treino), *passim*: composição, 122; Mizuno Yawara, 124
Judoka dans l'enfer, Le [O judoca no inferno] (Clerk), 226
judoka et les Sabras, Le [O judoca e os sabras] (Clerk), 226
Judoka, o megalos paranomos [Judoca, o grande fora da lei] (Labro), 226
Judoka: Le Judoka, agent secret [Judoca, o agente secreto] (Zimmer), 228
jujutsu, 22, 31, 41-4, 55, 59, 62, 80-1, 98, 182, 193, 195
Jujutsu Club de France, 217

ju-no-kata, 191; "kata das mulheres", 165

Kagami-biraki, 18-9, 241
Kaminaga, Akio, 147
Kangeiko (treino de inverno), 23, 168, 170
kani-basami (movimento de sacrifício), 228
Kaneko, Ozaki, 193
Kano, Jigoro, *passim*: assiduidade de, 44; Comitê Olímpico Internacional (COI), 194; viagem em 1889, 87-90; curso, 86; criação da faixa preta, 79; encontro com Hitler, 195; foto famosa, 123; influência de Confúcio sobre, 29; judô como esporte, 59; morte de, 218-9; opõe-se ao militarismo dos anos 1930, 196; para registro, 248-9; primeiro presidente do Comitê Olímpico Japonês, 194; quimono de, 124; torna-se senador, 193
Kar-wai, Wong, 24
kata(s), 59, 83, 94, 96, 99, 117-8, 121, 151, 156, 161, 165-6, 172, 175, 184, 193, 213, 232
Kawaï, Kaijiro, 56
Kawaï, Tomoyo, 61
Kawaishi, Mikinosuke, 80-2, 191, 217
Kazan, Elia, 235
Keaton, Buster, 105
Kehren, Alexandre, 18
Kelly, Gene, 237
Kendo, Yokoyama, 86, 114, 164, 197, 213-4, 219, 232
Kennedy, George, 119
kiai, grito, 212
Kidman, Nicole, 15
Kido-kan Dojo, 218
Kill Bill 1 e 2 (Tarantino), 141
Killy, Jean-Claude, 36, 133
Kitamura, Tarô, 239
Kitano, Takeshi, 83

Kitô, clãs, 46
Kito-ryu, escola, 117
Klein, Yves, 160-8, 212: "mulheres-
    -pincel", 169; "Symphonie
    Monoton-Silence", 163; "vide, Le"
    [O vazio], exposição, 163; "Yves,
    o monocromo", 169
Kobunkan, escola, 86
Kodokan Judo, escola, *passim*: 22-3,
    46, 55-56, 58, 82, 180; Georges
    Baudot na, 202; graduação, 79-80;
    "Kodokan francesa", 241; Kodokan
    International Judo Center, 59-60;
    regulamento, 57; Sarah Mayer na,
    212-3; setor feminino na, 193; Yves
    Klein no, 162, 164-8
Koizumi, Gunji, 211
Kore-eda, Hirokazu, 54
Kruger, Hardy, 224
Kruschóv, Nikita, 110
kuatsus, 44
kumi-kata, 20, 96-7, 123, 182, 200, 217
Kung Fu, seriado, 239-40
Kurosawa, Akira, 22, 80, 144, 177,
    179-83, 223

L'Équipe (jornal), 38, 135, 149, 241
L'Herbette, Alain, 113
L'Humanité (jornal), 127
L'Unité d'Enseignement et Recherche
    d'Éducation Physique et Sportive
    (UEREPS), 202-3
la cravache, À [Com o chicote] (*série
    noire*), 224
Labro, Maurice, 225, 228
Labrune, Gilberto, 113, 172
Lacassin, Francis, 225
Lacombe, Bernard, 187
Laforgue, irmãs, 36
Lama, Serge, 132, 156
LaMotta, Jake, 131
Langlet, François, 153
Langlois, caso, 226
Langues O' [Instituto Nacional
    de Línguas e Civilizações
    Orientais], 164

Lapouble, Jacques, 35
Lapouble, Pierre, 35
Lautner, Georges, 222
Lavilliers, Bernard, 100, 232
Le Forestier, Maxime, 132
Le Géant, André [André René
    Roussimoff], 228
Le Pen, Jean-Marie, 230
Le Rouge, Gustave, 225
Lean, David, 177
Léaud, Jean-Pierre, 189
Lecanu, Fred, 241-2
Lee, Bruce, 145
Lelouch, Claude, 228
Lendl, Ivan, 100, 232
Lennon, John, 124
Leone, Sergio, 177, 223
Lequin, Yves, 234
Leutrat, Jean-Louis, 203
Leys, Simon (pseudônimo de Pierre
    Ryckmans), 29
Lherbette, Alain, 198-201, 203
Liceu Marcel-Sembat, 128, 198
Liga das Nações, saída do Japão das
    (1933), 194-5, 197
Liga dos Direitos Humanos, 88
Lindon, Vincent, 242
Lloyd, Frank, 222
London, Jack, 24, 74, 161
Lorenz, Dietmar, 100
Lotar, Eli, 109
Lucas, George, 54, 70
Lucas, Philippe, 207
Lui (revista), 21
Lumet, Sidney, 203
Lumière, cinematógrafo, 35, 45, 62,
    178, 191, 236, 238, 246
Lumière! A aventura começa (Yoda),
    55, 61
Lumière, Auguste, 60, 86, 115, 178, 236
Lumière, Louis, 58, 60, 62, 86, 115,
    178-9, 236, 246; criação do
    cinematógrafo, 22
Lumière, prêmio, 24, 173, 238
Luzes da cidade (Chaplin), 218

Lyon-Desgenettes, hospital militar
de, 230
Lyonnais, *ver* Olympique Lyonnais
Lyvet, Georges, 110

Ma méthode de judô (Kawaishi), 82
Ma méthode de jujútsu (Kawaishi), 82
Macaco no inverno (Verneuil), 24
Madadayo (Kurosawa), 183
Maéda, Mitsuyo, 192
magnífico, O (De Broca), 227
Magny, Barbara e Colette, 132
mais bela, A (Kurosawa), 183
Malraux, André, 226
Manaudou, Laure, 207
Manchúria, invasão pelo Japão (1931), 195
Manhattan (Allen), 87
Mankiewicz, Joseph, 151, 235
Mannix (série de televisão), 144
Manson, Jeane, 157
Mao Tsé-tung, 128
Maradona, Diego, 15, 78, 136; *mano de Dios,* 162
Marcello, Raffaele Carlo, 224
Mareshiba, Jirosaku, 30
Marie-Pierre (irmã do autor), 238
Marker, Chris, 61
Marseillaise, La (navio), 164
"Marseillaise, La" (Ferré), 210
Martin Eden (London), 74
Marx, Thierry, 18
Mashita, general, 73
Mathieu, Luc, 178, 204, 208
Mathieu, Mireille, 155
Matsuoka, Taodoro, 56
Mayer, Louis, 102
Mayer, Robert, 211
Mayer, Sarah, 211, 213-4
Mazac, Michel, 44
McEnroe, John, 21, 100
McGuane, Thomas, 161
Meiji, era, 27, 30, 41, 46, 55, 57, 61, 86, 117, 192

Mer de la fertilité, Le [O mar da fertilidade] (Yourcenar), 72
Merckx, Eddy, 109, 122, 127, 131, 136, 148-9, 159, 237
Messi, Lionel, 136
Metz, Christian, 203
Mifune, Kyuzo, 165, 212
Mifune, Toshiro, 177, 223
migi-shizentaï, 97
Miller, Claude, 244
Miller, Henry, 12
Minguettes, *passim:* adeus às, 237; "Quartier Démocratie", 237; rebelião das, 229; *ver também* ZUP
Minha luta (Hitler), 195
Miroir du cyclisme, Le (revista), 135, 149
Mishima (vilarejo), 72
Mishima, Yukio, 70-5; *vida em quatro capítulos, Uma* (Schrader), 70
Mitsukuri, Shibei, 56
Miura, general, 192
Mizoguchi, Kenji, 22
Mnouchkine, Ariane, 232
Molteni, equipe, 149
Mondo Cane [Mundo cão] (Jacopetti, Cavara, Prosperi), 168
Monicelli, Mario, 233
Monika e o desejo (Bergmann), 128
Monmousseau, Gaston, 110
Montherlant, Henry de, 161
Morand, Paul, 161
Moreau, Raymond, 23
Morelon, Daniel, 133
Moreno, Maxime, 18
Moritsugu, Frank, 218
morote-seoi-nage, 96, 167, 228, 230
Morricone, Ennio, 223
Mort volontaire au Japon [A morte voluntária no Japão] (Pinguet), 70
morte voluntária, 69, 70, 74; tradição japonesa da, 76
Moulin, Jean, 35, 110
Mounier, Jean-Jacques, 124, 150

Muhammad Ali, 38, 61, 86, 136, 155, 237, 244
mulheres, 28, 88, 114, 123, 164-5, 174, 193
Murakami, Haruki, 115, 161
Murnau, F. W., 134
Murray, Philippe, 217
Museu Nacional de Arte Moderna, 169
Musso & Frank, restaurante, 143
Mutsuhito, imperador, 27
Mystérieux docteur Cornélius [O misterioso doutor Cornélius] (Le Rouge), 225

Nadal, Rafael, 125
nage-no-kata, 118, 161, 165, 171-2, 201, 206
Nakajima, Tamakichi, 56
Não lamento minha juventude (Kurosawa), 183
Naruse, Mikio, 50
náusea, A (Sartre), 203
Nazaret, René, 151
Nevzorov, Vladimir, 147
New York Athletic Club, 81
New York Dojo, 217
ne-waza, 18, 94, 228
Newman, Paul, 119, 177
Night Train [Trem noturno] (Tosches), 161
No decurso do tempo (Wenders), 235
Noah, Yannick, 208
Noiret, Philippe, 178, 233
Nolin, Patrick, 176
Nouchy, Maxime, 17, 23, 242, 244
Nouchyse, Maxime, 245
NRJ, rádio, 131
NYK *Hikawa Maru* (navio), 218

O'Key, designer de cartazes, 227
Oates, Joyce Carol, 161
Obama, Barack, 100
Ocaña, Luis, 131
ô-goshis, 228

Okano, Isao, 101, 194, 222
Okuda, Matsugoro, 215
olhar para a vida, Um (Tavernier), 178
Olivier, Jean, 24, 161, 224
Olympique de Marselha, 207
Olympique Lyonnais, 18, 39, 100, 104-5, 113, 134, 150, 187
"On s'enbranle" (Font et Val), 132
Operação Dragão (Clouse), 145
Ore violente [A hora violenta] (Labro), 226
Orenès, Gilles, 152, 170
Oshima, Nagisa, 61, 73, 75
OSS (Hazanavicius), 227
ô-uchi-gari, 93, 205
Oyonnax, torneio de, 100
Oz, Frank, 54
Ozu, Yasuhiro, 28, 61, 120, 180

Pacalier, Romain, 150
Pacino, Al, 143
Pacto Anticomintern, 195
Palais des Congrès de Lyon, 238
Palma de Ouro, 54, 79, 137
Palmer, Charles, 165, 168
Panini, álbuns, 128
Para sempre Mozart (Godard), 73
Paris, Texas (Wenders), 235
Pariset, Bernard, 48, 161
Parker, coronel, 187
Partido Comunista, 110
Pascal (irmão do autor), 37
Pascal, Christine, 234
Pascal, Claude, 163
Pasolini, Pier Paolo, 131
Passevant, Roland, 127
passo da morte, Um (De Toth), 236
Paul-Éluard, escola, 128
Peace, David, 161
Pearl Harbor, ataque a, 222
Peckinpah, Sam, 21
Peillon, Vincent, 88
Pelé, 149
pequena mais sabida de Paris, A (Piccoli), 222

Perry, Matthew Calbraith, 27
Pesquet, Thomas, 18
"petit scarabée", 239
Piazzolla, Astor, 138
Piccoli, Michel, 222
Pierre-de-Coubertin, estádio, 105
Pif Gadget (revista), 224
Pilote (jornal), 21, 132
Pinguet, Maurice, 70-2, 75-6
Pink Floyd (banda), 66, 103
Pistoleiros do entardecer (Peckinpah), 21
Pitt, Brad, 144
Pode a dialética quebrar tijolos? (Viénet), 223
poderoso chefão, O (Coppola), 99
Por um punhado de dólares (Leone), 177, 223
Por volta da meia-noite (Tavernier), 234
Positif (revista), 188, 234
Poulidor, Raymond, 136
Premier Grand Prix de Rome, 108
Presley, Elvis, 187
Prévert, Jacques, 109, 234
Primeira Guerra Mundial, 192
profissionais do crime, Os (Melville), 228
Programa Comum da esquerda, 157
Progrès de Lyon (jornal), 104, 188
projeção (no judô e no cinema), 246-7
Promio, Alexandre, 115
Prost, Alain, 136
Proust, Marcel, 83, 190
Putin, Vladimir, 162

Quadrilha maldita (De Toth), 236
"Quand t'es dans le désert" [Quando você está no deserto] (Capdevielle), 206
Quatre vérités [Quatro verdades] (Aymé), 161
Quatro confissões (Ritt), 177

quebra-cabeça chinês, O [*Casse-tête chinois pour le judoka*] (Labro), 225-8
queda, *passim*: aprendizado da, 50; como advento, 15; fazer uma queda, 11, 12; *ver também uke*
Quel corps? (revista), 133
Quidde, Ludwig, Nobel da Paz, 88
Quidet, Christian, 137, 147
Quilès, André, 113
quimono, 48, 57, 67, 78, 92, 96, 121-6, 153, 164, 168, 171, 190, 207, 214, 224, 242; concessões quanto ao, 83; judogi, 121; termo; 57; traje do orgulho, 21; truques, 77

Racing Clube de France, 242
Radio Canut, 131, 203, 231
Rambo — Programado para matar (Kotcheff), 129
randori, 59, 98-9, 101, 116-7, 125, 150-1, 165, 169, 170, 186, 193, 213, 222, 244-5, 247
Rashomon (Kurosawa), 177, 180
Rastros de ódio (Ford), 37
Ravel, Maurice, 142, 213
Ray, Nicholas, 90
Rebeldia indomável, 119
Redford, Robert, 36
Redon, 9, 152, 158, 174, 202
Redon, Mestre, 112
Redon, Raymond, *passim*: causa da morte do pai, 158-9; conhece Régine, 153; educador especializado em jovens delinquentes, 158; entrega da faixa preta ao autor, 170-1; ensino do *nage-no-kata*, 172; e o lado bom da vida, 188; funda o Judo Club de Saint-Fons, 113, 154-7; origens, 152-4; treinamento nas montanhas, 152;
Reine du Pacifique, La, navio, 218
religião, 22, 87-8, 115, 136, 231
Renaud, 132
República de Weimar, 195

Restauração Imperial, 27
Revolução Cultural Chinesa, 29, 71
Rey, Thierry, 33, 205, 241, 244
Richards, Keith, 32, 171
Rififi em Tóquio (Deray), 61
Rimbaud, Arthur, 21, 116
Rimet, Jules, 194
Rinaldi, Angelo, 224
Riner, Teddy, 155, 160, 184, 242
Ringo não perdoa (Ferroni), 177
Rissient, Pierre, 178
Rito de amor e morte (Mishima), 74
Ritt, Martin, 177
Robert, Luis, 137
Robert-Nicoud, Élie, 161
Roberts, Julia, 20
Rock'n'Roll Hall of Fame, 243
Ródano, campeonato do, 103-5, 150
Rolling Stones, 232
Roosevelt, Theodore, 192
Rope Burns [A queimadura das cordas] (Toole), 161
Rosenberg, Stuart, 119
Rothman, Tom, 143
Rougé, Jean-Luc, 19, 100, 147-8, 151, 159-60, 243-5
Rue du Premier-Film, 22, 187; cinemateca, 209
Russel, Patrick, 36
Ryan, Robert, 222
Ryckmans, Pierre, 29

Saarinen, Jarno, 135-6
Sade, marquês de, 71
saga do judô, A (Kurosawa), 22, 177-8, 182-3, 221, 223, 239
Saigo, Shiro, 56, 60, 124, 179, 214-5
Saint-Fons, *passim*; *ver também* Judo Club de Saint-Fons
Saint-Moore, Adam, 224-5
Saint-Phalle, Niki de, 168
Sangue sobre o sol (Lloyd), 222
sankaku-jime, 94
Sanshiro (Soseki), 40
Sardou, Michel, 132

Sartre, Jean-Paul, 135
sasae (técnica), 93, 192
Satô, Masaru, 223
saudação, *passim*: 50, 97, 207, 232; cerimônia da, 93; iguala-se ao *abrazo* argentino, 50
Saut dans le vide, Le [O salto no vazio] (Klein), 166
Sautet, Claude, 151
Scènes de judo, Japon, c. 1953 [Cenas de judô, Japão, por volta de 1953] (Klein), 165
Schifrin, Lalo, 144
Schoendoerffer, Pierre, 153
Schrader, Paul, 70-1, 73
Science et Vie (revista), 167
Scola, Ettore, 203
Scorsese, Martin, 28, 131, 140, 177, 187
Scott, Randolph, 21
Sculpture aérostatique (Klein), 167
Segunda Guerra Mundial, 69, 82, 195
seiryoku-zenyo, 194
Sellers, Petter, 32
Senna, Ayrton, 136
seppuku, 71, 74, 76
sete samurais, Os (Kurosawa), 18, 177, 232
Shaw, George Bernard, 234
shiai (luta de competição), 59, 147, 165, 171, 193
Shimada, Teru, 222
Shimano, publicidade, 128
Shimomura, Hiroshi, 218
shizentaï, posição, 97-8, 191
Silêncio (Scorsese), 28
silêncio da noite, No (Ray), 90
Simenon, Georges, 173, 225
Sociedade do Escudo, 72
Sociedade Nacional das Ferrovias Francesas (Société Nationale des Chemins de fer Français, SNCF), 107
sode-tsuri-komi-goshi, 154
Sol vermelho (Young), 177
Soseki, Natsume, 40

Spitz, Mark, 134
Sport Dimanche (programa de TV), 128
Springsteen, Bruce, 34, 130
Staccato pour le judoka [Staccato para o judoca] (Clerk), 226
Stálin, Ióssif, 97, 110
Stallone, Sylvester, 129
Starbrook, David, 147
Stark, Johnny, 155
Strayhorn, Billy, 49
Stuart Mill, John, 196
Sugata Sanshiro (Kurosawa), 22, 176-81, 223
Sugata Sanshiro (Kurosawa), 223
sutemi (movimento de sacrifício), 171, 215, 228, 243, 245, 247

taberna do inferno, A (Stallone), 129
Tachan, Henri, 132
taekwondo, 242
Tagore, Rabindranath, 196
taikos (tambores), 241
taï-otoshi, 216
taï-sabaki, posição, 162, 191
"Take the A Train" (Strayhorn), 49
Takezoe, Sumako, 120, 192
Tampon du capiston [O tampão do pistão] (Labro), 225
Tarantino, Quentin, 139-40, 142-5
Tartufo (Molière), 65
Tavernier, Bertrand, 132, 178, 181, 188, 228, 233-5, 237
Tbilissi, torneio de, 188
Tchoullouyan, Bernard, 100
Tenjin Shinyô-ryû, escola, 42, 117
TH 1138 (Lucas), 54
Thévenet, Bernard, 159
Thibert, Jacques, 128
Thorez, Maurice, 110
Tinguely, Jean, 168
To, Johnnie, 222
Toho, estúdio, 180
Tolo, Marilù, 227
Tomita, Tsunejiro, 55, 57, 192-3, 214-5

Tomita, Tzunio, 180
Toole, F. X., 161
tori (quem recebe a técnica), 51, 92, 99, 160, 171
Tosches, Nick, 161
Toth, André de, 235
Totsuka, Hirosuke, 215
Tour de France, 46, 131, 133-5, 148, 159, 194, 237
Touro indomável (Scorsese), 131, 182
Tripet, Jean-Pierre, 242, 245
Truffaut, François, 128, 144, 189, 247
tsugi-ashi, posição, 191
Tyson, Mike, 208

Uchikawa, Seiichiro, 223
uchi-komis, 20, 95-6, 125, 170, 200
uchi-mata (golpe), 93, 160, 209, 236
Uecker, Rotraut, 167
uke (quem recebe a técnica), 51, 92, 94, 99, 160, 171, 201, 208, 221, 236, 244
ukemi (queda), 14
uki-goshi, movimento, 190
Último duelo (To), 222
último samurai, O (Zwick), 223
Universidade de Oxford, 81
Universidade de San Diego, 81
Universidade de Tenri, 170
Universidade de Tóquio, 46
Universidade Lyon-1, 201
Universidade Lyon-2, 203, 234
University of Northern California, 197

Val, Philippe, 132
Valette, Lionel, 150
Varda, Agnès, 169
Ventura, Lino, 155
Verdino, Ernest, 47-50, 63, 103-4, 112, 152, 174, 240
Veyre, Gabriel, 86
Vial, Patrick, 151, 243-5
vida e nada mais, A (Tavernier), 233
Vidal, Maurice, 135
Viénet, René, 223

Vigo, Jean, 234
Villepreux, Pierre, 128
Violent, Le [No silêncio da noite] (Ray), 90
Viver (Kurosawa), 183
volta ao mundo em oitenta dias, A (Verne), 70
voo do dragão, O (Lee), 145

Wakamatsu, Koji, 73
Walsh, Raoul, 182, 223
Walter Kerr Theatre, 34
Warhol, Andy, 162
waza-ari, 172
Welles, Orson, 175
Wenders, Wim, 61, 235
Wilder, Billy, 179, 187
Williams, J.P.R, 124
Wolfermann, Klaus, 133
Wood, James, 234

xintoísmo, 219

yama-arashi, 179
Yamamoto, Mestre, 211
Yamashita, Yoshitsugu, 57, 214-5
Yano, Shogoro, 179
Yasuda, Noriko, 193
Yoda, Tom [Tatsumi Yoda], 53-5, 60-1
Yojimbo (Kurosawa), 177, 223
Yokohama, Sakujiro, 214-5
Yoshin-ryu, escola, 215
Yotaro, Sugimura, 216
Young, Terence, 177
Yourcenar, Marguerite, 72
Yudanshakai (clube de Chicago), 217

Zatopek, Emil, 161
Zay, Jean, 217
Zero de conduta (Vigo), 61
Zimmer, Pierre, 228
Zoetemelk, Joop, 136
Zola, Émile, 132
ZUP, 109, 127, 131-2, 149, 172, 202, 208, 231, 233, 237
Zwick, Edward, 223

A marca FSC® é a garantia de que a madeira utilizada na fabricação do papel deste livro provém de florestas gerenciadas de maneira ambientalmente correta, socialmente justa e economicamente viável e de outras fontes de origem controlada.